中公文庫

蓼喰ふ虫

谷崎潤一郎

中央公論新社

目次

カバー画・挿画❖小出楢重
デザイン❖ミルキィ・イソベ＋安倍晴美

蓼喰ふ虫

装画　小出楢重
（限定版『蓼喰ふ虫　「潤一郎六部集」の内』創元社より表紙画）

蓼《たで》喰《く》ふ虫

昭和三年（一九二八）十二月から
昭和四年（一九二九）六月まで
「大阪毎日新聞」「東京日日新聞」
挿画　小出楢重

その一

美佐子は今朝からとき〳〵夫に「どうなさる？　やつぱりいらつしやる？」ときいてみるのだが、夫は例の孰方《どつち》つかずなあいまいな返辞をするばかりだし、彼女自身もそれならどうと云ふ心持もきまらないので、ついぐづ〳〵と昼過ぎになつてしまつた。一時ごろに彼女は先へ風呂に這入つて、どつちになつてもいゝやうに身支度だけはしておいてから、まだ寝ころんで新聞を読んでゐる夫のそばへ「さあ」と云ふやうに据わつてみたけれど、それでも夫は何とも云ひ出さないのである。

「兎《と》に角《かく》お風呂へお這入りにならない？」

「うむ、………」

座布団を二枚腹の下へ敷いて畳の上に頬杖をついてゐた要《かなめ》は、着飾つた妻の化粧の匂ひが身近にたゞよふのを感じると、それを避けるやうな風にかすかに顔をうしろへ引きながら、彼女の姿を、と云ふよりも衣裳の好みを、成《な》るべく視線を合はせないやうにして眺めた。

彼は妻がどんな着物を選択したか、その工合で自分の気持も定《さだ》まるだらうと思つたのだが、生憎《あいにく》なことには此の頃妻の持ち物や衣類などに注意したことがないのだから、——ずゐぶん衣裳道楽の方で、月々何の彼のと拵《こしら》へるらしいのだけれども、いつも相談に与《あずか》つたこともなければ、何を買つたか気をつけたこともないのだから、——今日の装ひも、たゞ花やかな、或る一人の当世風の奥様と云ふ感じより外には何とも判断の下しやうもなかつた。

「お前は、しかし、どうする気なんだ」

「あたしは孰方でも、………あなたがいらつしやれば行きますし、………でなければ須磨*へ行つてもいゝんです」

「須磨の方にも約束があるのかね？」

「いゝえ、別に。………彼方《あつち》は明日《あした》だつていゝんですから」

美佐子はいつの間にかマニキユール*の道具を出して、膝の上でセツセと爪を磨きながら、首は真つすぐに、夫の顔からわざと一二尺上の方の空間に眼を据ゑてゐた。

出かけるとか出かけないとか、なか〳〵話がつかないのは今日に限つたことではないのだが、さう云ふ時に夫も妻も進んで決定しようとはせず、相手の心の動きやうで自分の心をきめようと云ふ受け身な態度を守るので、ちやうど夫婦が両方から水盤の縁《ふち》をさゝへて、平らな水が自然と孰方かへ傾くのを待つてゐるやうなものであつた。そんなふうにしてと

う〳〵何もきまらない内に日が暮れてしまふこともあり、或る時間が来ると急に夫婦の心持がぴつたり合ふこともあるのだけれど、要には今日は予覚があつて、結局二人で出かけるやうになるだらうことは分つてゐた。が、分つてゐながら矢《や》張《はり》受動的に、或る偶然がさうしてくれるのを待つてゐると云ふのは、あながち彼が横着なせゐばかりではなかつた。第一に彼は妻と二人きりで外を歩く場合の、――此処から道頓堀*までのほんの一時間ばかりではあるが、お互の気づまりな道中が思ひやられた。それに、「須磨へ行くのは明日でもいゝ」と妻はさう云つてゐるものゝ、多分約束がしてあるのであらうし、さうでない迄も、彼女に取つては面白くもない人形芝居を見せられ

るより、阿曾《あそ》の所へ行つた方がいゝにきまつてゐることを察してやらないのも気が済まなかつた。

ゆうべ京都の妻の父から、「明日《あした》都合がよかつたら夫婦で弁天座*へ来るやうに」と云ふ電話があつたとき、一往妻に相談すべきであつたのだが、折あしく彼女が留守だつたので、「大概ならばお伺ひいたします」と、要はうつかり答へてしまつた。それと云ふのが、「僕は長いこと文楽*の人形を見たことがありませんので、今度おいでになる時には是非誘つていたゞきたい」と、いつぞや老人の機嫌を取るために心にもないおあいそを云つたのを、老人の方ではよく覚えてゐてわざ〳〵知らしてくれたのであるから、彼としては断りにくい場合でもあつたし、それに人形芝居は兎に角、あの老人に附き合つてゆつくり話をするやうな機会が、ひよつとしたらもう此れつきり来ないであらうとも思へたからだつた。鹿《しし》ケ谷《たに》*の方に隠居所を作つて茶人じみた生活*をしてゐる六十近い年寄りとは、もちろん趣味が合ふ訳もなし、何かにつけてうるさく通《つう》を振りまかれるのにはいつも閉口するのだけれど、若い時に散々遊んだ人だけあつて何処《どこ》か洒落《しやらく》な、からつとしたところのあるのが、もうその人とも親子の縁が切れるかと思へばさすがになつかしく、少し皮肉な云ひ方をすれば、妻よりもむしろ此の老人に名残りが惜しまれて、せめて夫婦でゐる間に一ぺんぐらゐは親孝行をしておいてもと、柄にないことを考へたのだが、しかし独断で承知したのは手落ちと云へば手落ちである。いつもの彼なら妻の都合と云ふことに気が廻らない筈はな

いのである。ゆうべも勿論それを思ひはしたけれども、実は夕方、「ちよつと神戸まで買ひ物に」といつて彼女が出かけて行つたのを、恐らく阿曾に会ひに行つたものと推《すい》してゐた。ちやうど老人から電話がかゝつた時分には、妻と阿曾とが腕を組み合つて須磨の海岸をぶらついてゐる影絵が彼の脳裡《のうり》に描かれてゐたので、「今夜会つてゐるのなら明日は差支へないであらう」と、ふとさう思つた訳なのであつた。妻は従来かくし立てをしたことはなかつたから、ゆうべは事実買ひ物に行つたのかも知れない。それをさうでなく取つたのは彼の邪推であつたかも知れない。彼女はうそをつくことは嫌ひであるし、又うそをつく必要はないにきまつてゐるのだから。が、夫に取つて決し

て愉快でない筈のことをさうハッキリと云ふまでもないから、「神戸へ買ひ物に行く」といふ言葉の裏に「阿曾に会ひに行く」と云ふ意味が含まれてゐたものと解釈したのは、彼の立ち場からは自然であつて、悪く感ぐつた訳ではなかつた。妻の方でも要が邪推や意地悪をしたのでないことは分つてゐるに違ひなかつた。或は彼女は、ゆうべも会ふことは会つてゐるのだが、今日も会ひたいのであるかも知れない。最初は十日置き、一週間置きぐらゐだつたのが、近頃は大分頻繁《ひんぱん》になつて、二日も三日もつゞけて会ふことが珍しくないのであるから。

「あなたはどうなの、御覧になりたいの？」

要は妻が這入つたあとの風呂へ漬かつて、湯上りの肌へバスローブを引つかけながら十分ばかりで戻つて来たが、美佐子はその時もぼんやり空《くう》を見張つたまゝ機械的に爪をこすつてゐた。彼女は縁側に立ちながら手鏡で髪をさばいてゐる夫の方へは眼をやらずに、三角に切られた左の拇指《おやゆび》の爪の、ぴか〳〵光る尖端を間近く鼻先へ寄せながら云つた。

「僕もあんまり見たくはないんだが、見たいッて云つちまつたんでね。………」

「いつ？」

「いつだつたか、さう云つたことがあるんだよ。ひどく熱心に人形芝居を讃美するもんだから、つい老人を喜ばすつもりで合ひ槌を打つてしまつたんだ」

「ふゝ」

と彼女は、あかの他人に対するやうなあいそ笑ひを笑つた。

「そんなことを仰つしやるから悪いんぢやないの。いつもお父さんに附き合つたことなんかない癖に」

「まあ兎に角、ちよつとだけでも行つた方がいゝんだけれどな」

「文楽座*つて一体どこなの？」

「文楽座ぢやあないんだよ。文楽座は焼けちまつたんで、道頓堀の弁天座といふ小屋なんださうだ」

「それぢやどうせ据わるんでせう？　敵《かな》はないわ、あたし、――あとで膝が痛くなつちまふわ」

「そりやあ茶人の行くところだから仕方がないやね。――お前のお父さんも先《せん》にはあんなぢやあなかつたし、活動写真が好きだつた時代もあつたんだが、だん〳〵年を取るに連れて趣味が皮肉になつて行くんだね。此の間或る所で聞いたんだが、若い時分に女遊びをした人間ほど、老人になるときまつて骨董好きになる。書画だの茶器だのをいぢくるのはつまり性慾の変形だと云ふんだ」

「でもお父さんは性慾の方もまだ変形してゐないんぢやないの。今日だつてお久《ひさ》が附いてゐるでせう」

「あゝ云ふ女を好くといふのがやつぱりいくらか骨董趣味だよ。あれはまるで人形のやうな女だからな」

「行けばきつとアテられてよ」

「仕方がない、それも親孝行だと思つて、一時間か二時間アテられに行くさ」

ふと要は、妻が何となく出渋るのは外に理由があるんぢやないのかな、とその時感じたが、

「では今日は和服になさる?」

と、彼女は立つて、箪笥《たんす》の抽出《ひきだ》しから、たたうに包まつた幾組かの夫の衣類を取り出すのであつた。

着物にかけては要も妻に負けない程の贅沢《ぜいたく》屋で、此の羽織には此の着物に此の帯と云ふ風に幾通りとなく揃へてあつて、それが細かい物にまでも、——時計とか、鎖とか、羽織の紐とか、シガーケースとか、財布とか、そんな物にまでおよんでゐた。それを一々呑み込んでゐて、「あれ」と云へば直ぐその一と組を揃へることの出来るものは美佐子より外

にないのであるから、此の頃のやうに夫を置いて一人で外へ出がちの彼女は、出かける時に夫のために衣類を揃へて行くことが多かつた。要に取つて現在の妻が実際妻らしい役目をし、彼女でなければならない必要を覚えるのは、たゞ此の場合だけであるので、さう云ふ時にいつでも彼は変にちぐはぐな思ひをした。殊《こと》に今日のやうに、うしろから襦袢《じゆばん》を着せてくれたり、襟《えり》を直してくれたりされると、自分たち夫婦と云ふものゝ随分不思議な矛盾した関係が、はつきり感ぜられるのであつた。誰が斯《こ》う云ふ場面を見たら、自分たちを夫婦でないと思ふであらう。現に家にゐる小間使にしても下女《げじよ》にしても、夢にも疑つてはゐないであらう。彼自身ですら、かうして下着や足袋《たび》の面倒までも見て貰つてゐる自分を顧みれば、これでどうして夫婦でないのかと云ふやうな気がする。何も閨房《けいぼう》の語らひ*ばかりが夫婦を成り立たせてゐるのではない。一夜妻*ならば要は過去に多くの女を知つてゐる。が、かういふ細かい身の周りの世話や心づくしの間にこそ夫婦らしさが存するのではないか。これが夫婦の本来の姿ではないのか。さうしてみれば、彼は彼女に不足を感ずる何ものもないのである。………

両手を腰の上へ廻してつづれの帯*を結びながら、彼はしやがんでゐる妻の襟足を見た。妻の膝の上には彼が好んで着るところの黒八丈*の無双《むそう》の羽織*がひろがつてゐた。妻はその羽織へ刀の下げ緒*の模様に染めた平打ちの紐*を着けようとして、毛ピン*の脚を乳《ち》*へ通してゐるのである。彼女の白いてのひらは、それが握つてゐる細い毛ピンを一とすぢの黒さにくつきりと際立たせてゐた。研《みが》き立ての光沢《つや》のいゝ爪が、指頭と指頭のカチ合ふ毎に尖つた先をキキと甲斐絹《かいき》*のやうに鳴らした。長い間の習慣で夫の気持を鋭く反射する彼女は、自分も同じ感傷に惹き込まれるのを恐れるかのやうに殊更《ことさら》隙間なく身を動かして、妻たるものゝなすべき仕事をさつさと手際よく、事務的に運んでゐるのであるが、それだけに要は、彼女と視線を合はせることなく余所《よそ》ながら名残りを惜しむ心で偸《ぬす》み視《み》ることが出来るのであつた。立つてゐる彼には襟足の奥の背すぢが見えた。肌襦袢の蔭に包まれてゐる豊かな肩のふくらみが見えた。畳の上を膝でずつてゐる裾さばきの袘《ふき》*の下から、東京好みの、木型のやうな堅い白足袋をぴちりと篏《は》めた足頸が一寸ばかり見えた。さう云ふ風にちらと眼に触れる肉体のところ〴〵は、三十に近い歳のわりには若くもあり水々しくもあり、これが他人の妻であつたら彼とても美しいと感ずるであらう。今でも彼は此の肉体を嘗《かつ》て夜な〳〵さうしたやうに抱きしめてやりたい親切はある。たゞ悲しいのは、彼に取つてはそれが殆ど結婚の最初から性慾的に何等の魅力もないことだつた。さうして今の水々しさも若々しさも、実は彼女に数年の間後家《ごけ》と同じ生活をさせた必然の結果であることを思ふと、哀れと云ふよりは不思議な寒気を覚えるのであつた。

「ほんたうに今日《きよう》は――」

さう云ひながら美佐子は立つて、羽織を着せるために夫の背中の方へ廻つた。

「――いゝお天気ぢやありませんか。芝居なんぞには勿体ないくらゐだわ」

要は二三度彼女の指が項《うなじ》のあたりをかすめたのを感じたが、その肌触りにはまるで理髪師の指のやうな職業的な冷めたさしかなかつた。

「お前、電話をかけて置かなくつてもいゝのかね？」

と、彼は妻の言葉の裏を尋ねた。

「えゝ、………」

「かけてお置きよ、でないと僕も気が済まないから、………」

「それにも及ばないんだけれど、………」

「しかし、………待つてゐると悪いぢやないか」

「さうね、――」

彼女はちよつとためらつてから云つた。

「――何時頃に帰れますかしら？」

「今から行けば、仮りに一と幕だけとしても五時か六時にはなるだらうな」

「それからぢやあんまり遅いでせうか？」

「そんなことは差支へないが、何しろ今日はお父さんの都合でどうなるか分りやしないぜ。一緒に晩飯を附き合へとでも云はれたら断る訳にも行かないし、……ま、明日にした方が間違ひがないよ」

さう云つてゐる時、小間使ひのお小夜《さよ》が襖《ふすま》を開けた。

「あのう、須磨から奥様にお電話でございます」

その二

電話口の話は三十分もかゝつたけれども、それでも漸《ようや》く須磨の方は明日にすると云ふことになつて、一層浮かぬ顔つきをしながら、彼女が夫と珍しく連れ立つて出たのは、もう二時半を過ぎた頃だつた。

たまに日曜の折などに、小学校の四年へ行つてゐる弘《ひろし》を中に挟みながら、親子三人で出かけることはないでもないが、それは近頃、うす〳〵父と母との間に何事かゞ醸《かも》されつゝあるのを感づいたらしい子供の恐怖を取り除けるために、今日のやうに夫婦が二人で出歩く

ことはほんたうにもう幾月ぶりか分らなかつた。弘が学校から帰つて来て、父と母とが手を携へて出たことを聞いたら、自分が置いて行かれたのを淋しがるよりも、実はどんなに喜ぶであらう。――しかし要《かなめ》は、それが子供にいゝ事だか悪い事だか判断に迷つた。ぜんたい「子供々々」と云ふが、既に十歳以上になれば、気の廻り方は格別大人《おとな》と変つたことはないのである。彼は美佐子が、「外の者は気が附かないのに、弘は知つてゐるらしいんですよ、とても敏感なんですから」と云つたりするのを、「そんなことは子供としては当り前だよ。それを感心するなんかは親馬鹿と云ふもんだ」と、さう云つて笑ふのが常であつた。それ故彼は、いざと云ふ時は大人に対すると同じやうに、すべての事情を子供に打ち明け

る覚悟をしてゐた。父も母も、孰方が悪いと云ふのではない、もしも悪いと云ふ者があれば、それは現代に通用しない古い道徳に囚《とら》はれた見方だ、これからの子供はそんなことを恥ぢてはいけない、父と母とがどうならうともお前は永久に二人の子だ、さうしていつでも好きな時に父の家へも母の家へも行くことが出来る、――彼はさう云ふ風に話して子供の理性に訴へるつもりでゐた。それを子供が聴き分けない筈はないと思つた。子供だからと云つていゝ加減なうそをつくのは、大人を欺《あざむ》くのと同じ罪悪だと考へてゐた。たゞ万一にも別れないで済む場合が想像せられるし、別れるとしてもまだその時機がきまつたと云ふ訳ではないので、成るべくならば余計な心配をさせたくない、話はいつでも出来るのだからと、さう思ひ〳〵つい延び〳〵になつてゐる結果は、やはり子供を安心させたさに惹き擦られて、喜ぶ顔が見たいために妻と馴れ合ひで睦《むつま》しい風を装ふこともあるのである。しかし子供は子供の方で、二人が馴れ合ひで芝居をしてゐることまでも感づいてゐて、なか〳〵気を許してはゐないらしい。うはべはいかにも嬉しさうにして見せるけれども、それも事に依ると親たちの苦慮を察して、子供の方があべこべに二人を安心させようと努めてゐるのかも知れない。子供の本能と云ふものはさう云ふ時に案外深い洞察力を働かすものゝやうに思へる。だから要は親子三人で散策に出ると、父は父、母は母、子は子と云ふ風に、三人が三人ながらバラバラな気持を隠しつゝ心にもない笑顔を作つてゐる状態に、我から慄然《りつぜん》とすることがあつた。つまり三人はもうお互に欺かれない、夫婦の馴れ合ひが

今では親子の馴れ合ひになり、三人で世間を欺いてゐる。——なんで子供にまでそんな真似をさせなければならないのか、それが彼にはひとしほ罪深く、不憫《ふびん》に感ぜられるのであつた。

彼はもちろん自分たちの夫婦関係を新道徳の先駆者のやうな態度を以て社会へ触れ廻る勇気はなかつた。自分の行つてゐることには多少の恃《たの》むところもあり、良心に耻ぢる点はないのであるから、まさかの場合は敢然として反抗しないものでもないが、さうかと云つて、強ひて自分を不利な立ち場に置きたくはなかつた。父の代ほどではないにもせよまだ幾らかの資産もあり、名義だけでも会社の重役といふ地位もあり、かつ〳〵ながら有閑階級の一員として暮して行くことの出来る身として、なるべくならば社会の隅に小さく、つゝましく、あまり人目に立たないやうに、そして先祖の位牌にも傷をつけないやうにして安穏に生きて行きたかつた。仮りに自分は親戚なぞの干渉を恐れるところはないにしても、自分より一層誤解され易い妻の立ち場を庇《かば》つてやらなければ、結局夫婦は身動きが取れなくなる。たとへばこの頃の妻の行為がありのまゝに京都の父親にでも知れたら、いかに物分りのいゝ老人でも世間の手まへ娘の不埒を許しては置けないであらう。もしさうなれば彼女は要と別れたとしても、思ひ通りに阿曾の所へ行けるかどうかも疑問である。「親や親類の圧迫なんかあたしちつとも恐くはないわ、みんなに義絶されたつて構はない積りでゐるんですから」と、いつもはさう云つてゐるけれども、事実そんなことが出来るかどうか。彼女について事前に悪い噂が立てば、阿曾の方にも親や兄弟がある以上、さう云ふ方面からの故障も予想せられた。そればかりでなく、母が日蔭者のやうになつては、それが子供の将来に及ぼす影響も考へなければならない。要はいろ〳〵の事情を思ふと、別れた後にも互が幸福に行けるやうにするには、余程上手に周囲の人たちの理解を求める必要があるので、平素から用心深く世間に気取られないやうにしてゐた。夫婦はそのために少しづゝ交際の範囲を狭くし、努めて牆《かき》*の内を覗かれないやうにさへした。が、それでも矢張《やはり》対社会的に夫婦らしさを装はなければならない場合が生じて来ると、いつもあんまり好い心持はしないのであつた。一つはそれが厭なのであらう。気の弱思ふに美佐子がさつきから変に出渋つてゐたのも、い性質なのではあるが、何処か奥の方にカチリと堅い芯《しん》を持つてゐる彼女は、古い習慣とか、義理とか、情実とか、さう云ふものに対してはむしろ要よりも勇敢であつた。彼女は夫と子供のために出来るだけ慎しんではゐるもの丶、而《しか》も今日のやうな時に進んで人の前へ出てまで芝居をするには及ばないと云ふ風な、かすかな不平を抱いてゐるに違ひなかつた。なぜなら彼女にしてみれば己を欺き世を欺くのが不愉快であるばかりでなく、阿曾の感情をも考へなければならないからだつた。阿曾も事情は認めてゐるにしろ、彼女が夫と道頓堀へ出かけたと聞いたら兎に角愉快である筈はない。真《しん》に已むを得ない場合の外は、さう云ふことは遠慮して欲しいに違ひない。夫はそこまでの思ひやりがないのか、察してゐてもそんなことにまで気がねをしてはゐられないと云ふ腹なのか、さうとはつきり口へ出しては云へないだけに彼女はもどかしく感ずるのであつた。夫は何故に今ごろになつて老人の機嫌を取らうとするのか。彼女の父が夫に取つても永久に父であり得るならば知らぬこと、もう近々《ちかぢか》に「父」と呼ぶことも出来なくなるのに、それを今更附き合つたところで無益ではないか。なまじ孝行の真似などをすれば後で事実が知れた時に一層怒らせるやうなものではないか。

夫婦はそんなふうに別々の心を抱いて阪急の豊中*から梅田*行きの電車に乗つた。三月末の彼岸ざくらが綻《ほころ》びそめる時分のことで、きら〳〵しい日ざしの底にまだ何処となく肌寒さが感ぜられたが、要はうすい春外套の袂《たもと》の外へこぼれてゐる黒八丈の羽織の生地《きじ》が、窓の明りで干潟《ひがた》の沙《すな》のやうに光るのを見た。和服の時は寒中でもシヤツを着けないのを身だしなみの一つにしてゐる彼は、長襦袢の裏と皮膚とのあはひに清涼な風の孕《はら》むのを覚えながら内ぶところへ両手を入れてゐた。車の中は時間が半ぱであるせゐか疎《まば》らな客がめい〳〵ゆつくりと席を取り、真新しい白ペンキの天井*の下は空気が隅まで透き徹つてゐて、並んでゐる人たちの顔までが皆健康さうに、朗らかに明るい。美佐子はそれらの顔の中にわざと夫と向ひ側にかけて鼻のあたまを毛皮の襟巻のふか〳〵とした中へ埋める程にして、縮刷本の水沫《みなわ》集*を読んでゐるのである。買ひ立ての白クロースの、ブリキのやうにピンと尖つた表紙の背を摑んでゐる指には網目に編んだサフアイア色の絹の手袋が篏《は》まつてゐて、こまかい網の目の隙間から、研《みが》かれた爪がチラチラと覗いてゐた。

電車の中で彼女がかう云ふ位置を取るのは、それが殆ど二人で外出する時の習慣のやうになつてゐた。子供がゐればその右左へかけるけれども、さうでなかつたら大概の場合、一人が腰をおろすのを待つて一人が反対の側の方へ席を求める。夫婦は互に衣《きぬ》を隔て丶体温を感じ合ふことが窮屈であるばかりでなく、今では寧《むし》ろしてはならないことのやうに、不道徳なやうにさへ思ふのである。そして一つの車室のうちに向ひ合つて置かれるだけでも相手の顔が邪魔になるので、美佐子はいつも眼の向けどころを作るために何かしら読む物を用意してゐて、席がきまると直ぐに自分の鼻先へ屏風を立て丶しまふのである。二人は梅田の終点で降りて別々に持つてゐる回数券*を渡して、申し合はせたやうに二三歩離れて

歩きながら駅の前の広場へ出ると、夫が先に、妻がその後から黙つてタキシー*の箱の中へ収まつて、始めて夫婦らしく肩を並べた。もし第三者が四つのガラス窓の中に閉ぢ込められた彼等を見たなら、二つの横顔が額と額と、鼻と鼻と、頤《あご》と頤とを押絵*のやうに重なり合はせて双方が脇眼をふることなく、じつと正面を切つたまゝで車に揺られつゝ、行くさまに気づいたであらう。

「何をやつてゐるんですの、一体？」

「ゆうべの電話では小春治兵衛《こはるじへえ》*と、それから何だとか云つてゐたつけが、………」

互に長い沈黙に圧し出されたやうな工合に、一と言づゝ口をきいた。けれども矢張正面を切つたまゝだつた。妻には夫の、夫には妻の、鼻の頭《あたま》だけが仄白く映つた。

弁天座のありかを知らない美佐子は、戎《えびす》

橋《ばし》*で乗り物を捨てゝから再び黙つて附いて行くより外はなかつたが、夫は電話で委《くわ》しく教はつたものと見えて、道頓堀のとある芝居茶屋*を訪ねて、そこから仲居*に送られて行くのである。いよ〳〵父の前へ出て妻の役目をしなければならない、さう思ふと彼女は一層気が重くなつた。土間*へ陣取つて娘よりも若いお久を相手に、杯のふちをなめては舞台の方を見入つてゐる年寄りの姿が眼に浮かんだ。父もうつたうしいけれども、それよりお久がいやであつた。京都生れの、おつとりとした、何を云はれても「へい〳〵」云つてゐる魂のないやうな女であるのが、東京ツ児の彼女と肌が合はないせゐもあるであらう。が、お久と云ふものを傍へ置くとき、父が何だか父らしくなく、浅ましい爺《じじい》のやうに見えて来るのが此の上もなく不愉快なのである。

「あたし一と幕だけ見たら帰るわよ」

と、彼女は木戸口を這入りながら、そこまでびんびんと響いて来る時代後れな太棹《ふとざお》*の余韻に反抗するやうな気持で云つた。

茶屋の女に送られて芝居小屋へ来ると云ふことが、既に何年ぶりであらう。要は下駄を脱ぎ捨てゝ足袋の底に冷めたい廊下のすべ〳〵した板を踏んだとき、一瞬間遠い昔の母のおもかげが心をかすめた。蔵前*の家から俥《くるま》*の上を母の膝に乗せられて木挽町《こびきちょう》*へ行つた五つか六つの頃、茶屋から母に手を曳かれて福草履《ふくぞうり》*を突つかけながら、歌舞伎座の廊下へ上るときがちやうどこんな工合であつた。子供の彼は矢張足袋の底に冷めたい板の間を踏んだ。

さう云へば旧式の芝居小屋は木戸口をくゞつた時の空気が妙に肌寒い。いつも晴れ着の裾や袂からすうッと風が薄《はっ》荷《か》のやうに体へ沁みたのを未だに記憶してゐるが、その肌寒さは恰《あたか》も梅見頃の陽気の爽やかさに似てぞくぞくしながらもこゝちよく、「もう幕が開いてゐるんですよ」と母に促がされて小さな胸をときめかせつゝ走つて行つたものであつた。

けれども今日の寒さばかりは廊下よりも客席の方がひとしほで、夫婦は花道*を伝つて行くときに何とは知らずに手足が引き締まるやうな気がした。見わたしたところ、小屋は相当の広さであるのに四分通りしか入りがないので、場内の空気は街頭を流れるすうすうした風と変りがなく、舞台に動いてゐる人形までが首をちゞめて、淋しく、あぢきなく、見るから哀れに、それが太夫の沈んだ声と三絃*の音色とに不思議な調和を保つてゐた。殆《ほとん》ど平土間の三分の二まではガラ空きになつてゐてほんの舞台に近い方に人がかたまつてゐる中に、顱頂部《ろちようぶ》の禿げた老人の頭とつや／＼しいお久の円髷《まるまげ》*とが遠くの方から眼についてゐたが、渡りを渡つて降りて来る二人にお久はそれと心づくと、

「お越しやす」

と小声で云ひながら居ずまひを直して、場を塞いでゐる蒔絵《まきえ》の提《さ》げ重《じゆう》*を、一つ／＼丁寧に積み重ねて自分の膝の前に寄せた。

「お越しやしたえ」

美佐子のために老人の右の席をあけて、自分はうしろに畏《かしこ》まつてゐるお久は、さう云つて耳打ちをしたけれども、老人はちよつと振り返つて、

「やあ」

と云つたきり、一心に舞台の方へ首を伸べてゐた。何と云ふ色か、緑系統には違ひないが、ちやうど人形の衣裳のやうに派手で渋いところのある色合ひの、昔の人が十徳《じつとく》*にでも着さうな石摺り*の羽織をぼつてりと着込んで、風通《ふうつう》大嶋*の袷《あわせ》の下に黄八丈*の下着を見せ、袂の中から升《ます》のしきり*へ肘をついてゐる左の腕をそのまゝ背中へ廻してゐるので、自然と抜き衣紋《えもん》*になつてゐるためか猫背が一層円々と見える、――着附と云ひ、姿勢と云ひ、さ

う云ふ爺臭い風をするのが此の老人の好みであつて、「老人は老人らしく」と云ふのを口癖のやうにしてゐるのである。思ふに此の羽織の色合ひなども「五十を過ぎたら派手なものを着る方が却《かえ》つてふけて見える」と云ふ信条を、実行してゐるつもりなのであらう。要が常に滑稽に感じるのは、「老人々々」と云ふものゝ此の父親はまだそれほどの歳ではない、二十五とかに結婚して、今は亡くなつたその連れ合ひが長女の美佐子を生んだとすると、恐らく五十五六より取つてはゐない筈である。父の性慾はまだ変形してゐないと云ふ美佐子の観察はそれを裏書きするもので、「お前のお父さんの老人ぶるのは、あれは一つの趣味なんだよ」と、彼もかね〴〵云つてゐるのである。

「奥様《おくさん》、おみあが痛いことおへんか？　どうぞ此方《こつち》へお出しやして、………」

気のいゝお久は窮屈な升の中でまめ〳〵しく茶を入れたり、菓子をすゝめたり、何を云つても振り向きもしない美佐子を相手にとき〴〵話しかけたりして、その合ひ間には、うしろへ右の腕を伸ばして煙草盆《たばこぼん》の角《かど》に載せられた杯のふちへ手をかけてゐる老人に、なくなる頃を見はからつてはそうつと酒を注《つ》いでやつてゐる。老人は近頃「酒は塗り物に限る」と云ひ出して、その杯も朱塗りに東海道五十三次*の蒔絵のある三つ組のうちの一つであつた。御殿女中*が花見にでも行くやうにかう云ふものを研ぎ出し*の提げ重の抽出しへ入れて、飲み物から摘まみ物までわざ〳〵京都から運んで来るのでは、茶屋に取つても有《あ》り難《がた》くない客であらうが、お久もずゐぶん気骨が折れるに違ひあるまい。

「お一つどうどす？」

さう云つて彼女は、新たに抽出しから出した杯を要にさした。

「有り難う、僕は昼間は飲まないんだが、……外套を脱いだら何だかうすら寒いから、少うしばかり戴《いただ》きませう」

髪の油か、何か分らないが、忍びやかな丁子《ちようじ》*のにほひに似たものが、彼女の鬢《びん》の毛*と共にかすかに彼の頰にさはつた。彼は己れの手の中にある杯の、なみ〳〵と湛へた液体の底に金色に盛り上つてゐる富士の絵を視詰《みつ》めた。富士の下には広重《ひろしげ》風の町の景色の密画*があつて、横に「沼津*」と記してある。

「此れで飲んだら、品《ひん》が好すぎて頼りないやうな気がしますね」

「さうどすやろ」

彼女が笑ふと、京都の女が愛らしいものゝ一つに数へる茄子歯《なすびば》*が見えた。二枚の門歯*の根の方が鉄漿《かね》*を染めたやうに黒く、右の犬歯の上に八重歯が一つ、上唇の裏へ引つかゝるほどに尖つてゐて、それをあどけないと云ふ人もあらうが、公平に云へば決して美しい口もとではない。不潔で野蛮な感じがすると云ふ美佐子の批評も酷だけれども、さう云ふ非衛生的な歯を治療しようともしないところに無智な女の哀れさがあつた。

「此の御馳走は家から拵へて来るんですか」

要は彼女が小皿の上へ取つてくれる玉子焼の海苔巻をつまみながら云つた。

「さうどす」

「こんな重箱を提げて来るんぢや大変だな、又帰りにはこいつを持つて行くんですか」

「さうどす、芝居のものは味なうてよう食べんお云やすよつて、……」

美佐子がちらと二人の方を振り返つたが、すぐまた顔を舞台に向けた。

要はさつきから、彼女がとき〳〵足を伸ばしては、足袋の先が夫の膝頭に触れると急いでそれを引つ込めるのに気が付いて、かう云ふ狭い升の中に入れられた自分たち夫婦の人目を忍ぶ心づかひを、ひそかに自ら苦笑しないではゐられなかつた。彼はその気持を紛《まぎ》らすために、

「どうだい、面白いかい？」

と、うしろから妻に声をかけた。

「いツつも面白いものをたんと見ておいで

やすよつて、たまには人形もよろしおすやろ」

「あたしさつきから義太夫語りの顔つきばかり見てゐるの、あの方がよつぽど面白いわ」

その話ごゑが耳につくらしく、

「えへん」

と、老人が咳払ひした。そして眼だけは舞台から放さずに、手さぐりで膝の下敷きになつた猿手の金唐革《きんからかわ》の煙草入れ*を捜しあてたが、煙管《きせる》のありかが分らないでしきりにその辺を間さぐつてゐるのを、気がついたお久が座布団の下から見つけ出して、火をつけてから手のひらの上へ載せてやつて、自分も思ひ出したやうに帯の間にある紅《あか》い琥珀の叺《かます》*を抜き取ると、こはぜ*の附いた蓋の下へ白い小さな手の甲を入れた。

成るほど、人形浄瑠璃と云ふものは妾《めかけ》の傍《そば》で酒を飲みながら見るもんだな。――要はみんなが黙り込んでしまつたあと、ひとりそんなことを考へながら仕様ことなしに舞台の上の「河庄」*の場へ、ほんのりと微醺《びくん》*を帯びた眼を向けてゐた。普通の猪口《ちよく》よりや丶大ぶりな杯に一杯傾けたのが利いて来て、少しちら〳〵するせゐか、舞台がずつと遠いところにあるやうに感ぜられ、人形の顔や衣裳の柄を見定めるのに骨が折れる。彼はじいつと瞳を凝らして、上手にすわつてゐる小春を眺めた。治兵衛の顔にも能の面に似た一種の味はひはあるけれども、立つて動いてゐる人形は、長い胴の下に両脚がぶらん〳〵してゐるのが見馴れない者には親しみにくい丶、何もしないでうつむいてゐる小春の姿が一番うつくし

い。不釣合ひに太い着物の袘《ふき》が、すわつてゐながら膝の前へ垂れてゐるのが不自然であるが、それは間もなく忘れられた。老人は此の人形をダークの操《あやつ》り*に比較して、西洋のやり方は宙に吊つてゐるのだから腰がきまらない、手足が動くことは動いても生きた人間のそれらしい弾力やねばりがなく、従つて着物の下に筋肉が張り切つてゐる感じがない。文楽の方のは、人形使ひ*の手がそのまゝ人形の胴へ這入つてゐるので、真に人間の筋肉が衣裳の中で生きて波打つてゐるのである。これは日本の着物の様式を巧みに利用したもので、西洋で此のやり方を真似ようにも洋服の人形では応用の道がない。だか

ら文楽のは独得であつて、此のくらゐよく考へてあるものはないと云ふのだが、さう云へばさうに違ひない。立つて激しく活動をする人形がへんに不恰好なのは、さうすると下半身が宙に浮くことを防ぎきれないで、いくらかダークの操りの弊に陥るからであらう。老人の議論を押し詰めて行くと、矢張据わつてゐる時の方がねばりの感じが表はせる訳で、動くとしても肩でかすかな息をするとか、ほのかなしなを作るとか、ほんの僅かに動くしぐさが却つて不気味なくらゐにまで生き〳〵としてゐる。要は番附け*を手に取つて、小春を使つてゐる人形使ひの名を捜した。さうして此れが其の道の人に名人と云はれてゐる文五郎*であるのを知つた。さう思つて見ると、いかにも柔和な、品のいゝ、名人らしい相をしてゐる。絶えず落ち着きのあるほゝゑみを浮かべて、我が児をいつくしむやうな慈愛のこもつたまなざしを手に抱いてゐる人形の髪かたちに送りながら、自分の藝を楽しんでゐる風があるのは、そゞろに此の老藝人の境涯の羨ましさを覚えさせる。要はふとピーターパンの映画*の中で見たフエアリー*を想ひ出した。小春はちやうど、人間の姿を備へて人間よりはずつと小さいあのフエアリーの一種で、それが肩衣《かたぎぬ》*を着た文五郎の腕に留まつてゐるのであつた。

「僕には義太夫は分らないが、小春の形はいゝですな」

——半分ひとりごとのやうに云つたのが、お久には聞えた筈だけれど、誰も合ひ槌を打つ者もない。視力をはつきりさせるために要はたび〳〵眼《ま》ばたきをしたが、一としきり身

の内のぬくまつた酔ひがだん〳〵醒めて来るにつれて、小春の顔が次第に刻明な輪廓を取つて映つた。彼女は左の手を内ぶところへ、右の手を火鉢にかざしながら、襟の間へ頤《あご》を落して物思ひに沈んだ姿のまゝ、もうさつきから可なりの時間をじつと身動きもしないのである。それを根気よく視つめてゐると、人形使ひもしまひには眼に入らなくなつて、小春は今や文五郎の手に抱かれてゐるフエアリーではなく、しつかり畳に腰を据ゑて生きてゐた。だがそれにしても、俳優が扮する感じとも違ふ。梅幸《ばいこう》*や福助*のはいくら巧くても「梅幸だな」「福助だな」と云ふ気がするのに、此の小春は純粋に小春以外の何者でもない。俳優のやうな表情のないのが物足りないと云へば云ふものゝ、思ふに昔の遊里の女は芝居でや

るやうな著しい喜怒哀楽を色に出しはしなかつたであらう。元禄の時代に生きてゐた小春は恐らく「人形のやうな女」であつたらう。事実はさうでないとしても、兎に角浄瑠璃を聴きに来る人たちの夢みる小春は梅幸や福助のそれではなくて、此の人形の姿である。昔の人の理想とする美人は、容易に個性をあらはさない、慎しみ深い女であつたのに違ひないから、此の人形でいゝ訳なので、此れ以上に特長があつては寧ろ妨げになるかも知れない。昔の人は小春も梅川《うめがわ》*も三勝《さんかつ》*もおしゆん*も皆同じ顔に考へてゐたかも知れない。つまり此の人形の小春こそ日本人の伝統の中にある「永遠女性」のおもかげではないのか。

………

十年ほど前に御霊《ごりよう》の文楽座を覗いた時には何の興味も湧かなかつた要は、たゞその折にひどく退屈した記憶ばかりが残つてゐたので、今日は始めから期待するところもなく義理で見物に来たのであるのに、知らず識らず舞台の世界へ惹き込まれて行く自分を見ることは意外であつた。十年のあひだにやつぱり歳を取つたんだなと、思はずにはゐられなかつた。此の調子だと京都の老人の茶人ぶりも馬鹿には出来ない。更に十年も立つうちには自分もそつくり此の老人の歩んだ道を辿《たど》るやうになるのではないか。そしてお久のやうな妾を置いて、腰に金唐革《きんからかわ》の煙草入れを提げ、蒔絵の弁当箱を持つて芝居見物に来るやうなふうに、………いや事に依ると十年を待たないかも知れない。自分は若い時分から老成ぶる癖があつたから、人一倍早く年を取る傾向があるのだ。——要は下膨《しもぶく》れの頬を見せてゐるお久の横鬢と、舞台の小春とを等分に眺めた。いつもは眠いやうな、ものうげな顔の持ち主であるお久の何処やらに小春と共通なもの、あるのが感ぜられた。同時に彼の胸の中に矛盾した二つの情緒がせめいだ、――老境に入ることは必ずしも悲しくはない、老境には老境でおのづからなる楽しみがある、と云ふ気持と、そんなことを考へるのが既に老境に入らうとする兆《きざし》だ、夫婦別れをしようと云ふのは、自分も美佐子ももう一度自由に復《かへ》つて、青春を生きようためではないのか、今の自分は妻への意地でも年を取つてはならない場合だ、と云ふ気持と。――

その三

「ゆうべはわざ〳〵電話を戴きまして有り難う存じました。………」

幕あひになるとぐるりと此方《こつち》へ向きを変へた老人に、要は改めて挨拶しながら、

「お蔭さまで今日はまことに面白うございます。全くお世辞でなく、い、所がありますな」

「私が人形使ひぢやあないからお世辞を云はれる事はないがね」

と、老人は女物の古裂《こぎれ》で作つた色のさめたお納戸《なんど》*縮緬《ちりめん》の襟巻の中へ寒さうに首をちゞめて、やに下つた*形で云つた。

「まあ、あなたがたを誘つてもどうせ退屈だらうけれど、しかし一遍は見て置くとい丶と思つたんで、………」

「い丶え、なか〳〵面白いですよ、此の前見た時とはまるで感じが違ふんで、非常に思ひの外なんです」

「もうお前さん、今あの治兵衛だの小春だのを使つた大頭株《おおあたまかぶ》*の人形使ひがゐなくなつたら、どうなるか分りやしないんだから、………」

美佐子はそろ〳〵お談義が初まつたと云ふやうに下唇で薄笑ひを嚙みしめながら、てのひらの間にコムパクト*を隠してパツフで鼻をた丶いてゐた。

「斯う入りがないのは気の毒なやうですが、日曜や土曜にはまさかこんなでもないんでせうか」

「なあに、いつでもこんなもん、………此れで今日らは来てゐる方です。ぜんたい此の小屋ぢやあ広過ぎるんで、先《せん》の文楽座ぐらゐの方が、小ぢんまりしてい丶んだけれど、………」

「あれは再築を許可されないらしいですね、新聞で見ますと」*

「それより何より、此の客足ぢやあ引き合はないから松竹が金を出しやあしない。こんな物こそむづかしく云ふと大阪の郷土藝術*なんだから、誰か篤志家が出て来なけりやあならないんだが」

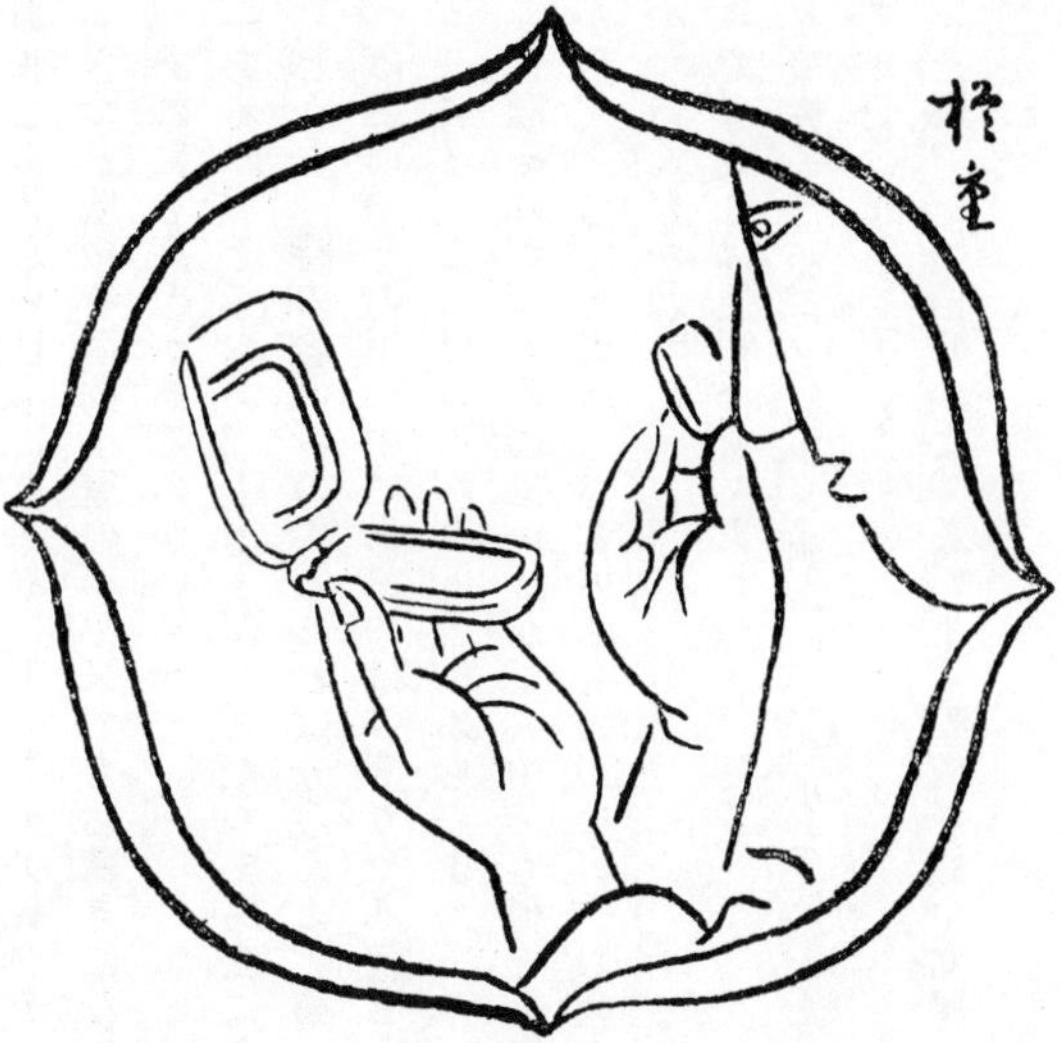

「どう、お父さんがお出しになつたら？」

と、横あひから美佐子が交《ま》ぜつ返した。

老人は真顔で受けながら、

「私は大阪人ぢやあないから、……此れはやつぱり大阪人の義務だと思ふよ」

「でも大阪の藝術に感心していらつしやるんぢやないの？　まあ大阪に降参しちやつたやうなもんだわ」

「お前はさうすると西洋音楽に降参の口かね？」

「さうとも限らないんだけれど、あたし義太夫と云ふものはイヤなの、騒々しくつて。――」

「騒々しいと云やあ此の間或る所で聴いたんだが、あのジヤズ・バンド*と云ふものは、ありやあ何だい？　まるで西洋の馬鹿囃《ばや》し*だが、あんなものが流行《はや》るなんて、あれなら昔から日本にもある。――テケレッテ、テツトンドンと云ふ、つまりあれだ」

「きつと低級な活動小屋のジヤズ*でもお聴きになつたんぢやないの」

「あれにも高級があるのかい？」

「あるわ、そりやあ、……ジヤズだつて馬鹿になりやしないわ」

「どうも今時の若い者のすることは分らんよ。第一女が身だしなみの法を知らない。たとへばお前のその手の中にあるのは、そりやあ何といふもんだね」

「これ？　これはコムパクトといふもんよ」

「近頃それが流行るのはいゝが、人中でも何でも構はずそれを開けて見ては顔を直すんだから、ちつとも奥床しさといふものがない、お久もそいつを持つてゐたんでこの間叱つてやつたんだがね」

「でも此れは便利なもんよ」

と美佐子はわざと悠々と明るい方へ小さな鏡を向けながら、キツス・プルーフ*を唇へあて、丹念に紅を引いた。

「それ、その恰好がよくないよ。堅儀な娘や女房はさう云ふ形を人前で見せなかつたもんだがね」

「今は誰でも見せるんだから仕方がないわ。わたしの知つてゐる奥様で、会の時にテーブ

ルへ着いてからきつとコムパクトを持ち出すんで有名な人があるくらゐだわ。お皿が眼の前に出てゐるのを其方《そっち》除《の》けにして顔を直してゐるもんだから、その人のお蔭でコースがちつとも捗《はかど》らないの、あゝなられても極端だけれど」

「誰だい、それは？」

と、要がきいた。

「中川さんの奥様、――あなたの知らない方」

「お久、ちよつと此の火を見ておくれ。――」

と、老人は下腹から懐炉《かいろ》の包みを取り出して、

「小屋が広いのに入りがないせゐか、どうも冷えてかなはない」

と、つぶやくやうに云つた。お久が懐炉灰*

の火を直すので、手が塞がつてゐる隙に、要は気を利かして、

「いかゞです、胃袋の方へもう少し懐炉をお入れになつたら」

と、これも御持参の錫《すず》の銚子《ちようし》*を取り上げて云つた。

舞台の方ではもう次の幕が開きさうなけはひなのに、夫がのんきらしく、キツカケを作つてくれないので、美佐子はさつきからじり〳〵してゐた。出がけに須磨から電話があつたとき、彼女は実は「自分はちつとも気が進まないのだから、芝居の方は成るたけ早く切り上げる。そして出来たら七時頃までに会ひに行くやうにする」と云つて置いたのである。尤《もつと》も都合で分らないから、アテにしないでゐてくれろとは云つたけれども、………

「明日《あした》一日、きつと此処が痛いだらうと思ふわ」

彼女は膝頭を揉んで見せた。

「幕が開くまでそこに腰かけてゐたらいゝ」

さう云ひながら夫が眼交ぜで、「まあ、今直ぐ帰るとも云ひかねるから」と訴へてゐるらしいのが分ると、それが何がなしに癇に触れてならなかつた。

「廊下を一と廻り運動して来たらどうかね」

と、老人が云つた。

「廊下に何か面白いものでもあつて？」

半分皮肉に云ひかけてから、彼女は冗談に紛らしながら、

「あたしも大阪の藝術には降参しちやつたわ。たつた一と幕だけでお父さん以上に降参したわ」

「ふゝ」

と、お久が鼻の奥で笑つた。

「どうなさる？　あなた、――」

「さあ、僕は孰方《どつち》でもいゝんだが、……」

要の方は要の方で、例のあいまいな返辞をしながら、今日に限つてさうしつツこく「帰る帰らない」を問題にする妻の態度に、淡い不満を蔽ひ隠すことが出来なかつた。自分も彼女が長居をしたくないことは知つてゐる、云はれないでも潮時を見て器用に切り上げるつもりだけれども、折角呼ばれて来てゐるものを、せめて父親の手前だけは機嫌よくして、夫の処置に任せてくれたら、――それくらゐは夫婦らしく、気を揃へてくれたらいゝのに。

「今からだと、ちやうど時間の都合もいゝし、――」

彼女は夫の顔色には頓着なく、七宝《しつぽう》入りの両蓋の時計をキラリと胸のところで開いた。

「来たついでだから、*松竹へ行つて御覧にならない？」

「まあお前、要さんは面白いと云ふんだから、――」

と、老人は何処かだだツ児じみた感じの現れる気短かさうな眉を寄せた。

「――さう云はないでもう少し附き合つたらいゝだらうに。松竹なんか又出直しても済むんだから」

「えゝ、要が見たいつて云ふのなら見てもいゝんですけれど」

「それにお前、お久がゆうべからかゝつて弁当を拵へて来たんだから、そいつをたべて行つておくれ。こんなにあつちやあ私たちぢやあたべ切れやしない」

「何お云やす、わざ〳〵上つていたゞくほどおいしいことおへんえ」

三人の言葉の取りやりを子供が大人の傍にゐるやうに無関係に聞き過してゐたお久は、さう云つてきまり悪さうに、はすかひに載つてゐた組重《くみじゆう》の蓋を直して、四角な入れ物へモザイクのやうに詰まつてゐる色どりを隠した。が、高野《こうや》豆腐を一つ煮るのにもなか〳〵面倒な講釈をする老人は、此の歳の若い妾を仕込むのに煮《に》焚《た》きの道をやかましく云つて、今ではお久の料理でなければ口に合はないと云ふほどなので、それを二人に是非ともたべさせたいのであつた。

「松竹はもう遅いだらう。明日《あした》におしよ」

と、要は「松竹」と云ふ中へ「須磨」を含ませて云つた。

「まあもう一と幕見て、お久さんの心づくしを戴いてからの都合にしようよ」

けれども妙に間が合はなくなつた夫婦の気持は、二《ふ》た幕目の「治兵衛内の場」*を見てゐる内に一層変にさせられてしまつた。たとひ人形の演ずる劇であり、奇怪な誇張に充ちてゐ

る浄瑠璃の物語であるとは云へ、治兵衛とおさんとの夫婦関係には、二人がそつと相顧みて苦笑を余儀なくするものがあつた。要は、「女房のふところには鬼が棲《す》むか蛇《じゃ》が棲むか*」と云ふ文句を聞くと、それがいかにも性慾的にかけ離れてしまつた女夫《めおと》の秘事を婉曲ながら適切に現はしてゐるのに気づいて、暫く胸の奥の方が疼《うず》くのを感じた。彼は義太夫の「天の網島《あみじま》」は巣林子《そうりんし》*の原作でなく、半二*か誰かの改作であるのをぼんやり記憶してゐたが、きつと此の文句は原作の方にあるのだらう、老人が浄瑠璃の文章を褒めて「今の小説なんかとても及ばない」と云つてゐるのは、かう云ふところを指すのだらうと思ふと、ふと又気がゝりなことが浮かんだ。今に此の幕が済んだあとで、老人が此の文句を持ち出しはしないか。「鬼が棲むか蛇が棲むか

とは、昔の人は実にうまいことを云つたもんだね」と、例の口調で皆に同感を求めはしないか。この場合を想像すると居たゝまらないやうな気がして、やつぱり妻の云ふことを聴いておけばよかつたと思つた。

しかし一方、やゝともすると其の不愉快を打ち忘れて、再び舞台の表現にうつとりさせられる瞬間があつた。前の幕ではひとり小春の姿にばかり心を惹かれたのに、今度の幕では治兵衛もよし、おさんもいゝ。紅殻塗りの框《かまち》を見せた二重*の上で定規《じようぎ》*を枕に炬燵《こたつ》に足を入れながら、おさんの口説《くど》きをじつと聞き入つてゐる間の治兵衛。――若い男には誰しもある、黄昏時《たそがれどき》の色町の灯を恋ひしたふそこはかとない心もち。――太夫の語る文句の中に夕暮の描写はないやうだけれども、要は何がなしに夕暮に違ひないやうな気がして、格子の外の宵闇に蝙蝠《こうもり》の飛ぶ町のありさまを、――昔の大阪の商人《あきうど》町を胸にゑがいた。風通《ふうつう》か小紋*ちりめんのやうなものらしい着附を着てゐるおさんの顔だちが、人形ながら何処か小春に比べると淋しみが勝つてあでやかさに乏しいのも、さう云ふ男にうとまれる堅儀な町女房の感じがある。そのほか舞台一杯に暴れ廻る太兵衛も善六も、*見馴れたせゐか両脚のぶらん〳〵するのが前の幕ほど眼ざはりでなく、だん〳〵自然に見えて来るのも不思議であつた。そして此れだけの人間が、罵《ののし》り、喚《わめ》き、啀《いが》み、嘲《あざけ》るのが、――太兵衛の如きは大声を上げてわいわいと泣いたりするのが、――みんな一人の小春を中心にしてゐるところに、その女の美しさが異様に高められてゐた。成るほど義太夫の騒々しさも使

ひ方に依つて下品ではない。騒々しいのが却つて悲劇を高揚させる効果を挙げてゐる。

……

要が義太夫を好まないのは、何を措《お》いてもその語り口の下品なのが厭《いや》*なのであつた。義太夫を通じて現れる大阪人の、へんにづう〳〵しい、臆面《おくめん》のない、目的のためには思ふ存分な事をする流儀が、妻と同じく東京の生れである彼には、鼻持ちがならない気がしてゐた。ぜんたい東京の人間は皆少しづゝはにかみ屋である。電車や汽車の中などで知らない人に無遠慮に話しかけ、甚しきはその人の持ち物の値段を聞いたり、買つた店を尋ねたりするやうな大阪人の心やすさを、東京人は持ち合はせない。東京の人間はさう云ふやり方を不作法であり、無躾《ぶしつけ》であるとする。それだけ東京人の方がよく云へば常識が円満に発達してゐるのだが、しかしあまり円満に過ぎて見えとか外聞とかに囚はれる結果は、いきほひ引つ込み思案になり消極的になることは免れられない。兎に角義太夫の語り口には、此の東京人の最も厭ふ無躾なところが露骨に発揮されてゐる。いかに感情の激越を表現するのでも、あゝまでぶざまに顔を引き歪めたり、唇を曲げたり、仰《の》け反《ぞ》つたり、もがいたりしないでもいゝ。あゝ迄にしないと表はすことが出来ないやうな感情なら、東京人はむしろそんなものは表はさないで、あつさり洒落《しやれ》にしてしまふ。要は妻が長唄*仕込みで、此の頃もよく人知れぬ憂さを紛らすために弾いてゐるのが耳にあるせゐか、まだあの冴えた撥《ばち》の音の方が淡いながらもなつかしく聞いてゐられた。老人に云はせると長唄の三味線は余程の名人が弾かない限り、撥が皮に打《ぶ》つかる音ばかりカチヤカチヤ響いて、かんじんの絃の音色が消されてしまふ。そこへ行くと上方の方は浄瑠璃でも地唄*でも東京のやうに撥を激しく打つけない。だから余韻と円《まる》みがあると云ふのだが、要も美佐子もこれには反対で、日本の楽器はどうせ単純なのだから、軽快を主とする江戸流の方が悪く毒々しい力がないだけ、邪魔にならないと云ふのであつた。そして夫婦は音《おん》曲《ぎよく》のことで老人を向うへ廻す時は、いつでも趣味が一致してゐた。

老人は二た言目には「今の若い者は」を口にして、西洋かぶれのしたものは何に限らずダークのあやつりと同じやうに腰がきまらない、うすつぺらだと云つてしまふ。尤も老人の言ひ草には常に多少の掛け値があつて、一と昔前はさう云ふ御自身が歯の浮くやうなハイ

カラ振りに身を窶《やつ》してゐた時代もあるのだが、日本の楽器は単純だなどゝ云はうものなら躍起になつて得意のお談義が始まるのである。さうなると要はつい面倒で好い加減に引き退つてしまふけれども、心のうちでは一概にうすつぺら扱ひされるのに平らかでないものがあつた。彼は自分のハイカラは、今の日本趣味の大部分を占めてゐる徳川時代の趣味と云ふものが何となく気に食はないで、その反感から来てゐることは自分にはよく分つてゐながら、それを老人に納得させる段になると、何と説明したらいゝか云ひ現はしやうに困るのであつた。彼の頭の中にある漠然とした物足らなさは、つゞめて云へば徳川時代の文明は調子が低い、町人が生んだものであるから、何処まで行つても下町情調が抜け切れない、と云ふところにあるかも知れない。東京の下町に育つた彼が下町の気分を嫌ふ

筈はなく、思ひ出としてはなつかしいものに違ひないが、一面には又、下町ツ児であるが故に土地の空気が鼻に附いて卑俗な感じがする訳でもある。さう云ふ彼は反動的に、下町趣味とは遠くかけ離れた宗教的なもの、理想的なものを思慕する癖がついてゐた。美しいもの、愛らしいもの、可憐なものである以上に、何かしら光りかゞやかしい精神、崇高な感激を与へられるものでなければ、——自分がその前に跪《ひざまず》いて礼拝するやうな心持になれるか、高く空の上へ引き上げられるやうな興奮を覚えるものでなければ飽き足らなかつた。これは藝術ばかりでなく、異性に対してもさうであつて、その点に於いて彼は一種の女性崇拝者であると云へる。もちろん彼は今迄にさう云ふ恋愛なり藝術的感興なりを味はつたことはなく、たゞぼんやりした夢を抱いてゐるだけだけれども、それだけひとしほ眼に見えぬものに憧れの心を寄せてゐた。そして西洋の小説や音楽や映画などに接すると、まだいくらかはその憧れが満たされるやうな気がした。と云ふのは西洋には昔から女性崇拝の精神がある。西洋の男は己れの恋する女人の姿に希臘《ギリシア》神話の女神を見、聖母の像を空想する。此の心持が広くいろ〳〵な習慣に附き纏つて、藝術の中にも反映してゐるせゐであらうと、要はそんなふうに考へ、その心持の欠けてゐる日本人の人情風俗に云ひやうのない淋しさを覚えた。それでも仏教を背景にしてゐた中古のものや能楽などには古典的ないかめしさに伴ふ崇高な感じがないでもないが、徳川時代に降つて来て仏教の影響を離れゝば離れるほど、だん〳〵低調になるばかりである。西鶴*や近松の描く女性は、いぢらしく、やさしく、男の膝に泣きくづほれる女であつても、男の方から膝を屈して仰ぎ視るやうな女ではない。だから要は歌舞伎芝居を見るよりも、ロス・アンジエルスで拵《こしら》へるフイルム*の方が好きであつた。絶えず新しい女性の美を創造し、女性に媚びることばかりを考へてゐるアメリカの絵*の世界の方が、俗悪ながら彼の夢に近かつた。そして嫌ひなもの、中でも、東京の芝居や音曲にはさすが江戸人のきび〳〵としたスマートな気風が出てゐるのに、義太夫は飽く迄太々《ふてぶて》しく徳川時代趣味に執着してゐるところが、到底傍《そば》へも寄りつけないやうに思へたのであつた。

それが今日はどう云ふ訳か最初に舞台を見入つた時からさう反感を起すでもなく、自然にすら〳〵と浄曲*の世界へいざなはれて、あの重苦しい三絃の音までがいつとはなしに心のうちへ食ひ入つて行くやうなのである。そして落ち着いて味はつて見ると、彼のきらひな町人社会の痴情の中にも日頃のあこがれを満たすに足るものがないでもない。暖簾《のれん》を垂らした瓦燈口《がとうぐち》*に紅殻塗りの上り框《がまち》、——世話格子で*下手《しもて》を仕切つたお定まりの舞台装置を見ると、暗くじめ〳〵した下町の臭ひに厭気を催したものであつたが、そのじめ〳〵した暗さの中に何かお寺の内陣*に似た奥深さがあり、厨子《ずし》に入れられた古い仏像の円光*のやうにくすんだ底光りを放つものがある。しかしアメリカの映画のやうな晴れ〳〵しい明るさとは違つて、うつかりしてゐれば見過してしまふほど、何百年もの伝統の埃の中に埋まつて佗びしくふるへてゐる光だけれども。……

「さあ、どうどす、お腹《なか》空いてましたらたべとおくれやす、ほんまに味なうおすけれど、………」

幕が終るとお久がさう云つて重箱の物をめい〳〵に取つてくれたが、要はまだ眼にちらついてゐる小春やおさんのおもかげに名残りを惜しまれる一方、老人のお談義が直きに例の「鬼が栖むか蛇が栖むか」へ落ちて行きさうな形勢なので、幕の内*を摘まむあひだも気が気でなかつた。

「それではあの、戴《いただ》き立ち*で甚だ勝手なんですが、………」

「もう、お帰りやすか、ほんまに」

「僕はもつと見てゐてもいゝんですが、やつぱりちよつと松竹座へ行つて見たいんださうですから。………」

「そらなあ、奥様」

と、取りなすやうにお久は云つて、老人と美佐子とを半々に見た。

二人はそれをいゝしほに、次の幕の口上*が始まりかけたのを聞きながら、廊下までお久に送られて出た。

「あんまり親孝行にもならなかつたわね」

道頓堀の夜の灯の街へ吐き出されたとき、美佐子はほつとしたやうに云つて、それには答へず戎橋の方へ足を向けかけた夫を呼んだ。

「あなた、そつちぢやあないことよ」

「さうか」

と、要は引つ返して日本橋《にっぽんばし》*の方へ、こゝろもち急ぎ足で行く彼女のあとに追ひつきながら、

「いや、あつちへ行つた方がいゝ車が拾へると思つたんだ」

「もう何時？」

「六時半だよ」

「どうしようかしら、………」

妻は袂から手袋を出して、それを嵌めながら歩いてゐた。

「行くならおいでな。行つて行けないと云ふ時間でもない。………」

「此処からだと、梅田から汽車*で行つた方が早いでせうか」

「早いことを云やあ、阪急で行つて上筒井《かみつつい》から自動車*の方がいゝだらう。――しかしさうすると、此処で別れてもいゝ訳なんだな」

「あなたは？」

「僕は心斎橋筋*をぶらついて帰る」

「ぢやあ、……もしか先にお帰りになつたら、十一時に迎へに出てゐるやうに仰つしやつて下さらない？　電話をかけるつもりだけれど」

「うむ」

要は妻のために通りかゝりのニユウ・フオード*を止めた。そしてガラスの窓の中に彼女の横顔が収まるのを見届けてから、再び道頓堀の人波の中へ引つ返して行つた。

その四

弘サン
学校ハイツカラ休ミデスカ、モウ試験ハ済ミマシタカ、僕ハチヤウド君ノ学校ガ休ミノ時分ニソチラへ行キマス。
御土産ハ何ニシヨウ。御注文ノ広東《カントン》犬*ハ此ノ間カラ捜シテヰマスガナカナカ見ツカラナイ。同ジ支那デモ上海《シャンハイ》*ト広東*トハマルデ国ガ違フヤウニ離レテヰマス、目下当地デハ「グレイハウンド」*ガ流行デス、ソレデヨケレバ持ツテ行キマス、ドウイフ犬カ君ハ多分知ツテヰルデセウガ、参考ノタメ「グレイハウンド」ノ写真ヲ此処ニ入レテ置キマス。

写真デ思ヒツイタガ写真機ガ欲シクハナイデスカ、「パテエ・ベビイ」*ハイカガ？　犬トドツチガイイカ、返事ヲ下サイ。オ父サンニハ約束ノ「アラビアン・ナイト」*ガ「ケリー・ウオルシユ」*ニアツタカラ持ツテ行クト云ツテ下サイ、コレハ大人《おとな》ノ読ム「アラビアン・ナイト」デス。子供ノ読ム「アラビアン・ナイト」デハアリマセン。

オ母サンニハ緞子《どんす》*ト呉絽《ごろう》*ノ帯地ヲ持ツテ行クト云ツテ下サイ、ドウセ僕ノオ見立テダカラ例ニ依ツテ悪口ヲ云ハレルカモ知レナイ、君ノ犬ヨリ此ノ方ガ心配ダト云ツテ下サイ。

荷物ガ沢山持チキレナイホドアリマス、犬ヲツレテヰタラ電報ヲ打ツカラ誰カ船マデ受ケ取リニ来テ下サイ。

大概二十六日ノ上海丸*ノ予定デス。

高夏秀夫

斯《し》波《ば》弘《ひろし》様

その二十六日の午頃《ひるごろ》、父につれられて出迎へに行つた弘は、船の廊下を尋ね廻つていち早く船室を捜しあてると、

「小父さん、犬は？」

と、真つ先にきいた。

「犬か、——犬は彼方《あつち》に置いてあるよ」

白つぽいホームスパン*の上衣の下に鼠のスウエーターを見せて、同じ鼠のフランネルのパンツ*を穿いた高夏は、狭い室内で彼方此方《あつちこつち》荷まとめをするあひだも絶えず葉巻を手から口へ、口から手へと持ち変へながら、そのために一層気ぜはしさうに働いてゐた。

「大分荷物が多いぢやないか、今度は幾日ぐらゐ居るんだ」

「今度は少し東京に用があるんだ、君ん所にも五六日はゐるつもりだが」

「これは何だ」

「それは酒だ。——非常に古い紹興酒《しようこうしゆ》*だと云ふんだが、欲しければ一と瓶《びん》分けてもいゝ」

「その辺にある細かい物を寄越したらどうだい、ぢいやが下で待つてゐるから、あれを呼んで持たしてやらう」

「犬は、お父さん？　犬はどうするの？」

と、弘が云つた。

「——ぢいやは犬を連れて行くんですよ、お父さん」

「なあに、おとなしい犬だから大丈夫だよ、弘君でも連れて行かれるよ」

「噛まない？　小父さん」

「絶対に噛まない、どんな事をしたつて平気なもんだ。君が行つたら直ぐ飛び着いてお世

辞を使ふよ」

「何といふ名？」

「リンディー。*――リンドバーク*のことだよ、ハイカラな名だらう？」

「小父《おじ》さんがお附けになつたの？」

「西洋人が持つてゐたんで、前からそんな名が附いてゐたのさ」

「弘」

要は、犬の話で夢中になつてゐる子供を呼んだ。

「お前はちよつと下へ行つてぢいやを連れておいで。ボーイだけでは手が足りないから」

「元気ぢやないか、見たところでは。――」

何か嵩張《かさば》つた重さうな包みを寝台の下からずる〳〵引きずり出しながら、出て行く弘のうしろかげへ眼をやつて高夏は云つた。

「そりや子供だから、元気は元気だが、あれでなか〳〵神経質になつてゐるんだ。手紙にそんなところはなかつたかね」

「なかつたね、別に」

「尤もそりやあ、まだどうと云つて形を取つた心配がある訳ではなし、子供としては何とも書きやうはない筈だけれど、………」

「たゞ最近、前より頻繁に手紙を寄越すやうになつてはゐた。やつぱり何かしら淋しい気持がしたのかも知れない。………さて、此れでよしと」

ほつとしたやうに高夏は寝台の端に腰をおろして、葉巻の煙を始めてふか〳〵と味はふのであつた。

「ぢや、まだ子供には何も話してないんだね？――」

「うむ」

「さう云ふ点が君と僕とは考が違ふな、いつも云ふことなんだけれど」

「もしも子供に尋ねられたら、僕は正直に云ふだらう」

「だつて、親の方から云はなかつたら、子供がそんなことを切り出せる訳がないぢやないか」

「だからつまり話さないと云ふ結果になるのさ」

「よくないがなあ、ほんたうに。………いよ〳〵と云ふ時に突然打ち明けるよりも、前からぽつ〳〵因果をふくめて置く方が、却つてその間に覚悟が出来ていゝんだがなあ」

「しかし、もううす〳〵は気が付いてゐるんだよ。僕等も話こそしないが、気が付かれるだけのことは子供の前で見せてゐるんだから、かう云ふ事があるかも知れない――ぐらゐな覚悟は案外ついてゐるかとも思ふ」

「それなら尚更話すのに楽ぢやないか。黙つてゐられるといろ〳〵なふうに気を廻して、最悪な場合を想像したりするもんだから、それで神経質になるんだ。――もしも君、もうお母さんに会へなくなるんぢやないかと云ふやうな余計な心配をしてゐたとしたら、話をすると却つて安心するかも知れんぜ」

「僕もさう考へなくもないんだがね、………たゞどうも、親の身になると子供に打撃を与へるのが厭だもんだから、ついぐづぐづに延ばしてしまつて、………」

「君が恐れるほど打撃を受けはしないんだがなあ。――子供と云ふものは強いもんだぜ。大人の心で子供を推し測《はか》るもんだから可哀さうに思へるんだが、子供自身はこれから成長するのだから、そのくらゐな打撃に堪へる力は持つてゐるんだぜ。ようく分るやうに云つて聴かしたらあきらめるところはちやんとあきらめて、理解するに違ひないんだが、………」

「それは僕にも分つてゐるんだよ。君の考へる通りのことを僕も一と通りは考へたんだ」

ありていに云ふと、要は此の従弟《いとこ》が上海から来てくれる日を、半ば、心待ちにもし、半ば、荷厄介にもしてゐた。不愉快なことは一日延ばしに先へ延ばして土壇場へ追ひ詰められるまでは云ひ出し得ない自分の弱い性質を思ふと、従弟が早く来てくれたら自然いや〳〵ながらでも前のめり押し出されてカタが附きさうな気がしてゐたのだが、面と向つてその問題を持ち出されてみると、遠い所に置いてあつたものが急に眼の前へ迫つた感じで、励まされるよりは怯気《おじけ》がついて、臀込《しりご》みするやうになるのであつた。

「で、どうする今日は？　真つ直ぐ僕の家へ来るか」

と、彼は別なことを尋ねた。

「どうしてもいゝ。大阪に用があるんだけれど、今日でなくつても差支へない」

「ぢや、一と先づ落ち着いたらどうかね」

「美佐子さんは？」

「さあ、………僕が出かける時までは居たが、………」

「今日は、僕を待つてゐやしないか」

「或はわざと気を利かして出たかも知れんね、自分がゐない方がいゝと云ふ風に、――少くともそれを口実にして」

「うん、まあ、それは、――美佐子さんにもいろ〳〵聞いてみたいんだけれど、その前によく君の方の腹をたしかめて置く必要があるんだ。いつたい、いくら近しい間柄でも夫婦の別れ話の中へ他人が這入るのは間違つてるんだが、君たちばかりは自分で自分の始末が付かない夫婦なんだから、……」

「君、昼飯は済んでゐるのか」

と、要はもう一度別なことを尋ねた。

「いゝや、まだゞ」

「神戸で飯を食つて行かうか、子供は犬がゐるんだから先へ帰るよ」

「小父さん、犬を見て来ましたよ」

さう云ひながら、そこへ弘が戻つて来た。

「素敵《すてき》だなあ、あれは。まるで鹿みたいな感じだなあ」

「うん、走らしたら非常に速いぞ。汽車より速いと云ふくらゐで、あれを運動させるには自転車へ乗つて引つ張るのが一番いゝんだ。何しろ競馬に出る犬だから」

「競馬ぢやあないでしよ、競犬でしよ小父さん」

「やられたね、一本」

「けれどあの犬、デイステムパア*は済んでるかしら?」

「済んでるよ勿論、もうあの犬は一年と七箇月になるんだ。――それよりあれをどうして家へ連れて行くかゞ問題だな、大阪まで汽車で、それから自動車でゞも行くか」

「そんなことをしないだつて阪急は平気なんですよ。ちよつと頭から風呂敷か何か被せてやれば、人間と一緒に乗せてくれるんです」

「へえ、そりやハイカラだなあ、日本にもそんな電車があるのか」

「日本だつて馬鹿に出来ないでせう、どうだす、小父さん?」

「さうだつか」

「をかしいや、小父さんの大阪弁は。それぢやアクセントが違つてらあ」

「弘の奴は大阪弁がうまくなつちやつて困るんだよ、学校と家とで使ひ分けをやるんだから、――」

「そらなあ、僕かつて標準語*使へ云うたら使はんことないけど、学校やつたら誰かつてみんな大阪弁ばつかりやさかい……」

「弘」

と、要は図に乗つてしやべりつゞけようとする子供を制した。

「お前、犬を受け取つたらぢいやを連れて先へお帰り、小父さんは神戸に用があるさうだし、……」

「お父さんは？」

「お父さんも小父さんと一緒だ。小父さんは実は、久しぶりで神戸のすき焼がたべたいと云ふんで、此れから三ツ輪*へ出かけるんだよ。お前は朝がおそかつたからそんなに減つてやしないだらう？　それにお父さんは少し小父さんと話もあるし、……」

「あゝ、さう」

子供は意味を悟つたらしく、顔を擡《あ》げて恐る〳〵父の眼の色を見た。

その五

「兎に角弘君の一件はどうする気なんだ。話した方がいゝにはいゝが、話しにくいと云ふのだつたら、僕が話してやつてもいゝぜ」

せつかちと云ふほどでもないが、テキパキ事務を運んで行く習慣のついてゐる高夏は、三ツ輪の座敷に足を伸ばすとすき焼の鍋の煮えるあひだも無駄に放つては置けないのであつた。

「それはいかん、やつぱり僕から話す方が本当ぢやないかな」

「そりやあさうに違ひないさ、たゞその本当のことを君がなか〳〵実行しさうもないからさ」

「まあいゝ、さう云はんで子供のことは僕の勝手にさせてくれ給へ。何と云つても彼奴の性質は僕が一番よく知つてゐるんだから。――今日だつて君は気がつくまいが、弘の態度は余程いつもと違つてるんだよ」

「どう云ふ風に？」

「ふだんはあんな風に人の前で大阪弁を使つてみせたり、揚げ足を取つたりするやうなことはめつたにないんだ。いくら君と親しいからつて、あんなにはしやぐ筈はないんだ」

「僕も少うし元気過ぎるとは思つたんだが、……ぢや、わざとはしやいでゐたのかね」

「さうだよ、きつと」

「どうしてだらう？　無理にもはしやいで見せなければ僕に悪いと云ふ風に思つたのかしら？」

「それも多少はあるかも知れない、が、弘は実は君を恐れてゐるんだよ。君が好きではあるんだが、同時にいくらか恐ろしくもあるんだ」

「なぜ？」

「子供は僕等の夫婦関係が何処まで切迫してゐるのかは知るよしもないが、君が来たと云ふことは何かしら形勢に変化が起る前兆だと思つてゐるんだ。君が来なければ容易にわれ〳〵はカタが付かない、そこへ君がカタをつけに来たと、さう思つてゐるんだよ」

「成るほど、ぢやあ僕が来るのはあまり有り難くない訳なんだな」

「そりやあいろ〳〵土産物を貰ふのは嬉しいし、君に会ひたいには会ひたいんだ。つまり君は好きなんだが、君の来ると云ふことが恐ろしいんだよ。さう云ふところは僕も弘も全く同じ気持なんで、さつきの話す話さないの一件なんぞも、僕が話すのを厭がるやうに子供の方でも聞かされるのを厭がつてゐるのは、あれの様子に見えてゐるんだ。弘にしてみると、君と云ふ人は何を云ひ出すか分らない、お父さんが云はないでゐることを、今に君から宣告されやしないかと、そんなところまで感ぐつてゐるんぢやないかと思ふ」

「さうか、それでその恐ろしさを胡麻化すためにはしやいでゐたのか」

「要するに、僕も、美佐子も、弘も、三人ながら同じやうに気が弱いんだ。さうして今では三人共に同じ状態にとゞまつてゐるんだ。――正直を云ふと、僕にしたつて君の来るのが恐ろしくないことはないんだから」

「ぢや、放つて置いたらどうなるんだ」

「放つて置かれたらなほ困るんだ。恐ろしいことは恐ろしいが、何とかカタがついた方がいゝには違ひないんだから」

「弱つたな、どうも。――阿曾と云ふ男は何と云つてゐるんだ。君等が駄目なら、その男に積極的に出てもらつたら、却つて解決が早くはないかな」

「ところがその男もやつぱり同じらしいんだよ。美佐子の方から極《き》めてくれなければ、自分はどうともする訳に行かないと云ふんださうだ」

「まあ、男の立ち場としてはさういふのが当然ではある。でなけりや自分が人の家庭を破壊することになるんだから」

「それにもと〳〵此の話は何処までも三人が合意の上のことにしよう、阿曾にも、美佐子にも、僕にも、みんなに都合のいゝ時を待たうと、さう云ふ約束なんだからね」

「けれども都合のいゝ時なんて、一体いつになつたら来るんだ。誰か一人が決然たる処置を取らなかつたら、そんな時は永久に来るもんぢやない」

「いや、さうでないよ、――たとへばこの三月の学校の休みなんかも、実は一つの機会ではあつた。と云ふのは、僕は子供が胸一杯に悲しい思ひを包みながら、学校の教室なんぞで不意にはら〳〵と涙をこぼしたりすることを想ふと、そいつがとてもたまらないんだ。だから学校が休みでさへあれば、旅行にでも連れて行つてやるとか、活動写真でも見に行くとか、何とでもして紛らしてやることが出来るだらうし、そのうちには少しづゝ忘れて行くやうになると思ふんだ」

「ぢやあ、なぜさうしないんだ」

「今月は阿曾が困ると云ふんだ。阿曾の兄が来月初旬に洋行するんで、出先にごたごたを起すのもいやだし、兄が日本に居ない方が故障が少いと云ふ訳なんだ」

「すると今度は夏の休みまで機会がないんだね」

「うん、夏だとずつと休みの期間も長いしするから、……」

「さう云ふことを云つてゐるんぢや、実際際限がないんだがなあ。夏になつたら又どんな事情が湧くかも知れんし、……」

肉はないけれども骨太の上に静脈《じようみやく》のグリグリしてゐる、男性的に痩せた高夏の手が、酒のせゐか重い物をじつと持ちこたへてゐる時のやうにふるへてゐた。彼はその手を鍋の下へ伸ばして、葉牡丹のやうに重なつた葉巻の灰の層をどさりと焜炉《こんろ》の水に落した。

かうしてたまに、二た月に一度か三月に一度づゝ帰つて来る従弟を迎へるたびに、常に感じること、云ふのは、要は口でこそ「いつ別れる」を問題にしてゐるやうなものゝ、まだほんたうは「別れるか別れないか」さへしつかり決断がついてゐるのではないのである。それを従弟が別れることに極めてしまつて、ひたすら時機ばかりを考慮のうちに入れてゐるのは、従弟自身が「別れてしまへ」と云ふ強硬な意見だからではなく、別れることは最早や動かす可からざる決定であるとして、たゞその手段についてのみ相談を受けるからなのである。要は決して心にもない強がりを云ふのではないのだが、いつも従弟の顔を見るとその男らしい果敢な気風にかぶれるせゐか、自然と自分にも勇気が出て来て、既に覚悟がついてゐるやうな話しぶりになるのであつた。そればかりでなく、彼が従弟の来るのを迎へる気持の中には自分で自分の運命を弄《もてあそ》ぶことを楽しむ心も手伝つてゐた。もつと打ち明けて云へば、実行するにはあまりに意志の弱い彼は、別れた場合の空想にばかり耽つてゐるので、その空想が従弟に会ふと非常に活溌に、実感を帯びて来ることが愉快なのである。が、さうかと云つて、全然従弟を空想の道具に使ふつもりではなく、アハよくばその空想から次第に現実を誘導したくもあるのであつた。

誰しも離別は悲しいものにきまつてゐる。それは相手が何者であらうとも、離別と云ふこと自身のうちに悲しみがあるのである。別れるのに都合のいゝ時を、手をこまぬいて待つ

てゐたとてそんな時が来るものでないと云ふ高夏の言葉は、その通りに違ひあるまい。さすがに高夏は嘗て彼自身が前の妻を離別した時は、要のやうにぐづ〳〵してはゐなかつた。別れることに決心すると、或る朝彼は妻を一と間のうちへ呼んで、晩までかゝつて事細かに理由を述べた。さうして離縁を云ひ渡して置いてから、最後の別れを惜しむためにその晩ぢゆう妻と相抱いて泣いた。「女房も泣いたし、僕もおいおい声を放つて泣いたよ」と、彼はそのあとで要に語つた。今度の事件で要が彼をたよりにするのは、一つには彼にさう云ふ経験があり、その時の彼のやり方を傍で見てゐて羨ましく思つたからではあるが、――成る程、高夏のやうに悲劇に直面することが出来、泣きたい時には思ふさま泣ける性質だつたら、定めし後がさつぱりするだらう、あれでなければ離別は出来ない

とつく〲思つたからではあるが、しかし要にその真似はやれないのである。東京人の見えや外聞を気にする癖がさう云ふところへまで附いて廻つて、義太夫語りの態度を醜いと感ずる彼は、顔をゆがめて泣きわめく世話場の中へ自分を置くことに同じ醜さを感ずるのである。彼は何処までも涙で顔をよごさずに、きれいに事を運びたかつた。妻の心緒《しんしょ》と自分の心緒とが一つの脳髄の作用のやうに理解し合つて別れたかつた。それが必ずしも不可能なことでなく思へるのは、彼の場合は高夏の場合と違ふからである。彼は去つて行く妻に対して何の悪い感情も持たない。二人は互に性的には愛し合ふことが出来ないけれども、その他の点では、趣味も、思想も、合はないところはないのである。夫には妻が「女」でなく、妻には夫が「男」でないと云ふ関係、――夫婦でないものが夫婦になつてゐると云ふ意識が気づまりな思ひをさせるのであつて、もし二人が友達であつたら却つて仲よく行つたかも知れない。それゆゑ要は去つてからでも附き合ひをしないと云ふのではない。相当の年所をさへ経たなら、過去の記憶に煩ひされるところなく、阿曾の妻として、弘の母なる人として、ずゐぶん心やすく往復されさうにも感ずるのである。尤もその時になつてみると阿曾の手前や世間の眼もあつてさうは出来にくいにしてからが、少くとも二人がさういふ見透しを持つて別れられたら、「別れる」と云ふ悲しみをどんなに軽くするか知れない。「弘が重い病気にでもなつたら、きつと知らして下さるでせうね。そんな時には見舞ひに行つてもいゝことにして下さらないぢや困るわ。阿曾も承知なんですから」と美

佐子が云ふのは、弘の父の病気の場合をも含めてゐるに違ひないし、要の方でも彼女の身に就いて望むところは同じであつた。夫婦としては不仕合はせなお互であつたにもせよ、兎にも角にも十年に余る歳月のあひだ起き伏しを共にし、子をまで儲けた二人ではないか。それが一旦別れたからと云つて、路傍の人を視るやうにしなければならないとは、――お互の身に万一のことがあつた場合に臨終にさへ会つてならないとは、――そんな理由は何処にあらう。要も美佐子も、別れる時はその心持でありたかつた。やがてめい〳〵が新しい配偶者を持ち、新しい子を

儲けるとしたら、その心持がいつ迄つゞくか分らないにしても、さしあたつてはそれが一番気を楽にさせる方法だと思つた。

「実は何だよ、こんなことを云ふと笑はれるかも知れないが、此の三月にしようかと云つたのは子供のためばかりではなかつたんだよ」

「ふむ？」

と云つて高夏は、鍋の中へ眼を落してきまり悪さうに唇で微笑してゐる要を視つめた。

「都合のいゝ時と云ふ中には季候のことも考慮してゐるんだよ。つまりその時の季候の工合で悲しみの程度が余程違ふ。何と云つても秋に別れるのは一番いけない、一番悲しみの度が強い。いよ〳〵別れると云ふ時に、『此れからだん〳〵寒くもなりますし……』と、泣きながら女房がさう云つたんで急に別れるのを止めてしまつた男があるんだが、実際そんなことは有り得ると思ふ」

「誰だい、その男は？」

「いや、そんな話もあると云ふことを聞いたゞけなんだが」

「は、は、君はいろ〳〵さう云ふ例を方々で聞いて来ると見えるね」

「かう云ふ時に人はどうするかと思ふもんだから、聞くつもりはなくつても耳に這入るやうになるんだよ。尤も僕等のやうな場合はあまり世間に例がないんで、参考になるのは少いんだけれど」

「で、別れるのには今頃の暖かい陽気が一番いゝと云ふのかい？」

「うん、まあさうなんだ。まだ此の頃はうすら寒いことは寒いけれども、しかしだん〳〵暖かくなる一方だし、そのうちには桜が咲き初めるし、直きに新緑の季節にもなるし、……さう云ふコンデイシヨンがあつたら、比較的悲しみが軽いだらうと思ふんだ」

「と云ふのは、君の意見なのか？」

「美佐子も僕と同意見なんだよ、『別れるのなら春がいゝわね』つて、——」

「そりや大変だ、すると来年の春まで待たなきやならないのか」

「夏だつてそりやあ悪くはないがね、

……たゞ僕の母親が亡《な》くなつたのが、あれが七月だつたらう？　僕はあの時に覚えがあるんだが、夏の景色と云ふものはすべてが明るく生き〳〵としてゐて、眼に触れるものがみんな晴れやかな筈なんだけれど、あの年ぐらゐ夏を悲しいと思つたことはなかつた。僕は青葉の蒸し〳〵と繁つてゐるのを眺めたゞけでも涙ぐまれて仕方がなかつた。……」

「それ見給へ。だから春だつて同じことなんだ。悲しい時には桜の花の咲くのを見たつて涙が出るんだ」

「恐らく僕もさうなんだらうとは思つてるんだが、さう考へるといよ〳〵時機がなくなつてしまつて、身動きが出来なくなるもんだから、……」

「結局こいつは、別れないで済むことになるんぢやないかな」

「君はさう云ふ気がするかね？」

「僕より君はどうなんだ？」

「僕にはどうなるか全く分らない。分つてゐるのは、別れなければならない理由は余りに明かに備はつてゐる、これまでゞさへうまく行かなかつたものが、阿曾との関係が出来てしまつた今となつて、――それも僕から寧ろすゝめてそれを許した今となつて、――夫婦でゐられる訳はないし、すでに夫婦ではなくなつてゐる、と云ふ事実だ。僕も美佐子も此の事実を前に置いて、一時の悲しみを忍ぶか永久の苦痛に堪へるか、どつちとも決断が附かずにゐる、――決断は附いてゐるんだが、それを実行する勇気がないので迷つて

ゐるんだ」

「君、かう云ふ風に考へることは出来ないか知らん？――すでに夫婦でないものなら、別れる別れないと云ふことは、云ひかへると一緒の家に住むか住まないかと云ふだけのことだ、――さう考へたらよつぽど楽になりはしないか」

「もちろん僕は出来るだけさう考へてゐるんだよ、さう考へてやつぱりなか〳〵楽でないんだよ」

「尤も子供と云ふものもあるからなんだが、子供にしたつて父と母とが別々に住むやうになるだけで、母を母と呼べなくなると云ふんぢやないんだから、……」

「そりやあね、幾らも世間にはあることなんで、外交官や地方長官*なら夫だけが外国へ行つてゐたり、子供を東京の親戚へ預けたりするのがざらにあるんだし、さうでなくつたつて中学校もないやうな田舎《いなか》の子供はみんな親の傍を離れてるんだから、それを考へたら何でもない、……と、さう思ふことは思ふんだけれど、……」

「つまり君のはたゞ君自身の心持が悲しいんだよ。事実は君が感じるほどに悲しくはないんだ」

「だつて、悲しみといふものは結局みんなさうなんぢやないか、どうせ主観的なものなんだから。……僕等のはお互に憎み合ふことの出来ないのがいけないんだね。憎み合へたら楽なんだらうが、両方が両方を尤もだと思つてるんだから始末に悪い」

「なまじ君に相談しないで、二人が駈け落ちしちまふと一番面倒がなかつたんだな」

「まだ斯うならない前のことだが、いつそさうしようかつて阿曾が云つたことがあるさうだよ。しかし美佐子は、あたしにそんな真似はとても出来ない、何か麻酔剤でも嗅《か》がしてもらつて寝てゐるあひだに担ぎ出してゞもくれなかつたら駄目だと云つて笑つたさうだが、……」

「わざと喧嘩《けんか》を吹つかけてみたらどんなもんだ」

「そいつも駄目だね。お互に芝居をしてるのが分つてるんぢや、『出て行け』『出て行きます』と云ふやうなことを口先でばかり云ひ合つたつて、いざと云ふ時急に泣き出しちまふだらうね」

「何しろ手数のかゝる夫婦だよ、別れるのにまでいろ〳〵贅沢を云ふんだから。……」

「何か斯う、心理的に麻酔剤の役をするものがあればいゝんだが、……君はあの時分に芳子さんを心から憎むことが出来たんだらうね」

「憎くもあつたが哀れでもあつたさ。徹底的に憎み通すと云ふやうなことは男同士の間でなけりやないことだからな」

「しかし、かう云ふと変だが、くろうとの女は別れるのに別れ易《やす》くはないかな。あゝ云ふぱつぱつとした性質の人だし、過去にも君以外に幾人かの男を知つてゐるんだし、一人になれば気楽に前の商売に帰つて行けるんだし、……」

「やつぱり別れる身になつてみるとさうも行かんね」

眉の間をかすかに曇らせた高夏は、すぐ又もとの調子で云つた。

「それも季候とおんなじ事だよ、別れるのに都合のいゝ女だのつてあるもんぢやないよ」

「さうか知らん？　僕にはどうも娼婦型*の女は別れ易くつて、母婦型の女は別れにくいやうな気がするんだが、さう思ふのは身勝手か知らん？」

「娼婦型は案外本人が平気なだけに、一層哀れなところもある。立派なところへ縁づいてゞもくれるんならいゝが、又のこのこと花柳界*へ戻つて行かれちや、それだけ此方《こっち》も世間が狭くなるからな。僕はそんなことは超越してるが、さう云ふ風に考へたら貞女《ていじょ》も淫婦《いんぷ》も悲しくないなんて女はないさ」

ひとしきり孰方《どっち》も黙り込んで鍋の物を突ツついてゐた。酒は二人で二本と飲んではゐなかつたが、その浅い酔ひが却つていつ迄も顔に火照《ほて》つて、へんに春らしい鈍重な気分だつた。

「そろ〳〵飯にしようぢやないか」

「うむ」

要《かなめ》はむツつりしてベルを押した。

「一体しかし、――――」

と、高夏が云つた。

「――――近代の女はみんないくらかづゝ娼婦型になりつゝあるんぢやないのかな。美佐子さんなんぞも全然母婦型とは云ひにくいな」

「あれは元来は母婦型なんだよ、母婦型の魂を娼婦型の化粧で包んでゐるんだ」

「さうかも知れない。――――一つにはたしかに化粧のせゐだ。此の頃の女の顔の作りは多少ともアメリカの映画女優の影響を受けてゐるんだから、どうしたつて娼婦型になる。上海なんぞでもやつぱりさうだが」

「それに美佐子のは、僕がなるべく娼婦型にさせるやうに仕向けた傾きもないことはないんだ」

「そりやあ君が女性崇拝者《フエミニスト》*のせゐなんだらう、フエミニストと云ふ者は母婦型よりも娼婦

型を喜ぶんだから」
「いゝや、さうぢやないんだよ。つまり何なんだ、――又問題が前に戻るが、娼婦型にさせた方が別れるのに楽だと思つたんだ。しかしそいつが大違ひで、腹からなり切れちまへばいゝんだが、附け焼き刃だから肝心な時に母婦の地金《じがね》が出て来るんで、なほ不自然な厭な気がするんだ」
「美佐子さん自身はどう思つてゐるだらう？」
「自分はたしかに悪くなつた、昔のやうに純粋でなくなつたと云つてゐる。――それはさうに違ひないんだが、一半の責任は僕にあるんだ」

何の事はない、彼女と結婚してからの此の歳月と云ふものを、自分は如何にして離縁すべきかと云ふことばかり考へつゞけて暮らして来たのだ、別れよう別れようの一念しかない夫だつたのだ。――ふとさう思ふと、要は自分の冷酷な姿があり〳〵と自分に見えるのであつた。自分は妻を愛し得ない代りには、決して侮辱を与へないやうに心がけてゐたつもりだけれど、女に取つて此れが最も大いなる侮辱でなくて何であらう。かういふ夫を持たされた妻の寂しさは、娼婦にも母婦にも、勝気な者にも内気な者にも、何として堪へることが出来よう。……

「実際あれがほんたうの娼婦型だつたら、僕には文句はないんだがな」

「どうだか、それもアテにはならんな。芳子のやうな真似をされたら君だつて我慢が出来やしないぜ」

「そりやあ、さう云つちやあ悪いが、ほんたうに商売をしたことのある女はいかんな。それに僕は藝者タイプは好かないんだ。ハイカラな、智的な娼婦型がいゝんだ」

「それにしたつて、女房になつてから娼婦的行為を実行されたら困るぢやないか」

「智的な奴なら、そこは自制力を持つてるだらう」

「君の云ふことはどこまでも勝手だよ。そんな虫のいゝ注文に嵌まるやうな女があるもんか。――フエミニストと云ふ者は結局独身で通すより外仕方がないんだ、どんな女を持つたところで気に入る筈はないんだから」

「僕も実際結婚には懲《こ》りたよ。今度別れたらまあ当分は、——或は一生貰はないでしまふかも知れない」

「さう云ひながら、又貰つては失敗するのがフエミニストでもあるんだがね」

二人の会話は、仲居が給仕に這入つて来たのでそれきり途切れた。

その六

朝も十時近くになつて布団の中で眼を開いた美佐子は、庭の方で子供と犬とが戯れてゐる声を、いつになくのんびりとした心持で聞いてゐた。「リンデイー！　リンデイー！」「ピオニー！　ピオニー！」と、子供はしきりに犬を呼んでゐる。ピオニーと云ふのは前から飼つてゐるコリー種の牝《めす》で、去年の五月に神戸の犬屋から買つた時にちやうど花壇に咲いてゐた牡丹《ぼたん》に因《ちな》んで名をつけたのだが、弘は早速土産のグレイハウンドを曳《ひ》き出して、そのピオニーと友達にさせようとしてゐるらしい。

「いかん、いかん、さう君のやうに急に仲好くさせようつたつて駄目だ。放つて置けば自然に好くなるよ」

さう云つてゐるのは高夏である。

「だつて小父さん、牝牡《めすおす》ならば喧嘩しないつて云ふぢやありませんか」

「それにしたつてまだ昨日来たばかりだから駄目だ」

「喧嘩したら孰方が強いかしら？」

「さうだな、ほんとに。――ちやうど両方同じくらゐな大きさなんでいけないんだな。孰方か小さいと大きい方が相手にしないんで直ぐに仲好くなるんだがな」

その間も二頭の犬は代る〳〵吠えてゐた。ゆうべ帰りがおそかつた美佐子は、旅の疲れで睡さうにしてゐた高夏と二三十分しやべつたばかりで、土産の犬はまだ見てゐないのだが、あのひいひいと風邪声《かざごえ》のやうなかすれた声で啼いてゐる方がピオニーであらう。彼女は夫や弘ほどに犬好きではないのだけれど、此のピオニーはいつも帰りが十時過ぎになる時には、ぢいやと一緒に停留所まで迎へに出てゐてくれるのである。そして彼女が改札口から現れると、鎖の音をちやりん！　と云はして、いきなり跳び着かうとするのである。彼女はそんな時、ぢいやを叱つて着物に附いた泥足の痕《あと》を払ひながらも、だん〳〵犬が前ほどは嫌ひでなく、此の頃では気が向くと撫《な》でゝやつたり、ミルクを与へたりなぞしてゐた。ゆうべ電車を降りた時にも、「ピオニーや、今日はお前のお友達が来たんぢやないの」と、さう云つて跳び着いて来る頭をさすつた。どうかすると、誰より先に自分の帰りを喜んで迎へる此のピオニーが、夫の家の代表者のやうに思へもした。

雨戸は気を利かして締めてあるのだが、欄間《らんま》の障子にぎら〳〵してゐる日ざしの様子では、

外は桃の花の咲きさうなうらゝかな天気になつてゐるらしい。さう云へば今年のお節句には雛人形を飾つたものかどうであらう。彼女は初節句の祝ひに人形好きの父親が特別に京都の丸《まる》平《へい》*で拵へてくれた古風な雛を、結婚の時道具と一緒に斯波家《しばけ》へ持つて来てゐるのである。そして関西へ移つてからは土地の風習に従つて一月おくれの四月の三日を節句*にしてゐた。女の子のない家庭ではあり、彼女自身はそんなものに今では大した愛着もないのであるから、さう昔風なしきたりを固守する迄もないのだけれど、実を云ふと、京都が近くなつたゝめに毎年父親が節句になるとその人形をなつかしがつて、わざ〳〵見にやつて来るのである。現に去年も一昨年《おととし》もさうであつたから、今年も多分忘れてはゐないであらう。それを思ふと、物置きの奥から一年間の埃のたまつた幾つもの箱を引きず

り出す面倒は忍ぶとしても、又此の間の弁天座の時のやうな窮屈な場面が想像せられて気が重くなつて来るのであつた。どうかして今年は飾らないで済ませる法はないかしらん？　夫に相談して見ようかしらん？　一体あの雛を自分は此の家を出る時に再び持つて行つたものかどうであらう？　残して置かれたら夫は迷惑するのではなからうか？……

今になつて急にそんなことが気にかゝり出したと云ふのは、多分今年の桃の節句にはもう此の家にゐないであらうとぼんやり思つてゐたからなのだが、それがかうして寝室の中に籠つてゐてさへそゞろに春が感ぜられる暖かい陽気になつてしまつた。美佐子は仰向きに枕へつむりを載せたまゝ、暫く欄間に映つてゐる明るい日かげへ眼をやつてゐた。久しぶりに十分な眠りを貪《むさぼ》つたので睡気は残つてゐないのだけれど、手足を伸び〳〵とさせてゐるのがいつ迄でも好い心持で、ちよつとは蓐《しとね》のぬくもりを捨てることが出来ない。彼女の隣りには弘の蓐が、もう一つ隣りの床の間寄りには夫の蓐が敷いてありながら、その二つともとうに空つぽになつてゐて、瑠璃色の古伊万里《こいまり》*の壺に椿の花の活《い》けてあるのが、夫の枕の向うに見える。今日は高夏と云ふ客もあるのだし、もう起きなければ悪いのであるが、しかし彼女がこんなにゆつくり朝寝坊をしてゐられることはめつたにないのである。なぜなら夫婦は弘を中にはさんで眠る習慣を、その児が生れた時分から今日までずる〳〵に改めずにゐて、子供が起きると必ず孰方かゞ起きないではゐなかつた。そして大概の場合には、夫を寝かして置くために彼女が先に起きるからだつた。日曜の朝なぞ少しはゆつくり

寝かして置いてもらひたいのに、学校がなくてもやはり弘は七時に起きてしまふので、彼女も一旦は起きなければならない。尤も二三年此方、だん／＼体が肥えて来る傾きがあるので、睡眠時間を減らした方がいゝと思つてゐるのだし、眼に借りの出来るのはさうまで苦痛に感じてゐないやうなものゝ、朝寝の快感は又おのづから別である。あまり眠りが足りな過ぎるのも不安になつて、たまには睡眠剤の力で昼寝をしようとすることもあるけれども、却つて頭が冴えてしまつておち／＼と睡れない。一週に一度大阪の事務所へ顔を出す日に、夫がわざと気を利かして子供と一緒に出かけてくれるやうなことは、月に二三度あるかないかである。兎に角寝ても寝られないでも、かうして一人寝室を占領してゐられるのは、近頃珍しいのである。

犬の啼きごゑはまだ聞えてゐる。「リンデイー」「ピオニー」と、弘は相変らず呼んでゐる。その騒々しいのが、いかにも春らしくのどかにひゞいて、此の五六日好晴をつゞけてゐる空の色が想ひやられた。いづれ今日のうちには高夏を相手に話さなければならないのだが、それさへ今の彼女には雛人形の程度以上には気苦労の種にならなかつた。心配をすれば際限がないから、すべてのことを雛人形を扱ふやうに扱つて、いつでも今日のお天気のやうにうらゝかな気分でありたい。彼女はふと、リンデイーと云ふのはどんな犬かしらと、子供のやうな好奇心を感じた。そしてやう〳〵、その好奇心に免じて起きようと云ふ気になつた。

「お早う!」

と、*肘掛窓の雨戸を一枚だけ開けて、彼女は子供に負けない程の声で叫んだ。

「お早う、――いつ迄寝てるんです?」

「何時、もう?」

「十二時」

「うそよ、そんなぢやあないことよ、まだやつと十時頃よ」

「驚いたなあ、此のお天気によく今時分まで寝てゐられるなあ」

「ふ、ふ、――寝坊をするのにもいゝお天気よ」

「第一お客様に対して失礼ぢやないですか」

「お客様だと思つてゐないから大丈夫だわ」

「いゝから早く顔を洗つて降りていらつしやい。あなたにもお土産があるんだから」

窓を見上げてゐる高夏の顔は、梅の枝に遮《さえぎ》られてゐた。

「その犬？」

「うん、こいつが目下上海で大流行の奴なんだ」

「素敵でしよ、お母さん、此の犬はほんたうはお母さんが連れて歩くといゝんですつて」

「どうして？」

「グレイハウンドといふ奴は、西洋では婦人の装飾犬になつてゐるんだ。つまり此奴を引つ張つて歩くと一層美人に見えるんだな」

「あたしでも美人に見えて？」

「もちろん見えます、請け合ひます」

「だけど随分きやしやな犬ねえ。そんなのを連れて歩いたら、尚更此方が太つちよに見えちまふわ」

「犬の方でさう云ふだらう、此の奥様は吾輩の装飾になるつて」

「覚えてらつしやい」

「あは、、、」

と、弘も一緒になつて笑つた。

庭には梅の樹が五六株あつた。以前此の辺が百姓家の庭であつた頃からのもので、早いのは二月の初めから順々に花を持ちつゞけて三月中は次から次へ咲いてゐたのが、今ではあらかた散り果てた中にまだ二三輪は真つ白な粒を光らしてゐた。二頭の犬は嚙み合ひをしない程度の隔たりを置いて、その梅の幹へそれ〴〵つながれてゐるのである。ピオニーの方もリンデイーの方も吠え疲れたと云ふ形で、スフインクスのやうな姿勢で下腹をぺつたり土へつけたまゝ、向ひ合つて睨めくらをしてゐた。梅の枝が幾つも交錯してゐるのではつきり見定めにくいけれど、夫は洋館のヹランダにゐるらしい。紅茶の茶碗を前にして籐椅子に凭《よ》りながら大型の洋書のぺージをめくつてゐるのが分る。寝間着の上に大島の羽織を纏《まと》つて、メリヤスのパツチ*の端を無恰好に素足の踵《かかと》まで引つ張つてゐる高夏は、庭先へ椅子を持ち出してゐた。

「そこに繋《つな》いで置いて頂戴、今すぐ下へ見に行きますから」

彼女はざつと朝の風呂に漬かつてからヹランダへ出た。

「どうなすつたの、もう御飯はお済みになつたの？」

「済んぢまつたよ。待つてたんだがなか〳〵起きさうもないもんだから」

夫は片手で茶碗を空《くう》にさゝげながら、膝の上にある本を見い〳〵茶をすゝつた。

「奥様、お風呂が沸いてゐますぜ」

と、高夏が云つた。

「此処の家ぢやあ、奥様は一向あいそがないが、女中の方は感心だ、吾輩のために朝早くから風呂を焚きつけてくれるんだから。僕の這入つた跡でもよけりやあ這入つてらつしやい」

「這入つて来たのよ、今、――あなたの跡だと知らなかつたもんだから」

「へえ、それにしちやあ早かつたな」

「大丈夫？　高夏さん？――」

「何が？」

「あなたの跡でも支那の病気がうつらないこと？」

「冗談でせう、そりやあ僕よりか斯波君の方だ」

「僕のは内地仕込みだからな、君の奴ほど危険ぢやあないよ」

「お母さん、お母さん」

と、庭で弘の呼ぶ声がした。

「リンデイーを見にいらつしやいよ」

「見るのはいゝけど、今朝はお前と犬のお蔭で眼がさめちやつたのよ、お母さんは。——朝つぱらから、高夏さんまで一緒になつて大きな声で怒鳴るんだもの」

「僕はかう見えてもビジネスマンだからね。上海にゐると朝は五時に起きて、オフイスへ出る迄に北四川路《きたしせんろ》から江湾《キャンワン》の方*までギヤロツプして来るんだよ」

「今でも馬をやつてゐるのかい？」

「うん、どんな寒い日でも一遍ぐるツと廻つて来ないと気持が悪いね」

「犬を此方へ連れて来させたらいゝぢやないか」

要はヱランダの日だまりを動くのが厭だといふ形で、梅の樹の方へ立つて行く二人に云つた。

「弘や、お父さんがリンデイーを連れていらつしやいツて」

「リンデイー！」

繁みの向うの梅の枝がざわ〳〵と揺《ゆら》いで、ピオニーの方が突然ひい〳〵しやがれ声を立てた。

「これ！　ピオニー、これ！——小父さん、小父さん、ピオニーが邪魔をして仕様がないから、連れに来て下さいよ」

「いやだよ、ピオニー！　ま、さう跳び着いちや……いやだつたら！」

頬を舐《な》められさうになつた美佐子は、庭下駄のまゝ慌てゝヹランダへ駈け上りながら云つた。

「お前はしつツこいからいやさ、ほんとに。――ピオニーなんか連れて来ないでもよかつたのに」

「だつてお母さん、騒いで仕様がないんですよ」

「犬と云ふ奴はひどく焼き餅焼きだからね。――」

階段の下に立つてゐるリンディーの傍にしやがんで、高夏は平手でしきりに犬の喉頸《のどくび》を撫でゝゐた。

「何をしてるんだ。だにでもゐるのか?」

「いや、此処をかうしてさすつて見給へ、実に妙だよ」

「何が妙なんだ」

「かうしてゐるとね、此の喉頸のところの手ざはりが、全然人間の此処と同じなんだよ」

高夏は自分の喉を撫でゝみては、又犬の喉を撫でた。

「美佐子さん、ちよいと触つて御覧なさいよ、うそぢやないから」

「僕触つて見よう」

と、母親より先に弘がしやがんだ。

「やあ、ほんたうだあ、――ちよいとお母さんの喉に触らして、――」

「何だよ、弘、犬とお母さんと一緒にする人がありますか」

「ありますかツて、君のお母さんの肌なんぞとてもこんなにすべすべしちやゐないぜ。此の犬に似てたら大したもんだぜ」

「ぢやあ高夏さん、私の喉に触つてみて頂戴」

「まあ、まあ、一ぺん此の犬をためして御覧なさい。――どうです？　ほら？　不思議でせう？」

「ふーん、不思議ね、全く。うそぢやないことね。――あなた触つて御覧にならない？」

「どれ、どれ」

と云つて要も降りて来た。

「成る程、こりやあ妙だな、人間にそつくりで変な気がするな」

「ね、新発見だらう？」

「毛が短くつて繻子《しゆす》のやうだもんだから、殆ど毛の感じがしないんだね」

「それに頸の太さがちやうど人間ぐらゐなのね。あたしの頸と孰方かしら？」

美佐子は両方の手で輪を作つて、犬の頸と自分の頸とを測《はか》りくらべた。

「でもあたしより太いんだわ。長くつてきやしやだもんだから、細いやうに見えるけれど」

「や、僕と同じだ」

と、高夏が云つた。

「カラーだつたら十四半*だな」

「ぢや、高夏さんに会ひたくなつたら此の犬の喉を撫でたらいゝのね」

「小父さん、小父さん」

弘がわざとさう呼びながら、もう一度犬の傍にしやがんだ。

「あはゝゝゝ、『リンデイー』を止めて『小父さん』にするか。なあ、弘」

「さうしませうよ、お父さん。――小父さん小父さん！」

「高夏さん、此の犬はあたしの所より、何処か外へ持つて行つたら喜ぶ人がありさうだわね」

「なぜ？」

「お分りにならない？ あたしちやあんと知つてゐるのよ。きつと此の喉を撫で丶ばつかりゐる人がありはしなくつて？」

「おい、おい、間違ひぢやあないのかい、僕の所へ持つて来たのは？」

「どうも君たちは怪しからん。子供の前でさう云ふことを云ふもんぢやないよ。だから子供が生意気になつて仕様がない」

「あ、さう云へばお父さん、昨日神戸から連れて来る時に、此の犬を見てをかしなことを云つた人があるんですよ」

と、弘が話の風向きを変へた。

「へえ、何だつて？」

「ぢいやと二人で海岸通りを歩いてゐたら、酔つ払ひのやうな人が珍しさうに附いて来て、なんや、けつたいな犬やなあ、鱧《はも》みたいな犬やなあつて、――」

「あは丶丶丶」

「あはゝゝゝ」

「考へたねえ、鱧とは。――成る程鱧の感じだよ。リンデイー、お前は鱧だとよ」

「鱧のお蔭で小父さんの方は助かつたらしいね」

要が小声で交ぜつ返した。

「だけど、顔の長いところはピオニーもリンデイーもよく似てゐるのね」

「コリーとグレイハウンドとは顔も体つきも大体同じものなんだ。たゞコリーの方は散毛でグレイハウンドの方は短毛なんだ。犬の智識のない人にちよつと説明しておきますがね」

「喉はどうなの？」

「喉の話はもう止めます、あまり愉快な発見でなかつたから」

「かうして二匹が石段の下に並んでゐるところは三越*のやうね」

「三越にこんなものがあるんですか、お母さん」

「困るなあ、君は。江戸つ児の癖に東京の三越を知らないなんて。それだから大阪弁がうまい訳だよ」

「だつて小父さん、東京にゐたのは僕が六つの時ですもの」

「へえ、もうさうなるかねえ、早いもんだね。それきり君は東京へ行かないのか」

「えゝ。行きたいんだけれど、いつもお父さん一人だけで、お母さんと僕はおいてき堀なんです」

「小父さんと一緒に行かないか、ちやうど学校はお休みだし、……三越を見せてやるぜ」

「いつ？」

「明日《あした》か明後日《あさって》あたり」

「さあ、どうしようかなあ」

それまで愉快にしやべつてゐた子供の顔に、ひよいと不安の影がさした。

「行つたらい丶ぢやないか、弘」

「行きたいことは行きたいんだけれど、まだ宿題がやつてないしなあ。……」

「だから宿題を早く済ましておしまひなさいつて、此の間からお母さんが云つてるぢやないの。一日か丶つたら出来るだらうから今日ぢゆうにセツセとやつておしまひ。そして小父さんに連れて行つてお戴き。よ、さうおし、さうおし」

「なあに、宿題なんか汽車の中だつてやれる、小父さんが手伝つてやるよ」

「幾日向うにゐるんです？　小父さん」

「君の学校が始まるまでに帰る」

「何処へ泊まるの？」

「帝国ホテル*」

「でも小父さんはいろ〳〵用がおありになるんぢやないんですか」

「まあ、いやだ、此の児は。――折角連れて行つて下さるつて云ふのに、何の彼んのつて文句を云ふことはないぢやないか。ほんとに、高夏さん、御迷惑でも連れて行つてやつて下さいよ。二三日ゐないでくれた方がうるさくなくつていゝんですよ」

さう云ふ母の眼のうちを見ながら、弘は少し青ざめた顔でにや〳〵してゐた。東京へ連れて行くと云ふ話は、偶然こゝで持ち上つたに過ぎないのであるが、それを弘はさう取らないで、あらかじめ諜《しめ》し合はせておかれたやうに感じてゐるのに違ひなかつた。ほんたうに自分を喜ばしてくれるためなら、無論行きたくないことはない。が、東京から帰る汽車の中で此の小父さんが何を云ひ出すかも知れない。「弘君、今日帰つてももうお母さんは家にゐないのだよ。小父さんは君にそのことを話すやうにお父さんから頼まれて来たのだ。………」と、さう云はれるのぢやないかしらん？――何だかそれが恐ろしくもあり、と云つてあまり子供らしい馬鹿げた想像のやうでもあり、大人の心を測りかねて妙にうぢうぢしてゐるのであつた。

「小父さんはどうしても東京へいらつしやる用があるんですか？」

「なぜ？」

「用がなかつたら、家にいつまでも泊まつていらつしやるといゝんだがなあ。その方がみんなが面白いぢやありませんか、お父さんだつてお母さんだつて」

「家の方にはリンデイーがゐるからいゝぢやないか。お父さんとお母さんは毎日喉を撫でゝゐるとさ」

「リンデイーぢやあ口をきかないから駄目だあ。ねえ、リンデイー、リンデイー！　お前には小父さんの代りは出来ないねえ」

弘は照れ隠しに又犬の前にしやがんで、喉をさすつてやりながらその横腹へ顔をあてゝ頬ずりをした。声の調子とその様子とが少し変だつた。泣いてゐるのかも知れないと大人たちは思つた。

家庭の中にどう云ふ事件が差し迫つてゐるにもせよ、高夏がゐるとみんなが呑気に冗談を云へる心持になるのは事実であつた。それは高夏がさう云ふ風に仕向けてくれるせゐもあるのだが、一つには高夏だけが総べての事情を知つてゐてくれる、此の人の前では芝居をするには及ばないと云ふことが、夫婦の胸を軽くしてくれるせゐでもあつた。美佐子はほんたうに幾月ぶりで夫の高笑ひを聞くのであらう。南を受けたヹランダに差し向ひの椅子に凭《よ》りかゝり、子供と犬との戯れるのを眺めながら日を浴びてゐる此の平和さ、――夫が語り、妻が応じて、遠来の客を迎へつゝある此のまどかさは、世間を欺《あざむ》くと云ふ必要が除かれたゝめに、却つて自然の夫婦らしさがまだ幾らかは残つてゐることを示してゐた。そして夫婦は、此れがいつ迄つゞくものではないにしても、かう云ふ場面に暫く自分たちを休らはせて、ほつと一と息入れたいのであつた。

「面白いのかい、その本は？　大分熱心ぢやないか」

「面白いよ、なか〳〵、……」

要は一旦テーブルの上に伏せた洋書を取り出して、それを自分にだけ見えるやうに顔の前へ立てゝゐた。開いたところの一方のペーヂに裸体の女群が遊んでゐるハレムか何かの銅版の挿絵があるのである。

「何しろそいつを手に入れるにやあケリー・ウオルシユへ何度掛け合ひに行つたか知れんぜ。やう〳〵イギリスから取り寄せたと云ふんで出かけて行くと、先は足もとを見やがつたのか二百ドル*が鐚《びた》一文《もん》も負からない、この本は目下ロンドンにだつて二部とはない、それを負けろなんてお前が無理だと抜かすんだ。此方は本の相場なんてものは一向知らんのだし、まあ〳〵それもさうだらうがと云ふ訳で、さんざ押し問答をした揚句、やつと一割引かしたんだが、金はその代りキヤツシユで即座に払へと云ふんだ」

「まあ、そんなに高い本なの？」

「だつてお前、これ一冊ぢやあないんだぜ、全部で十七冊あるんだぜ」

「その十七冊もある奴を、持つて来るのが又一と苦労だつたんだよ。オブシーン・ブック*だと云ふ話だし、イラストレーシヨンもあると云ふんで、税関に見付かつたら厄介だと思つて、トランクの中へ押し込んで来たのはい丶んだが、そいつが馬鹿に重いもんだから持ち運びが大変で、どのくらゐ骨を折つたか知れんね。よつぽど駄賃を貰はなけりやあ合はん仕事だよ」

「大人の読むアラビアン・ナイトつて、子供のとまるきり違ふんですか、お父さん」

高夏の言葉におぼろげながら好奇心を感じたらしい弘は、さつきから父の手の蔭になつた挿絵の方へ探るやうな眼を光らしてゐた。

「違ふところもあるし、同じところもある。――アラビアン・ナイトと云ふものは全体大人の読む本なんだよ。その中から子供が読んでもい丶やうな噺《はなし》だけを集めたのが、お前たちの持つてゐる奴さ」

「ぢやあ、アリババの話はある？」

「ある」

「アラデインと不思議なラムプは？」

「ある」

「『開け、胡麻《ごま》』は？」

「ある。——お前の知つてゐる噺はみんなある」

「英語だとむづかしくはない？　お父さんはそれをお読みになるのに幾日ぐらゐかゝるんです」

「お父さんだつて此奴をみんな読みはしないよ。面白さうな所だけを捜して読むんだ」

「しかし読むから感心だよ。僕なんかとんと忘れちまつたね。英語なんてものは商売の外には使ふ時がないんだから」

「それが君、かういふ本だと誰でも読む気になるから奇妙だよ、こつ〱字引きを引きながらでも。………」

「いづれ君のやうな閑人《ひまじん》のやる事だな。僕みたいな貧乏人にはとてもそんな時間はないよ」

「だつて、高夏さんは成金だつて云ふ話ぢやないの？」

「ところが折角儲けたと思つたら、又損をしちやつた」

「どうして？」

「ドルの相場で」

「さう、さう、百八十ドルはいくらになるんだい？　忘れないうちに払つて置かうか」

「いゝんでせう？　これはお土産なんでせう？」

「馬鹿云つちやいけない！　そんな高いお土産があるもんか。これは抑《そもそ》も頼まれて買つて来たんですよ」

「ぢやあ、あたしのお土産は？　高夏さん」

「や、そいつをすつかり忘れてゐたつけ。ちよつと彼方《あつち》へ見に来ませんか。どれでもあの中で好いのを上げます」

二人は高夏の部屋に充《あ》てられた洋館の二階へ上つた。

その七

「まあ、臭い！」

部屋へ這入ると、美佐子はばた〳〵と袂でその辺の空気をハタいた。そしてその袖で顔をおさへて急いであるだけの窓を開いた。

「臭いわ、ほんたうに、高夏さんは。――今でもあれを召し上るの？」

「えゝ、たべますよ。その代り始終此の通り上等の葉巻を吸つてゐるんだ」

「葉巻の匂ひがごつちやになつてるからなほ変なんだわ。まあ、ほんたうに、部屋ぢゆうに籠つちまつて、何ていふ臭さだらう。こんな匂ひをさせるんなら、うちの寝間着を着ないで頂戴よ」

「なあに、洗濯をすりやあ直ぐに落ちますよ。着てしまつたものを今更脱いだつておんなじ事さ」

庭では別段気がつくほどではなかつたのだが、締め切つてあつた洋室の中には一と晩ぢゆう澱んでゐた葉巻の匂ひと大蒜《にんにく》の匂ひとが、むつと鼻を刺すばかりに交つてゐた。「支那に住んだら支那人と同じやうに盛んに大蒜をたべるに限る。大蒜さへたべてゐたら風土病にかゝる心配はない」――と、さう云ふのが高夏の持論で、上海の彼の厨房では、毎日必ず大蒜入りの支那料理を欠かしたことがないのである。「支那人だつたらきつと料理に大蒜を使ふ。大蒜の匂はない支那料理なんて支那料理のやうな気がしない」と云つて、彼は内地へ帰るのにも乾した大蒜を持つて歩いて、とき〴〵それをナイフで削つてはオブラートへ包んだりして、持薬のやうに飲んでゐた。胃腸を強くするばかりでなく、エネルギツシユになるんだから止められないと云ふのであつたが、「高夏が先《せん》の女房に逃げられたのは、あんまり大蒜臭かつたせゐだぜ」と、要は冗談にさう云ひ〳〵した。

「後生ですから、もう少し向うへ行つてゐて頂戴」

「臭かつたら、鼻を摘まんでいらつしやいよ」

さう云つて片手でぱつ〳〵と煙を吐きながら、もう好い加減屑屋へ売つても惜しくなさゝうな旅行擦れのしたスーツケースを、寝台の上へ一杯にひろげた。

「まあ、随分買ひ込んでいらしつたのね、まるで呉服屋の番頭みたいに。――」

「えゝ、今度は東京へ行くもんだからね。………お気に召したのがあればいゝんだが、どうせ又悪口ぢやあないのかな」

「あたしに幾つ下さるの？」

「二本か三本に願ひたいね。………どうです、此れは？」

「地味だわ、そんなの」

「此れが地味かなあ。――一体いくつになるんですよ。老九章《ろうきゆうしよう》*の番頭の説ぢや、二十

二三のお嬢様か若奥様向きだつて云つてたんだが」

「そんな、支那人の番頭の云ふことなんかアテになりやしないわ」

「支那人て云ふけれど、日本人が大勢買ひに行く店で、日本人の好みはよく知つてゐるんですぜ。僕ンところの奴なんかいつでも此処の番頭に相談するんだ」

「でも、あたし、そんなのは厭。――第一それは呉絽《ごろ》ぢやあないの」

「慾張つてるなあ。――呉絽なら三本だが、緞子《どんす》なら二本しか上げられませんよ」

「ぢやあ緞子を戴くわ、まだその方がいくらか得だから。――どう？　これは？」

「それか？」

「それか?――ツて、何よ?」

「そいつは麻布の一番下の妹にやる積りだつたんだ」

「まあ、驚いた、そりや鈴子さんがお可哀さうだわ」

「驚いたとは僕の方で云ふこツてすよ。こんな派手な帯をしようなんて、色気違ひだな」

「ふ、ふ、どうせあたしは色気違ひよ」

はつと高夏が思つた時はもう遅かつたが、美佐子はその場を救ふためにわざとづうづうしく笑つた。

「や、失言、失言。今のは本員の過ちでありました。唯今の言葉は取り消しますから、速記録へは載せないやうに願ひます」

「駄目よ、今更取り消したつて。もう速記録へ載つてしまつてよ」

「本員は決して悪意で申したのではない。しかし故なく淑女の名誉を傷けたるのみならず、妄《みだ》りに議場を騒がしたる罪は謹んで陳謝いたします」

「ふ、ふ、あんまり淑女でもないんだけれど、………」

「では取り消さないでもいゝですか」

「いゝわ、どうせ。――いづれ傷のつく名誉なんだから」

「さう云つたもんでもないでせう。傷をつけないやうにと云ふんで、いろ〳〵苦心してるんでせう」

「それは要はさうなんですけれど、そんなことを云つたつて無理だと思ふわ。——昨日何かお話しになつたの？」

「うん」

「どう云ふんでせう、要の方は？」

「例によつて一向要領を得ないんだ。……」

二人は花やかな帯地の裂《きれ》が取り散らかされたスーツケースを中に挟《はさ》んで、寝台の両端に腰をかけた。

「あなたの方はどう云ふんです？」

「どうつて、そりやあ、……さう一と口には云へやしないわ」

「だから一と口でなくてもいゝ、二た口にでも三口にでもして云つてみたら」

「高夏さんは、今日はお暇なの？」

「今日は一日空《あ》けてあるんです、その積りで昨日の午後に大阪の用を済まして来たんだから」

「要は今日は？」

「午《ひる》から弘君を連れて宝塚*へでも出かけようかつて云つてましたぜ」

「弘には宿題をやらせませうよ。さうして東京へ連れて行つて下さらない？」

「連れて行くのは構はないが、さつき素振りがをかしかつたな、泣いてゐたんぢやなかつたのかな」

「さうよ、きつと、あれはあゝ云ふ風なんですから。――あたし、どう云ふ気持になるものか、二三日の間でもいゝから一遍子供と云ふものを自分の傍から放してみたいの」

「それもいゝかも知れないな、その間に斯波《しば》君とも十分話し合つてみるこツたな」

「要の考は高夏さんから聞かして下さる方がいゝわ。二人で鼻を突き合はせると、どうしても思ふやうに口がきけないの、或る程度迄はいゝけれど、それ以上に深入りすると涙ばかり出て来ちまつて」

「一体しかし、阿曾君の所へ行けることは確かなんですか」

「そりや確かだわ。結局のところは二人の決心次第だと思ふわ」

「向うの親や兄弟はなんにも知つてゐないのかしらん」

「うす〳〵は知つてゐるらしいの」

「どう云ふ程度に？」

「まあ、要が承知でとき〴〵会つてゐるらしいと云ふくらゐな程度に」

「見て見ないふりをしてるんですね」

「さうなんでせう。それより仕方がないんでせう」

「ぢや、もし問題が現在以上に進んで来たら？」

「それも、まあ、――此方の方が円満に別れたあとの事ならば故障は云はないだらう、お母さんは自分の心持を分つてゐてくれるからツて、――」

再び庭で二頭の犬がいがみ合ひを始めたらしく、きやんきやんと啼《な》いた。

「まあ、又！」

と美佐子はちよつと舌打ちをして、膝の上でいぢくつてゐた帯地の巻物をだらりと投げると、立つて窓際の方へ行つた。

「弘や、犬を彼方《あつち》へ連れて行つたらいゝぢやないの。うるさくつて仕様がありやしない」

「えゝ、今連れて行くところなんですよ」

「お父さんは？」

「お父さんはヹランダ。――アラビアン・ナイトを読んでいらつしやいます」

「お前、宿題を早くやつておしまひ、遊んでゐないで」

「小父さんはまだ？」

「小父さんを待つてゐないだつてよござんす。小父さん〳〵てまるで自分の友達のやうに心得てゐるんだね、お前は」

「だつて、宿題を手伝つて下さるつて仰つしやつたから――」

「駄目、駄目。何のための宿題です、自分でやらなけりやいけません！」

「はあい」

と云つて、犬と一緒にぱた〳〵駈けて行く足音が聞えた。

「弘君にはお母さんの方が恐いらしいな」

「えゝ、要はなんにも云はないんですもの。――けど、別れるとなつたら、父親よりも母親の方に別れづらくはないかしら？」

「そりやお母さんは女の身一つで出て行くんだから、それだけ同情が寄るかも知れんな」

「さう思ふ？　高夏さんは。――同情はあたし、要の方に集まると思ふの。形の上ではあたしが要を捨てたやうに見えるんだから、世間はあたしを悪く云ふでせうし、子供にしてもそんな噂が耳に這入ればあたしを恨みはしないでせうか」

「しかし、大きくなれば自然に正しい判断を下すやうになりますよ。子供の記憶は確かなものだから、成人してから小さい時の事をもう一度はつきり取り出してみて、これはかうだつた、あれはあゝだつたと云ふ風に、その時の智慧《ちえ》で解釈する。だから子供は油断がならない、いづれ大人になる時があるんだから」

美佐子はそれには答へないでまだ窓際にたゝずんだまゝぼんやり外を眺めてゐた。梅の木の間を小鳥が一羽、枝から枝へ飛び移つてゐる。鶯かしら？　鶺鴒《せきれい》かしら？　と思ひなが

ら、暫くそれを眼で追つてゐた。梅の向うの野菜畑で、ぢいやがフレームの*蓋を開けて、何かの苗を畑へ植ゑてゐるのが見える。二階からは海は望めなかつたが、青々と晴れた海の方角の空を視つめると、何がなしにほつと重苦しいためいきが出た。

「今日は須磨へは行かなくつてもいゝんですか」

「ふゝ」

と彼女は、顔は見せないで、苦笑ひで答へた。

「此の頃は殆ど毎日ださうぢやないですか」

「えゝ」

「会ひたいなら行つてらつしやい」

「あたし、そんなに擦れつからしに見えて？」

「見えると云つた方が気に入るのか、孰方かな」

「正直のことを云つて頂戴」

「やはり幾らか娼婦型だ、だん〳〵さうなりつゝあると云ふことに、昨日意見が一致したんだ」

「自分でもそれは認めてゐるの。――でも今日はいゝのよ、高夏さんがいらつしやるからつてさう云つてあるの。――第一お客さまを放つて置いちや、此のお土産に対しても失礼だわ」

「よくそんなことが云へるなあ、昨日は一日ゐなかつた癖に」

「昨日はそりやあ、要が話があるだらうと思つたから。………」

「それぢや今日は奥様デーか」

「兎に角あつちの日本間の方へいらつしやらない？　あたしお腹が減つてゐるのよ。上らないでもあなたも見物に来て頂戴」

「帯はどれにきめるんです」

「まだきめてないのよ。あとでゆつくり見せて戴くから、店を拡げてお置きなさいよ。――あなた方は御飯が済んだんだからいゝでせうけれど、あたしはペコペコなんだから。………」

梯子段を降りしなに階下《した》の洋室を覗いて見ると、要はいつかヹランダから其処へ移つてソファへ仰向《あおむ》けになりながら、まだ熱心にさつきの本を読みつゞけてゐたが、廊下づたひに日本間の方へ行く足音に、

「どうしたい、いゝのがあつたかい」

と、気のなさゝうな声をかけた。

「駄目なのよ、高夏さんは。お土産〳〵つて触れ込みばかり大きくつて、そりやあしみツたれなんだから」

「しみツたれなもんか、あなたが慾張り過ぎるんだよ」

「だつて、呉絽なら三本だが、緞子なら二本だなんて、――」

「それで厭なら、たつて差し上げようとは申しません。此方《こつち》も大きに助かる訳だ」

「ふ、ふ」

半分は上の空らしいあいそ笑ひをしたゞけで、しづかにページを繰る音が聞えた。

「当分はあれに夢中らしいな」

と、廊下を曲りながら高夏が云つた。

「えゝ、何でも珍しいうちだけで、長つゞきはしないのよ。子供に玩具《おもちゃ》をあてがつたやうなものなんですから」

美佐子は八畳の茶の間へ這入ると、夫のすわる座布団の上へ客を請《しょう》じて、自分は紫檀《したん》のチャブ台の前にすわりながら、

「お小夜や、トーストを持つて来ておくれ」

と、台所の方へ云ひつけておいて、うしろの桑の茶箪笥をあけた。

「紅茶がいゝ？　日本茶がいゝ？」

「どつちでもいゝ。何かお菓子のうまいのはないですか」

「西洋菓子なら、こゝにユーハイム*のがあるわ」

「それで結構。人の食ふのをたゞ見てゐたつて詰まらんからな」

「あゝ、こゝへ来たんでせい〳〵したけれど、でもまだ何だか臭いやうね」

「幾らかあなたにも移つたか知れんね。まあ何と云ふか、明日出かけて御覧なさい」

「高夏さんと附き合つてゐるうちは来てくれるなつて云はれさうね」

「だがほんたうに惚れ合つた仲なら、大蒜《にんにく》の匂ひぐらゐ何でもない筈だがな。それでなけりやあうそですよ」

「御馳走様。何を奢《おご》つて下さるの？」

「さう先廻りをされちやあ困る。ま、トーストでも上つて下さい」

「だけど、此の匂ひが好きになつた方があつて？」

「ありましたとも。――芳子なんぞはさうでしたよ」

「へーえ、ぢやあ臭いんで逃げられたつて云ふのはうそ？」

「そりやあ斯波君の出鱈目《でたらめ》だ。今でも大蒜の匂ひを嗅ぐと、僕のことを想ひ出すつて云ふさうですよ」

「あなたは想ひ出さない？」

「出さなくもないが、ありやあ遊ぶには面白いけれど女房にする女ぢやない」

「娼婦型？」

「うん」

「ぢやあ、あたしとおんなじね」

「あなたのは腹からの娼婦ぢやあない。娼婦と見えるのは上ツ面で、しんは良妻賢母*ださうだ」

「さうかしらん？」

空つ惚《とぼ》けてゐるのかどうか、たべる方に余念もないと云ふ様子で、即席のサンドヰツチを拵へるのにかまけてゐる彼女は、縦に二つに切つてある酢漬の胡瓜《きゆうり》を細かに刻んでは、それと腸詰とをパンの間へ挟みながら器用な手つきで口の中へ運んだ。

「うまさうだな、それは」

「えゝ。うまいわよ、なか〳〵」

「その小さいのは何だらう」

「此れ？ 此れは肝臓《レヴア》のソーセージ。神戸の独逸《ドイツ》人の店*のよ」

「お客様にはそんな御馳走が出なかつたぜ」

「そりやあさうだわ。いつもあたしの朝のおかずにきまつてるんですもの」

「それを僕に一ときれ下さい。菓子よりその方が欲しくなつた」

「意地きたなねえ。さあ、口をあーんと開いて。――」

「あーん」

「あゝ、臭！ フォークにさはらないやうにして、パンだけ巧く取つて頂戴。……どう？」

「うまい」

「もう上げないわよ、あたしのがなくなつちまふから」

「フォークを持つて来させたらいゝのに。手づから人の口の中へ突つ込むなんか、さう云ふところが娼婦なんだな」

「文句を云ふなら、人の物なんかたべないで頂戴よ」

「しかし昔はこんな無作法がやれる人ぢやあなかつたんだが、……随分しとやかで、慎み深くつて、……」

「えゝ、えゝ、さうでせうとも」

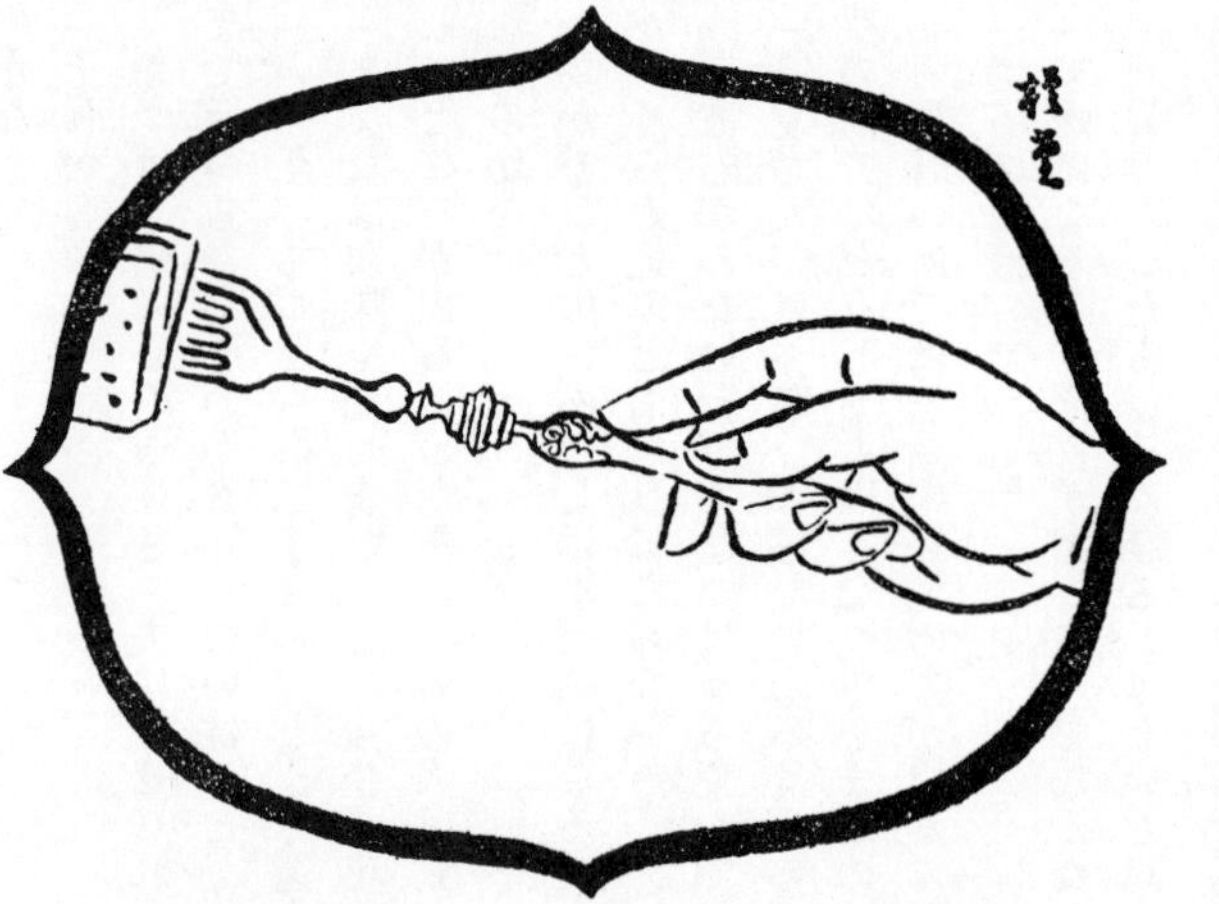

「あなたのはつまり腹からぢやあなくつて、一種の虚栄心なんだな？」

「虚栄心？」

「あゝ」

「分らないわ、あたし。……」

「斯波君に云はせると、あなたを娼婦型にしたのは自分が仕向けたんだから、自分に責任があると云ふんだが、僕はさうばかりも云へないと思ふ。……」

「要にそんな責任を負つて貰ひたくないわ。やつぱり自分の生れつきにさう云ふところがあるんだと思ふわ」

「そりやあ、どんな良妻賢母だつて全然娼婦的の性質がないことはないさ。けどあなたのは今の結婚生活から来てゐやしないか。つまり人から淋しい女だと思はれるのが厭なんで、努めて花やかにしようとした結果ぢやあないのかな」

「それが虚栄心？」

「やつぱり虚栄心の一種さ。夫に愛せられないのを人に知られたくないと云ふ……そこまで云つちやあ悪いかも知れないけれど、……」

「いゝえ、ちつとも構ひません、どうぞ遠慮なく仰つしやつて頂戴」

「あなたは弱味を見せまいとして強ひて花やかにはしてゐるけれど、とき〴〵生地《きじ》のさびしいところが出ることがある。外の人は気が付かないでも、斯波君にはそれが分るんぢやないのかな」

「要がゐると妙にあたしは不自然になるのよ。要がゐる時とゐない時とで、あたしの態度がいくらか違ふとお思ひにならない」

「斯波君がゐないと、あなたは寧ろ荒《すさ》んで見えるね」

「高夏さんでさへさうお感じになるくらゐだから、きつと厭な気がするだらうと思つて、要の前ではどうしても固くなつてしまふの。それはどうも仕方がないわ」

「阿曾君の前では無論娼婦型の方が出るんだらうな」

「さうでせう、きつと」

「夫婦になると、それが案外さうでなくなりはしないか知らん？」

「阿曾とだつたら、そんなことはないと思ふわ」

「けど、人の細君であるうちは妙によく見えるもんなんだ。今のあなたがたは遊戯の気分でゐるんだからな」

「結婚したつて遊戯の気分でゐられやしない？」

「それがさう行けばいゝけれどね」

「さう行くつもりよ、あたしは。――結婚と云ふものを非常に真面目に考へ過ぎるからいけないんぢやない？」

「ぢやあ飽きたらば又別れるか」

「さうなる訳ね、理窟の上では」

「理窟の上でなく、あなた自身の場合には？――」

フオークを動かしてゐた彼女の手が、胡瓜の一ときれを突き刺《さ》したまゝ急に皿の上で止まつた。

「――飽きる時があると思ふんですか？」

「あたしは飽きないつもりなの」

「阿曾君は？」

「飽きないとは思ふけれど、『飽きない』と云ふ約束をするのは困ると云ふの」

「それでもいゝんですか、あなたは？」

「あたしにはその気持はよく分るのよ。そりや『飽きない』つて云つてしまへばいゝんだけれど、自分は恋愛の経験は今度が始めてなんだから、今のところでは永久に変らないやうな気がしてゐても、実際それがどうなるものか、先のことは自分にも分つてゐない。自分に分らないことを約束したつて無意味だし、うそをつくのは不愉快だからつて云ふんですの」

「しかしさう云ふもんぢやないがな。先のことなんか考へないで、一途に『飽きない』と云ひ切れるだけの真剣さがなけりや、……」

「それは性質ぢやあないか知ら。いくら真剣でも、自分を解剖するたちの人だつたら、なか〳〵さうは云へないんぢやない？」

「僕だつたら、結果はうそをつくことになつてもその時はちやんと約束するな」

「阿曾は又、なまじ約束なんかすると、それがあるために却つていつも、『飽きやしないか、飽きやしないか』と云ふ気がするに違ひない。自分の性質ではきつとさうなるからつて、それを恐れてゐるんですの。だからお互に約束をしないで現在のまゝで一緒になるのが一番いゝ。自分の気持を縛らないでくれた方が結局永くつゞくからつて――」

「さうかも知れないが、どうも少し……」

「何なの？」

「遊戯気分が過ぎるやうだな」

「あたしには性格が分つてゐるから、さう云はれた方が安心なんだけれど」

「斯波君にはそれを話したんですか」

「話さないわ。今日までこんな話が出る機会もなかつたし、話したつて無駄なんですから。……」

「だけども、そりやあ乱暴だなあ、将来の保證もなしに別れると云ふのは。……」

自然と声が激して来るのをこらへながらさう云ひかけた高夏は、その時両手を膝に置いてしづかに両眼をしばだゝいてゐる美佐子に気づいた。

「……僕はそんなんぢやあないと思つた。……さう云つちやあ失礼だが、夫を捨てゝ行くと云ふ以上は、もう少し真面目なんだらうと思つてゐたんだ」

「不真面目ぢやあないことよ、あたし。……孰方にしたつて別れた方がいゝんですから。……」

「だから斯うなる前にもつとよく考へりやあよ

かつたんだ」

「考へたつておんなじ事だわ。夫婦でもないのに此処にゐるのは辛いんですもの。

……」

両肩を張つて、うなじを垂れて、涙を止めるのに一生懸命になつてはゐたけれど、光つた物が一滴《てき》膝の上に落ちた。

その八

要《かなめ》はさつきからオブシーン・ブックのオブシーンである所以《ゆえん》のところを見付け出さうとしてゐるのだが、彼の手にしてゐる一巻のうちには第一夜から第三十四夜までが収めてあつて、菊版*で三百六十ページもあるのだから、なか〳〵捜すのに手間がかゝる。挿絵で釣られても中味は案外平凡な話が沢山ある。「ユーナン王とドウバン聖者の話」*、「三つの林檎の話」*、「ナザレの仲買人の話」*、「黒き島に住む若き王の話」*、――と、さう云ふ風に一々標題を漁《あさ》つたゞけでは、どれが一番好奇心を充たすに足るものか見当が付かない。もと〳〵此の本は今迄完全な欧洲語訳がなかつたと言はれる亜剌比亜《アラビア》の物語を、リチヤード・バアトン*が始めて逐字的に英語に移して、バアトン倶楽部から会員組織で出版した限定版であつて、殆ど各ページ毎に附いてゐる親切な脚注を拾ひ読みして行くと、彼には何

の興味もない語学上の研究もあるけれども、中には亜剌比亜の風俗習慣に関する解説や、多少話の内容のうかゞはれる記載がないこともない。たとへば「大きく空洞《うつろ》になつてゐる臍《へそ》は美しいものとされてゐるばかりでなく、幼児にあつては健やかに生ひ立つ兆《しるし》であると思はれてゐる」*と云ふのがある。「二枚の門歯——但し上顎部《じようがくぶ》に限る、——の間にほんのかすかな隙間のあるのを、亜剌比亜《あらびあ》人は美しいと感ずるのである。どう云ふ訳か分らないが変化に対する此の種族特有の愛情であらう」*と云ふのもある。——

「王様お抱への理髪師は高位高官の人間であるのが普通であつて、それは主権者の生命を指の間に預かる者だからと云ふ至極尤もな理由に依る。嘗て或る英国の淑女で、さう云ふ印度の貴族的フイガロ*の一人と結婚した者があつたが、彼女は夫の官職が何であるかを知るに及んで、がつかりして興がさめたと云ふ話がある」*

「東方の回教国では、既婚者と未婚者とを問はず若い婦人の一人歩きを禁じてゐて、犯す者があれば巡査はそれを捕縛していゝ権利がある。これは密通を防ぐのに有効な手段であつて、嘗てクリミア戦争の時分に*、英吉利《イギリス》、仏蘭西《フランス》、伊太利《イタリア》等の士官が数百人コンスタンチノープルに駐屯してゐたことがあり、彼等のうちには土耳古《トルコ》の婦人を手に入れたと云つて得意になつた者も少くなかつたが、実はその中に一人の土耳古人もゐなかつたに違ひないと私（バアトン）は信じる。彼等に征服された女は悉くギリシア人か、ワラキア人か、アルメニア人か*、さもなければ猶太人《ユダヤ》である」*

「此のところは此の美しく物語られた美しい物語中での唯一の汚点で、レーン*が此処を訳したゝめに擯斥《ひんせき》されたのは一往当然なことである。*……」

要ははつとして、とう〳〵見付けたなと思ひながら、急いでその注を読み下した。——

「……レーンが此処を訳したゝめに……一往当然なことである。しかし此処でもその猥雑さは、われ〳〵の古い時代の舞台のために書かれた戯曲（たとへばシエークスピア*のヘンリー五世*の如き）に比べてみて大した相違はないであらう。まして此の夜話のやうな物語は、男女の席で朗読されたり暗誦されたりするものではないのである」*

要は此の注の附いてゐる「バグダッドの三人の貴婦人と門番の話」*と云ふのを直ぐ読みかけたが、ものゝ五六行も進んだ時分に茶の間の方から足音が聞えて、そこへ高夏が這入つ

て来た。

「君、アラビアン・ナイトは後にしないか」

「どうしたんだい？」

と云ひながら、要はソフアから起きようともせず、残り惜しさうに開いたまゝの本を脚の上に伏せた。

「意外なことを聞いて来たんだよ」

「意外なことつて？……」

二三分間、黙つて高夏はテーブルのまはりを往つたり来たりした。葉巻の煙が、その歩いたあとに霞のやうなすぢを曳いた。

「美佐子さんには何も将来の保証がないんださうぢやないか」

「将来の保証が？……」

「君も呑気《のんき》だが、美佐子さんも呑気過ぎる。……」

「何だよ一体？　藪から棒でちよつと分りかね

るんだが、……」

「阿曾との間に、いつ迄も愛情が変らないと云ふ約束はしてない。阿曾は恋愛と云ふものは飽きる時も有り得るんだから、将来のことは約束出来ないと云つてゐるし、美佐子さんもそれを承知だと云ふんだ」

「ふうむ、……さう云ふことを云ひさうな男ではあるんだがね。……」

要はとう〳〵アラビアン・ナイトを思ひ切つて、やつとソフアから身を起した。

「しかし、……僕は直接知らんのだからどうとも云へないが、……そんなことを云ふ男は不愉快だな。見やうに依つては随分悪く取れなくもない」

「けども君、悪い奴なら女の機嫌を取るやうなことを云ふだらうが、それをさう云はないところに正直さがありはしないか」

「僕はさう云ふ正直は嫌ひだ。正直ぢやあない。不真面目なんだ」

「君の性質ではさうだらう。しかしどんなに思ひ合つた仲だつていつかは飽きる時が来る。永久に同じ愛情で通さうと云ふのは無理なんだから、約束出来ないと云ふのにも理窟はあるよ。僕が阿曾でもやつぱりさう云ふかも知れんね」

「それぢや飽きたらば又別れるでいゝのかい？」

「飽きると云ふことゝ、別れると云ふことゝは別さ。飽きたからつて、又おのづから恋愛ではない夫婦の情愛が生ずると思ふ。大概の夫婦はそれでつながつてゐるんぢやないか」

「阿曾と云ふ男が立派な人間でありさへすればそれでよからう。けども飽きたからと云つて放り出されたらどうなるんだ。そこの保證が附いてゐないんぢやあんまり心細いぢやないか」

「まさか、そんな悪い人間ぢやあないだらうよ。………」

「一体、かうなる前に秘密探偵にでも頼んで調べたことがあるのかね？」

「秘密探偵に頼んだことはない」

「ぢや外の方法でゞも調べたかね」

「別に特に調べると云ふやうなことはしなかつた。………さう云ふことは僕は嫌ひだし、つい面倒だもんだから、………」

「君と云ふ人にも呆《あき》れるな」

高夏は吐き出すやうに云つた。

「――相手はたしかな人間だと云ふから、無論一と通り調べてあるんだと思つたんだが、それぢやあんまり無責任ぢやないか。若しも色魔のやうな奴で、美佐子さんを欺してゐるんだつたらどうするんだい？」

「さう云はれると何だか不安になるけれどね。………しかし会つた時の感じでは、大丈夫さう云ふ奴ぢやあないよ。それに僕は、阿曾よりも実は美佐子を信じてゐるんだ。美佐子は子供ぢやあないんだから、善い人間か悪い人間か見分けるぐらゐの分別はあるだらう。

美佐子がたしかだと云ふんだから、それで安心してゐるんだ」

「そいつは余りアテにはならんね。女と云ふものは悧巧なやうでも馬鹿だからな」

「まあ、さう云ふなよ、僕は成るべく悪い場合を考へないやうにしてゐるんだから」

「さう云ふところが君は実にやりつ放しで、変な人だな。さう云ふ点を曖昧にしておくから別れるのにも思ひ切りが悪くなるんだ」

「けど、……最初に調べりやあよかつたんだが、今になつちやあ仕方がないな」

要はまるで他人事《ひとごと》のやうに云ひ捨てながら、再びものうげにソフアへ倒れた。

いつたい阿曾と美佐子とのあひだにどれほどの情熱が燃えてゐるものか、要には想像が付かないのである。それを想像することはいくら冷やかな夫であつても面白からう筈はないので、とき〲好奇心の動くことはありながら、彼は努めてその臆測から眼を閉ぢてゐた。

そも〱の起りはざつと二年も前のことである。或る日大阪から帰つて来ると、ヹランダで妻と相対してゐる見馴れない一人の客があつて、「阿曾さんといふ方」と美佐子が簡単に引き合はせた。と云ふのは、夫は夫、妻は妻で、めい〱交際の範囲を作つて自由な行動を取ることがいつしか習はしになつてゐたので、別にそれ以上の説明は必要でなかつたからだけれども、その頃彼女は退屈しのぎに神戸へ仏蘭西語の稽古に行つてゐて、そこで友達になつたらしい話しぶりであつた。要には当時たゞそれだけが分つたゞけで、その後妻の身だしなみが前よりは念入りになり、鏡の前に日々新しい化粧道具がふえて行くやう

になつたことなどは、全く見落してゐたくらゐ無頓着な夫だつたのである。彼が初めて妻の素振りに気が付いたのは、それから一年近くも過ぎてからだつた。或る晩彼は、額の上まで夜着をかぶつて寝てゐる妻が、かすかにすゝり泣くのをきくと、長いことそのすゝり泣きを耳にしながら明りの消えた寝室の闇を視つめてゐた。妻が夜中に嗚咽《おえつ》の声を漏らすことは、それまでにも例がなかつた訳ではない。結婚してから一二年の後、次第に性的に彼女を捨てかけてゐた当座、かれはしば〳〵女心の遣《や》る瀬《せ》なさを訴へてゐる此の声に脅《おびや》かされた。さうして声の意味が分れば分るほど、可哀さうだと思へば思ふほど、なほさら自分と妻との距離の遠ざかるのが感ぜられ、慰める言葉もないまゝに黙つてそれを聞きすごしたものであつた。彼はこれから生涯のあひだ、何年となく夜な〳〵此の声に脅か

されることを思ふと、もうそれだけでも独り身になりたかつたのであるが、いゝあんばいに妻は段々あきらめてしまつて、それから数年来と云ふものはつひぞ聞かずに済んでゐたのにそれをその晩は久しぶりで聞いたのである。彼は最初は自分の耳を疑ひ、次には妻の心を訝《あや》しんだ。今更になつて何を彼女は訴へようとするのであらう。あきらめたやうに見えたのは実はあきらめたのではなく、いつかは夫の情《なさけ》のかゝる折もあらうかと長い歳月をこらへてゐたのが、とう〳〵待ちきれなくなつたのであらうか。彼は「何と云ふ馬鹿な女だ」と腹立たしくさへ感じながら、矢張昔のやうにだまつてそれを聞き過した。が、そのゝち毎晩のやうにすゝり泣くのを止めないのが余りにも不思議なので、「うるさいぢやないか」と、一ぺん叱つてみたことがあつた。すると美佐子は彼の叱咤をキツカケにして一層声を放つて泣いた。「堪《か》忍《に》して下さい、あたしあなたに今日まで隠してゐたことがあるのよ」――と、その声の下から彼女は云つた。それは要には意外でないことはなかつたけれども、同時に繋縛《けいばく》を解かれたやうな、不意に肩の荷が除かれたやうな気安さを与へないでもなかつた。自分はやつとひろ〴〵とした野原の空気を胸一杯に吸ふことが出来る、――彼はさう思つたばかりでなく、その時蓐《しとね》に仰向けになつて、実際ふか〴〵と肺の底まで息を吸つた。

彼女の愛は、今迄のところでは心臓だけのものであつて、それ以上には進んでゐないと云ふことだつたし、彼もその告白を疑ひはしなかつたけれども、しかしそれにしても道徳的

に彼の負ひめを相殺《そうさい》するには事が足りた。彼女にさう云ふものが出来たのは、自分が仕向けたからではないか、――さう考へると己れの卑劣さを咎めない訳には行かなかつたが、正直のところ、いつかは斯う云ふ時の来るのをひそかに望んでゐたゞけであつて、そんな望みを口へ出したこともなければ、進んで機会を作つてやつた覚えもない。たゞどうしても妻を妻として愛し得られない苦しさの余りには、此の気の毒な、可憐な女を自分の代りに愛してくれる人でもあつたらばと、夢のやうな願ひを抱きつゝあつたに過ぎない。而《しか》も美佐子の性質を思ふと、よもやその夢が事実にならうとは予期してゐなかつたのであつた。妻も阿曾の事を打ち明けてから、「あなたにも恋人があるんぢやないの？」ときいた。今では彼女も彼が望むと同じやうにそれを望んでゐたのであらう。けれど要は、

「僕にはそんな者はない」と答へた。彼が彼女に済まない事をしてゐるのは、妻には貞操を守らせながら自分は守つてゐないと云ふこと、――「そんな者はない」にも拘はらず、ほんの一時の物好きと肉体的の要求とから、いかゞはしい女を求めに行くと云ふことだけだつた。要に取つて女といふものは神であるか玩具《がんぐ》であるかの孰《いず》れかであつて、妻との折り合ひがうまく行かないのは、彼から見ると、妻がそれらの孰れにも属してゐないからであつた。彼は美佐子が妻でなかつたら、或は玩具になし得たであらう。妻であるが故にさう云ふ興味が感ぜられなかつたのでもあらう。「僕はそれだけ、まだお前を尊敬してゐるんだと思ふ。愛することは出来ないまでも慰《なぐさ》み物にはしなかつたつもりだ」と、要はその晩妻に語つた。「そりやあたしだつてよく分つてゐるわ。有りがたいとさへ思つてゐるわ。……だけどあたしは、慰み物にされてゞももつと愛されたかつたんです」妻はさう云つて激しく泣いた。

要は妻のその告白を聞いてからでも、決して彼女を阿曾の方へとそゝのかすやうにはしなかつた。たゞ自分には妻の恋愛を「道ならぬ恋」であるとする権利はない、自分はそれが何処まで進展しようとも、是認するより仕方がないと云ふ意味を云つた。が、さう云ふ彼の態度が間接に美佐子をそゝのかす働きをしたことは確かであらう。彼女の求めてゐたものは、さう云ふ夫の物分りのよさ、思ひやりの深さ、寛大さではないのであつた。「あたし自分でもどうしていゝか分らないで、迷つてゐるのよ。あなたが止せと云つて下されば

今のうちなら止せるんです」と彼女は云つた。もしその時に圧制的にでも、「そんな馬鹿なことは止せ」と云つてくれたらば、その方がどんなに嬉しかつたであらう。「道ならぬ恋」だとは云はれないまでも、せめて「為めにならないから」とでも云つてくれたら、それだけで阿曾を思ひ切りもしたであらう。彼女の望んでゐたものはそれであつた。自分を斯うまで疎《うと》んじてゐる夫から、愛されようとは願つてゐなかつたものゝ、どうにでもして自分の恋を抑へつけてもらひたいのが本心であつた。しかし夫は「どうしたらいゝでせう？」と詰め寄つて行くと、「どうしていゝか僕にも分らない」と、ためいきをつくばかりであつた。さうして阿曾の出入りすることにも、彼女の外出《そとで》が頻繁になり帰りがおそくなることにも、何一つ干渉もしなければ厭な顔も見

せなかつた。彼女は生れて始めて知つた恋と云ふものを、自分でどうにか始末するより道がなかつた。

すゝり泣きのこゑがその夜の告白のあつたのちにもなほをり〳〵は寝室の闇にひゞいたことがあつたのは、此の石のやうにつめたい夫から突き放されながら、さすが一途《いちず》に愛慾の世界へ身をおとし込む勇気もなくて、思ひ余つた結果であつた。殊に男から手紙が来たり、何処ぞで会つて来たりした晩なぞには、夜ぢゆうしくしくと忍び音に泣くのが夜具の襟から洩れつゞけて、明け方になるまで止まなかつた。そして或る朝、「ちよいとお前に話がある」と要が彼女を洋館の階下の部屋へ呼んだのは、それから半年ばかりも過ぎた時分だつたであらうか。テーブルの上の水盤に支那水仙*が活《い》けてあつて、電気ストーヴ*にあたつてゐたのを覚えてゐるから、何でも冬の、美しく晴れた日のことだつた。その前の晩もやはり夜通し泣きつゞけて、彼女も要もほとんど寝られなかつたので、さし向ひになつた夫婦は孰方《どつち》も脹れぼつたい眼をしてゐた。実は要はゆうべのうちにも口を切らうかと思つたのだが、弘が眼をさます心配もあり、暗い場所だとそれでなくても涙を用意してゐる妻が一層感傷的になりさうなので、わざとさわやかな朝の時間を選んだのであつた。「此のあひだから考へてゐたんだがお前に少し相談があるんだ」と、彼が出来るだけ軽快な、ピクニツクにでも誘ふやうな気楽な口調で切り出したとき、「あたしもあなたに相談したいことがあるのよ」と、鸚鵡《おうむ》返しに美佐子もさう云つて、睡眠不足の眼のふちで微笑しながら煖炉の前へ椅子を寄せた。そして互にその胸の中を打ち明けてみると、二人は大体同じやうな経過を辿つて同じやうな結論に達してゐた。とても自分たちは相愛し合ふことは出来ない、互の美点は認めてゐるし、性格も理解してゐるのだから、これから十年二十年を過ぎ、老境にでも入つたらば或は肌が合ふやうになるかも知れないけれども、そんなアテにもならぬ時を待つたところで仕様がないと夫が云へば、「あたしもさう思ふ」と妻が答へた。子供の愛に惹かされて自分たちの身を埋《うも》れ木《ぎ》にするのが愚かしいと云ふ考にも二人ながら行き着いてゐた。けれどそこまでは来てゐながら、「別れたいのか」と一方が問へば、「あなたはどう？」と一方が問ひ返す。つまり孰方も別れた方がいゝのを知りつゝ、それだけの勇気がなく、たゞ自分たちの弱い気質を呪つては当惑してゐる状態にあつた。

夫の腹の中を云へば自分の方から妻を追ひ出す理由はないし、積極的に出れば出るだけ寝ざめが悪いに違ひないから、なるべくならば受け身でありたい。自分はさしあたり誰と結婚したいと云ふ相手があるのでもないのだが、妻にはそれがあるのだから、妻の方から覚悟をきめてもらひたかつた。ところが妻の云ひ分は、夫にさう云ふ相手がなく、自分ばかりが幸福になるのでは別れづらい。自分は夫に愛してもらへなかつたとは云へ、夫を無情な人だとは思つてゐない。上を望めば切りのない話だが、ずゐぶん世間には不仕合はせな妻も多いことだし、それから見れば自分などは愛せられないと云ふだけで外に不足はないのでありながら、その夫を捨て子を捨て、迄もと云ふほどの気にはなりきれない。要するに夫も妻も、別れるならば自分の方が捨てられる側になることを願ひ、どつちも自分が楽な方へと廻りたかつた。しかし自分たちは子供でもないのに、何がそんなに辛いのだらう。理性のよしとするものを実行することが出来ないのは、何を恐れてゐるのだらう。結局のところは過去のきづなを断ち切るだけのことではないか。その悲しみはたゞその刹那のものであつて、多くの人の例を見れば、長いあひだにはだん〳〵うすらいで行くのである。

「僕たちは先のことよりも目前の別れが恐いのだね」と、夫婦は語り合つて笑つた。

要は最後に、「では僕たちは自分たちにも分らないやうに極く少しづゝ別れる手段を取らうではないか」と云ふ提議をした。昔の人は離別の悲しみに打ち克てないのは児女の情だと云ふかも知れない。けれども今の人間はたとひ僅かな苦痛にもせよ、もしそんなものを味はないで同じ結果が得られるならば、その道を取るのを賢いとする。自分たちは自分たちの臆病を耻ぢるにはあたらない。臆病ならば臆病のやうにそれに適応した方策に依つて幸福を求めるがいゝ。そこで要はあらかじめ頭の中へ箇条書きにしておいた下のやうな条件を出して、「かうしてみたらどうか」と云つた。――

一、美佐子は当分世間的には要の妻であるべきこと。

一、同様に阿曾は、当分世間的には彼女の友人であるべきこと。

一、世間的に疑ひを招かない範囲で、彼女が阿曾を愛することは精神的にも肉体的にも自由であること。

一、斯くして一二年の経過を見、愛し合ふ二人が夫婦になつてうまく行きさうな見込みがつけば、要が主となつて彼女の実家の諒解《りようかい》を得るやうにし、世間的にも彼女を阿曾に譲ること。

一、それ故こゝ一二年の間を彼女と阿曾の愛の試験時代とする。もしその試験が失敗し、両者のあひだに性格の齟齬《そご》が発見され、結婚しても到底円満に行かないことが認められたら、彼女はやはり従来の通り要の家にとゞまること。

一、幸ひにして試験の結果が成功し、二人が結婚した場合には、要は二人の友人として長く交際をつゞけること。

彼はそれを云ひ終つたとき、妻の顔色がちやうどその朝の空のやうにかゞやきに充ちて来るのを見た。彼女は一と言「有りがたう」と云つた。その眼瞼《まぶた》からはぽたりと嬉し涙が落ちた。ほんたうにそれは何年ぶりかで心の底からわだかまりが取れ、始めてほつと天日《てんじつ》を仰いだと云ふ風であつた。妻のよろこびを知つた夫も同じやうに胸のつかへが下つた気がした。連れ添うてから長のとしつき奥歯に物の挟まつたやうな心地でばかり過して来た夫婦は、皮肉にも別れ話の段になつてやう〳〵互にこだはりがなく打ち解けることが出来たのである。

云ふ迄もなくそれは一種の冒険ではあるけれども、しかしさう云ふ風にして眼をつぶりながら次第に抜き差しのならないハメへ身を落し込んで行くのでなければ、夫も妻も別れる道はないのであつた。阿曾もそれには異存のあらう筈はなかつた。要は彼にその考を打ち明けたとき、「西洋ならばかう云ふことはさうやかましい問題にもならない国があるでせう。けれど日本の今の社会ではなか〳〵さうは行きにくいから、此の計画を実行するには余程上手に立ち廻らなければならないと思ひます。それには何よりもわれ〳〵三人が互にかたく信じ合ふことが第一だ。どんなに親しい友達の中でも此の問題ではとかく誤解が起りやすい。われ〳〵はめい〳〵ずゐぶんデリケートな関係に立つてゐるのだから、互の感情を傷けないやうに、そして一人の不注意のために外の二人が窮地に陥つたりしないやうに、よく〳〵気をつけて行かなければならない。どうかあなたもそのつもりでゐて下さるやうに」と念を押したが、その相談の結果として阿曾は成るべく要の家庭へは姿を見せないやうになり、美佐子の方から「須磨へ行く」ことになつたのであつた。

その時以来要は二人の関係に文字通り「眼をつぶつて」しまつた。もうこれでいゝ、このまゝじつとしてゐれば自分の運命はひとりでにきまる。――彼は流れに身をまかせて、事の成り行きが運んでくれるところまで、素直に、盲目に、くツついて行くやうに努める以外に、自分の意志を働かせようとしなかつた。たゞさうなつてもなほ恐ろしいのは試験時代の期間が過ぎて、いよ〳〵と云ふ最後の時が迫りつゝあることだつた。いかになだらかに、ずる〳〵べつたりに押し流されて行かうとしても、一度は別離の場面を廻避することは出来ない。見わたしたところ穏かなやうな船路にも、或る一箇所で暴風帯をくゞらな

ければならないのである。そこへ来た時は潰《つぶ》つてゐる眼をどうしても開けさせられるのである。さう云ふ予感は臆病な彼をます〳〵一時逃れにさせ、やりつ放しにさせ、横着にさせる結果となつた。

「君は一方では別れるのが辛い〳〵と云ふ、そして一方ではそんな無責任なことをしてゐる、それぢやあだらしがなさ過ぎるな」

「だらしがないのは今に初まつたことぢやあないさ。――しかし僕は思ふんだが、道徳と云ふものは個人々々で皆いくらかづゝ違つてゐていゝ。人は誰でもその性質に適するやうな道徳を作つて、それを実行するより外に仕方がないね」

「そりやあその通りに違ひないが、――で、君の道徳ではだらしのないのが善だと云ふことになるのかね？」

「善ではないかも知れないが、生れつき決断力の乏しい者は強ひて性質にさからつて迄も決断する必要はない。さう云ふことをしようとすると、徒《いたず》らに犠牲が大きくなつて、終局に於いて却つて悪いことが起る。だらしのない人間はやはりだらしのない性質に応じて進退する道を考へるべきだ。そこで僕の道徳を今の場合にあてはめると、別れると云ふことが終局の善なんだから、最後にそこへ行けさへすれば過程はどんなに廻りくどくつても差支へない、僕は実はもつとだらしがなくつても構はないと思つてゐるんだ」

「そんなことを云つてゐると、終局の善に達する迄に一生かゝつてしまふかも知れんぜ」

「あゝ、僕は真面目にそれを考へたことがあるんだよ。西洋の貴族の間では姦通*は珍しくないといふ。しかし彼らの姦通といふのは夫婦が互に欺《あざむ》き合つてゐるのではなく、暗黙のうちに認め合つてゐる場合、――つまり現在の僕の場合と同じやうなのが多いんぢやないか。日本の社会が許しさへすれば僕は一生此の状態をつゞけてゐたつていゝんだけれどな」

「西洋だつてそんな流儀は時勢おくれだよ、宗教の威力がなくなつてしまつてゐるんだから」

「宗教に縛られてゐるばかりぢやあない、やつぱり西洋人にしても過去のきづなを余りに判然と断ち切るのが恐ろしいんぢやないのかな」

「どうしようと君の勝手だが、僕はもう御免を蒙むるぜ」

さうにべもなく云ひ放ちながら、床に落ちたアラビアン・ナイトを、今度は高夏が拾つた。

「なぜ？」

「なぜつて、分り切つてるぢやないか。そんな曖昧な離縁話に他人が口を挟みやうはないぢやないか」

「そりやあ困る」

「困るのは仕方がなからう」

「仕方がなくつても兎に角君に逃げられちやあ困る。捨てゝおかれるとなほ曖昧になるばかりだ。ね、後生だから頼むよ」

「まあ、まあ、今夜弘君を連れて東京へ行つて来るよ」

高夏は取り合はないで、そつけなくページを繰つた。

その九

「うぐひすも、都の春にあひたけと、きは淀川*へ上《のぼ》り舟、……」

お久は絃《いと》を三下り*にして地唄の「あやぎぬ」*をうたつてゐた。老人は此の唄が好きなのである。地唄と云ふものは概して野暮なものであるのに、此の唄には何処か江戸の端唄《はうた》*のやうな意気なところのあるのが、上方に降参したやうでも本来は江戸育ちである老人の趣味に合ふのかも知れない。そして「上り舟、……」のあとの合ひの手*がいゝ。平凡なやうだが、じつと身にしみて聞いてゐると淀川の水の音がひゞくやうだと云ふ。

「……きは淀川へ上り舟、さゝへられたる北風に、身はまゝならぬ丸太ぶね、岸の柳に引きとめられて、歩みならはぬ陸地《りくち》をも、上りつ戻り幾たびか、一と夜をあかす八軒家《や》*、雑魚寝《ざこね》をおこす網嶋《あみじま》*の、告ぐる烏《からす》か寒山寺*、……」

明け放たれた二階の縁からは船着き場に沿うた一とすぢの路をへだてゝもう暮れがたの海のけしきが展《ひら》けてゐた。淡《たん》の輪《わ》*がよひの船であらう、「紀淡丸」と記した汽船が桟橋を離れて行くのだが、四五百噸《トン》にも足らないほどの船体がぐるりと船首を向き変へるとき、入り江の岸が船尾と擦れ〳〵になるくらゐにもそこの港は小さいのである。要は縁側に座布団を敷いて、港の出口をふさいでゐる砂糖菓子のやうに可愛いコンクリートの防波堤を眺

めた。堤の上の同じやうに可愛い燈籠にはもう灯がともつてゐるらしいけれど、水の面はまだ浅黄色*に明るく、二三人の男の燈籠の根もとにしやがんで釣りを垂れてゐるのが見える。別に絶景と云ふのではないが、しかしかう云ふ南国的な海辺の町の趣は、決して関東の田舎にはない。さう云へばいつぞや常陸《ひたち》の国*の平潟《ひらかた》*の港に遊んだ時、入り江を包む両方の山の出鼻に燈籠があつて岸にはずつと遊女の家が並んでゐたのを、いかにも昔の船着場らしい感じだと思つたことがあるのは、彼れ此れ二十年も前だつたらうか。が、平潟の廃頽《はいたい》的なのに比べたら、こゝはさ

すがに晴れやかで、享楽的である。多くの東京人がさうであるやうに孰方《どちら》かと云へば出不精の方で、めつたに旅行などしたことのない要は、一と風呂浴びて宿屋の欄干に倚《よ》つてゐる浴衣《ゆかた》がけの自分の姿をかへりみると、ほんの海を一つ越えた瀬戸内《うち》の島へ渡つたばかりで、なんだか馬鹿にはる〴〵と来たやうな心地がする。実を云ふと、出がけに老人が誘つた折には彼はそんなに気が進んではゐなかつた。何しろ老人の計画と云ふのは、お久を連れて淡路の三十三箇所*を順礼*しようと云ふのであるから、又してもアテられることであらうし、折角の老人の楽しみを邪魔するでもなし、遠慮した方がいゝと思つたのに、「なに、そんな気がねには及ばない、私たちは洲本*に一日二日泊まつて、人形芝居の元祖である淡路浄瑠璃*を見物する。それから順礼のいでたち*になつて霊場廻《めぐ》りをするのだから、せめて洲本まで附き合ひなさい」と、老人もすゝめればお久も口を添へたので、此の間の文楽座の印象もあり、その淡路浄瑠璃につい好奇心が動いたのであつた。「まあ、酔興ね、それぢやあなたも順礼の支度をなすつたらどう」と、美佐子は眉をひそめたが、可憐なお久が伊賀越*の芝居のお谷のやうないぢらしい姿になるさまを想ふと、それと一緒に御詠歌*をうたつて鈴を振りながら旅をしようといふ老人の道楽が、ちよつと羨ましくないこともなかつた。聞けば大阪の通人なぞのあひだでは、好きな藝者を道連れに仕立てゝ、毎年淡路の島めぐりをする者が珍しくないと云ふ。そして老人も今年を皮切りに此れから年々つゞけると云つて、日に焼けるのを恐れてゐるお久とは反対にひどく乗り気になつてゐる

のであつた。

「何とか云ひましたね、今の文句は？　『一と夜をあかす八軒家』か。――その八軒家と云ふのは何処にあるんです」

べつかふ色の水牛の撥《ばち》を畳の上にお久が置いたとき、老人は宿の浴衣の上へ、五月と云ふのに藍微塵《あいみじん》*の葛織《くずおり》の袷羽織《あわせばおり》を引つかけて、とろ火にかけてある錫《すず》の徳利《とつくり》にさはつてみては、例の朱塗りの杯を前に、気長に酒のあたゝまるのを待つてゐたが、

「成る程、要さんは江戸つ児だから八軒家は知らないだらう」

と云ひながら、火鉢の上の銚子を取つた。

「昔は大阪の天満橋《てんまばし》の橋詰から淀川通ひの船が出た。その船宿のあつた所なんだね」

「はあ、さうなんですか、それで『一と夜をあかす八軒家、雑魚寝を起す網嶋』ですか」

「地唄と云ふ奴は長いのは眠くなるばかりであまり感心しないもんだ。やつぱり聞いてゐて面白いのは、このくらゐの長さの唄物に限る」

「どうです、お久さん、何か今のやうなのをもう一つ、……」

「なあに、此れのは一向駄目なんでね」

と、老人は傍から引き取つて、

「年の若い女がやると、唄が綺麗になり過ぎていけない。三味線にしてももつときたなく弾くやうにつて、いつも云ふことなんだけれど、その心持が呑み込めないで、まるで長唄でも弾くやうな気でゐるんだから、……」

「そないお云やすなら、あんた弾いてお上げやすな」

「まあ、いゝ。もう一つお前がやつて御覧」

「かなはんわ、わてエ。……」

お久は甘える子供のやうに顔をしかめて、つぶやきながら三の絃《いと》を上げた。

全く彼女の身になつたらば口やかましい此の老人の伽《とぎ》*をするのも大概ではなからう。老人の方では眼にも入れたいほど可愛がつて、遊藝の事、割烹《かつぽう》の事、身だしなみの事、何から何まで研《みが》きをかけて、自分が死んだら何処へなりと立派な所へ縁づけられるやうに丹精をこめてゐるのだけれど、さう云ふ時代おくれの躾《しつけ》が若い身空の女に取つてどれほどの役に立つであらう。見る物と云へば人形芝居、たべる物と云へば蕨《わらび》やぜんまいの煮つけでは、お久も命がつゞくまい。たまには活動も見たからうし、洋食のビフテキもたべたいであらうに、それを辛抱してゐるのはさすがに京都生れであると、要はとき〴〵感心もすれば、此の女の心の作用を不思議に思ふこともある。さう云へば老人は、ひところ投げ入れの活け花を覚え込ませるのに夢中であつたが、それが此の頃は地唄になつて、週に一度づゝ、わざ〳〵大阪の南の方に住んでゐる或る盲人の検校《けんぎよう》*の許《もと》まで二人で稽古に行くのである。京都にも相当の師匠はあるのに大阪流を習ふといふのは、それにも老人の味噌があつて、彦根屏風*の絵姿などからひねり出した理窟でゞもあらうか、地唄の三味線といふものは、大阪風に、膝へ載せないで弾くのがいゝ。どうせ今から習つたのでは上手にならう筈もないから、せめて弾く形の美しさに情趣を酌みたい。若い女が畳の上へ胴を置いて、からだを少しねぢらせながら弾いてゐる姿には味はひがある、とさう云つては、お久の三味線を聞くと云ふよりも眺めて楽しまうといふのであつた。

「さあ、さう云はないでもう一つどうぞ、………」

「何にしましよ」

「何でもいゝが、なるべく僕の知つてゐるものにして下さい」

「そんなら『ゆき』*がいゝだらう」

と、老人は杯を要にさした。

「『ゆき』なら要さんも聞いたことがあるだらう」

「えゝ、えゝ、僕の知つてゐるのは『ゆき』と『くろかみ』*ぐらゐなもんです」

要はその唄を聞いてゐるうちに、ふと思ひ出したことがあつた。子供の時分、その頃の蔵《くら》前《まえ》の住居と云ふのは、今の京都の西陣*あたりの店の構へと同じやうに、表通りは間口の狭い格子造りになつてゐて、奥の方が外から見たよりはずつと深く、幾間も〳〵細長くつゞいてゐる先にちよつとした中庭があり、廊下づたひにそこを越えて行くと、一番奥のどんづまりに又相当な離れがあつて、そこが家族の部屋になつてゐたのであるが、さう云ふ同じ間取りの家が右にも左にも並んでゐたので、二階に上ると、板塀の忍び返し*の向うに、隣りの家の中庭が見え、離れ座敷の縁側が見えた。……だが、その時分の東京の下町は、今から思ふと何と云ふ静かさだつたであらう。おぼろげな記憶ではつきりしたことは云へないけれども、あの頃つひぞ隣りの家の話声らしいものを聞いたおぼえがない。忍び返しの塀の向うは、まるで人なぞ住んでゐないやうに、いつもしーんとしてカタリと云ふ物音一つするではなく、ちやうどさびれた田舎の町の士族屋敷へでも行つたやうな侘びしさであつた。たゞいつ頃のことであつたか、そこからをり〳〵琴の音につれてかすかに唄ふこゑが洩れた。その声の主は「福《ふう》ちやん」と云ふ児で、器量よしと云ふ評判が高かつたから要も前から耳にしてはゐたものゝ、それまで一度も顔を見たことはなかつたし、見たいと云ふ気もなかつたのを、或る日偶然二階から覗いたとき、多分夏のたそがれであつたのだらう、縁側の閾際《しきいぎわ》に座布団を敷いて明け放された葭簀《よしず》に背中をもたれながら、蚊柱*の立

つ夕闇の空を見上げてゐるほの白い顔が、ちらと此方を向いた。幼心にもその美しさに胸をつかれて凄い物でも見たやうに慌てゝ首を引つ込めてしまつたから、どう云ふ目鼻立ちであつたか纏《まと》まつた印象は残らないながら、初恋と云ふにはあまりに淡いあこがれに似た快感が、そのゝち暫く子供の夢の世界を領した。それは少くとも要の中にあるフエミニズムの最初の萌芽だつたであらう。彼は今でもその時の彼女が幾つぐらゐの歳ごろであつたか見当がつかない。七つ八つの男の児に取つては、十四五の娘も二《は》十歳《たち》前後の大人と変りなく見えるものだし、まして痩せぎすの年増のやうな姿をしてゐたその児の様子は、ずつと自分より姉に思へた。そればかりでなく、たしか彼女の膝の前には煙草盆が置いてあつて、手に長煙管《ぎせる》を持つてゐたやうな気がするのである。尤もその頃は江戸末期の

いなせ*な風が下町の女に残つてゐて、要の母なぞも暑い時分は腕まくりなぞをしたものだから、煙草を吸つてゐたことが大人であつたと云ふ證拠にはならないかも知れない。要の家は四五年してから日本橋*の方へ移つたので、彼が彼女を垣間《かいま》見たのは後にも先にもたつた一度だつたけれど、でもそれからは琴のしらべと唄のこゑとに一としほ耳をそばだてるやうになつて、彼女が好んで繰り返すのが「ゆき」と云ふ曲であることを、母から聞いた折があつた。それは琴唄ではあるが、時には三味線に合はせてもうたふ。東京ではあの唄のことを上方唄と云ふのだと、母が教へた。

そのゝち彼はその「ゆき」の唄をふつつり耳にしなかつたので、忘れるともなく忘れるまゝに十何年かを過ごしてから、ひとゝせ上方見物に来て祇園の茶屋で舞妓《まいこ》*の舞ひを見た折のこと、久しぶりに又その唄を聞くことが出来ていひしれぬなつかしさを覚えた。舞ひの地をうたつたのは五十を越えた老妓《ろうぎ》だつたから、声にも一と通りさびがあつたし、三味線の音色も鈍く、ものうく、ぼんぼんといふ渋いひゞきで、老人がきたなく唄へと云ふのはあゝ云ふ味を求めるのであらう。あの老妓のに比べれば成る程お久のは綺麗ごとに過ぎて含蓄がない。けれど昔の「福ちやん」も矢張美しい鈴のやうな声でうたつたのだから、要に取つては若い女の肉声の方がひとしほ思ひ出をそゝるのである。それにあのぼんぼんと云ふ京風の三味線よりは、お久が弾いてゐる大阪風の三味線の、調子の高いひゞきの方がいくらか琴の音をしのばせるよすがにもなる。ぜんたい此の三味線は棹《さお》が九つに折れて

胴の中へ這入つてしまふ別製のもので、お久と一緒に遊山に行くとき、老人はこれを欠かさず持つて歩くのであるが、宿屋の座敷でならまだしも、興に乗じると街道の茶店の腰掛でも、満開の花の下でも、いやがるお久を無理に促して弾かせると云ふ風で、去年の十三夜の月見の晩なぞ宇治川*を下る船の中でやらせたのはいゝが、そのためにお久よりも老人の方が風邪をひいて、あとで非常な熱を出したりしたことがあつた。

「さあ、今度はあんたお唄ひやしたら、……」

さう云つてお久は老人の前へ三味線を置いた。

「要さんは『ゆき』の文句の意味がよく分るかね」

と、何気ない体《てい》で三味線を取つて調子を低く直しながら、内々老人は得意の色をつゝむことが出来ないのである。東京時代に一中節《いっちゅうぶし》*の素養があるせゐか、地唄のけいこはほんの近年のことだけれども、わりに巧者に弾きもすれば、唄ひもして、しろうとが聞けば、兎に角一種の味はひがあつた。そして当人もそれを少からず自慢にしてゐて、いつぱしの師匠のやうに叱言《こごと》を云ふのが、なほさらお久は助からなかつた。

「さあ、いつたい昔の唄の文句と云ふものは、ぼんやり心持は分るやうな気がしますけれど、文法的に云つたらば殆ど出鱈目ぢやあないんですかな」

「さうだよ、全く。………昔の人は文法なんかは考へない。ぼんやり心持が分る、――その程度で沢山なんだね。そのぼんやりとしてゐるところに却つて余韻があるんだね。たとへばこんな文句がある、――」

と、老人はすぐ唄ひ出しながら、「………『今は野沢の一つ水、澄まぬ心の主にもしばし、すむは由縁《ゆかり》の月の影、忍びてうつす窓の内』………それからあとが『広い世界に住みながら』*となるんだが、これは男が女の許へ忍んで来るところなんだ。そいつを露骨に云はないで、『すむは由縁の月の影、忍びてうつす窓の内』と、わざと余情を持たせてあるのがいゝぢやないか。お久なんぞはかう云ふ意味を考へないで唄つてゐるから心持が現れない」

「成るほど、伺つてみるとさう云ふ意味になるかも知れませんが、それを分つて唄つてゐる人は幾人もありはしないでせう」

「分らない人には分らないでいゝ、分る人だけが分つてくれる、と云つた態度で作つてあ

るのが床しいと思ふね。何しろ昔は大概盲人が作つたんだから、それだけにひねくれた、陰気なところがあるんだよ」

酔はないと唄ふ気になれないんだよ」

今がちやうど唄ひごろの酔ひ心地であるらしく、自分も盲人のやうに眼をつぶつてあとをつゞけた。

年寄りの癖の早寝早起きで、まだ宵の口の八時と云ふのにもう老人は床を敷かせてお久に肩を揉ませながら眠りに就いたが、廊下を一つ隔てた部屋に引き取つた要は、酒の勢ひで無理にも寝入らうと布団を被つてみたものゝ、いつもの宵つ張りに馴らされた眼がさう容易にはまどろまないで、長いあひだうと〳〵してゐた。本来ならば彼は此のやうに一人で一室を完全に占領して眠るのが好きであつた。折角安らかに寝ようと思つても同じ座敷に妻が枕を並べてゐて、例のしくしくとしやくり上げたりすると、せめて気がねのない所でぐつすり眠りを貪りたさに、一と晩どまりで箱根や鎌倉へ出かけて行つては、それこそほんたうに心置きなく、日頃の疲れを十分に伸ばして体を休ませたものであつた。それが此の頃は夫婦が無関心になり切つてしまつて互の存在を意に介しなくなつた結果、同じ部屋でも平気でめい〳〵が安眠するやうな修業が出来、自然一泊旅行に出かける必要もなくなつたのであるが、暫くぶりでひとりで寝てみると、廊下を越えてきこえて来る老人夫婦の忍びやかな話ごゑの方が、今の妻よりはずつと眠りの妨げになつた。と云ふのは、さし向ひになるとお久に物を云ふ老人の調子が、まるで別人のやうに優しく、声音までが変つてしまつて、――それもはつきり云ふならいゝけれど、向うでは又要に遠慮があるのであらう、ひそ〳〵とあたりを憚《はばか》るやうに、さも睡たさうに、半分口のうちで、「ふん〳〵」と甘えるやうに云ふのである。そこへ持つて来て、ぱたん、ぱたんと、お久が足腰を揉んでゐる音が枕もとへ響いて来て、それがなか〳〵止みさうもない。老人が何かくど〳〵云ふのに対して、お久の方は言葉少なに「へえ〳〵」と聞いてゐるらしく、とき〴〵「何々どす」と答へるそのどすと云ふ語尾だけがぼんやり聞き取れる。要は他人の夫婦仲の睦まじいのを見ると、自分たちの身に引きくらべてその幸福が羨ましくもあり、他人事《ひとごと》ながら嬉しくもあつて、決してイヤな気は起さないのが常だけれど、此の老人の場合のやうに三十以上も歳の違つた組み合はせの斯う云ふ様子を見せられるのは、予《あらかじ》め覚悟してゐたとは云へ、やつぱり多少迷惑でないことはない。まして老人が自分の肉身の親であつたら、さぞかし浅ましい気がするであらうと、美佐子がお久を憎む感情が今更分つて来るのであつた。此方《こつち》は寝られないまゝにそんなことを考へてゐるうち、老人は間もなく眠りついたらしく、すう／＼と云ふ寝息が聞えたが、忠実なお久はそれからもまだ按摩の手を休めないで、ぱたん、ぱたんと云ふ音がやう／＼止んだのは十時近くであつたゞらうか。彼はしよざいなさに、向うの部屋の電燈が消えた頃に自分の部屋へ明りをつけた。そして寝ながら端書を書いた。一枚は弘に宛てゝ、絵端書へ簡単な文句を記したもの。一枚は上海の高夏へ宛てゝ、これも出来るだけ簡単に、鳴門の海の景色の横へ細字で七八行にしたゝめたもの。——

其の後そちらの御起居如何《いかが》。

こちらは君に逃げられてしまつて、あのまゝ今以て曖昧模糊《あいまいもこ》。美佐子は相変らず須磨へ出かける。僕は京都の老人のお供で淡路へ来てゐる。そして大いに見せつけられてゐる。美佐子はお久さんを悪く云ふが、しかし中々親切なもんだとアテられながら感心してゐる。

カタが附いたら知らせるが、今の所いつになるやら全く不明。

その十

内務省免許淡路源之丞*大芝居

洲本町物部常盤橋詰

三日目出物

生写朝がほ日記*

□初幕宇治ノ里蛍狩ノ段

□明石舟別レノ段

□弓ノ助屋敷ノ段

□大磯揚屋ノ段

□摩耶ケ嶽ノ段

□浜松小屋ノ段

□戎屋徳右衛門宿屋ノ段

□道行ノ段

太功記*十段目（追抱）*
お俊伝兵衛*（追抱）
（追抱）
吃　又　平*
大阪文楽　豊竹呂太夫*
一人前五拾銭均一　但シ
通券御持参ノ方ハ参拾銭

「お早うございます、よろしうございますか、――」

と、廊下に立ち止まつて声をかけると、

「えゝ、構ひません、さあ〱」

と云ふので、表の座敷へ這入つてみると、宿の浴衣に市松の伊達巻姿*で鏡の前にすわりながら、髷《まげ》のあたまを梳櫛《すきぐし》で撫でゝゐるお久の傍に、老人はビラを膝の上に載せて、老眼鏡のケースを開けたところである。晴れ渡つた海はじーつと視つめると瞳の前が黒ずんで来るほど真つ青に和《な》いで、船の煙さへ動かないやうな感じであるが、それでも時たまそよ風を運んで来るらしく、障子の破れが紙鳶《たこ》の呻りのやうに鳴つて、膝の上のビラがかすかにあふられる。

「お前、『大磯揚屋《おおいそあげや》の段』と云ふのを見たことがあるかい？」

「何の狂言どす、それは？」

「朝顔日記だよ」

「見たことおへん。――そんなとこおすやろか」

「だからさ、かう云ふ所は文楽あたりぢやあめつたに出さないんだと見えるね。次には『摩耶《まや》ケ嶽《たけ》の段』と云ふのがある」

「そら、深雪《みゆき》がかどはかされるとこと違ひますか」

「ふん、さうか〳〵、かどはかされて、それから浜松の小屋になる。――とすると『真《ま》葛《くず》ケ原の段』と云ふのがありやしなかつたかい？………ねえ、お前、………」

「………」

光の反射が座敷の四方をきらりと一と廻りした。お久が梳櫛を口にくはへて、一方の手の親指を右の鬢《びん》のふくらみの中へ入れながら、合はせ鏡をしたのである。

要《かなめ》は実はまだ此の女のほんたうの歳を知らなかつた。老人の好みで、風通《ふうつう》だとか、一楽《いちらく》だとか、ごりごりした鎖のやうに重い縮緬の小紋だとか、もう今の世では流行《はや》らなくなつてしまつたものを五条あたりの古着屋だの北野神社*の朝市などから捜して来ては、その埃くさいぼろのやうなのをいや〳〵ながら着せられて、地味に〳〵と作つてゐるので、いつ

も二十六七に見えるのだけれど、――そして老人との釣り合ひ上、聞かれゝばそのくらゐに答へるやうに云ひふくめられてゐるらしいけれど、――鏡を支へた左の手の、指紋がぎらぎら浮いてゐる桜色の指先のつや〳〵しさは、あながち髪の油のせゐばかりではなからう。要は彼女のかう云ふ姿を見せられるのは始めてゞあるが、薄着の下にほゞ在りどころが窺はれる肩や臀のむつちりとした肉《しし》置《お》きは、此の上品な京生れの女には気の毒なくらゐ若さに張り切つて、二十二三――と云ふ歳頃をはつきり語つてゐるのである。

「それから『宿屋の段』のあとに『道行の段』がありますね。――」

「ふん、ふん」

「朝顔日記の道行きと云ふのは初耳ですが、

しまひに深雪の思ひがかなつて、駒澤と旅でもするんですか」

「いや、さうぢやない、わたしは此りやあ見たことがある。――ほれ、『宿屋』の次が大井川の川留《かわど》めで、あれから深雪が川を渡つて、駒澤のあとを追ひながら東海道を下るんだよ」

「道行きの相手はゐないんですか」

「いや、それがほら、川留めの所へ国もとから駈け付けて来る何助《なにすけ》とか云ふ若党*があつたね、――」

「関助《せきすけ》どすやろ」

もう一度鏡がきらりと光つて、癖直しの湯を入れた金盥《かなだらい》を片手に、お久は立つて廊下へ出た。

「さう〳〵関助、――あれが附いて行くことになる、つまり主従の道行きだな」

「もうその時は深雪は盲目《めくら》ぢやあないんですね」

「眼があいちまつて、もとの侍の娘になつて、綺麗ななりをして行くんでね。千本桜の道行き*に似てゐるちよつと花やかないゝもんだよ」

芝居は此の町はづれの空地に小屋がけ*を拵へて、そこで朝の十時ごろから晩の十一時、――どうかすると十二時過ぎまでやつてゐる。とても初めから御覧になるのは大変だから、日の暮れからがちやうどよろしうございますと宿の番頭がさう云ふのを、いゝえ、わ

たしは此れが目的で来たんだから、朝御飯をすましたら直きに出かけます、お昼と晩は此の重箱に用意して貰ひませうと、それを楽しみの一つにしてゐる老人は例の蒔絵の弁当箱を預けて、幕の内に、玉子焼に、あなごに、牛蒡《ごぼう》に、何々の煮しめに、……と、おかずの注文までやかましく云つて、それが出来て来ると、

「さあ、お久や、支度をしな」

と、急《せ》き立てるのであつた。

「ちよつと、此処をきつうに締めとおくれやす」

ごは〳〵した、折り目から切れて行きさうな地のしつかりした八反《はつたん》*の袷のうへに、此れも相当に硬張《こわば》つたものらしく袈裟のやうにざく〳〵する帯を、云はれないうちに締め直しにかゝつてゐたお久は、さう云ひながら老人の方へ結びめを向けた。

「どうだね、此のくらゐかね？」

「へえ、もうちよつと、……」

前のめり*にならうとするのを腰で粘《ねば》つて受け止めてゐるお久のうしろで、老人は額に汗を浮かした。

「どうも此奴は突つ張つてゐるんで、締めにくいつたらない。……」

「そないお云やしたかて、あんたが買うておいでたんやおへんか。わてエかてかなはんわ、しんどうて。……」

「だがいゝ色をしてゐますな」

と、同じやうにうしろに立ちながら、要は感嘆の声を発した。

「何と云ふ色だか、此の頃の物にはあんまり見ないぢやありませんか」

「なあに、やつぱり萌黄《もえぎ》*の系統なんで、今の物にもないことはないんだが、かう色がさめて古くなつたんで味が出たのさ」

「何ですか、物は？」

「繻珍《しゆちん》*だらうね。昔の織物は何でも此の通りごり〳〵してゐる、今のはどんな物だつて大概人絹*が這入つてるんだから、……」

乗り物で行くほどでもないのでめい〳〵が重箱や折詰の包を提げながら出かけたが、

「もう日傘がいりますなあ」

と、お久は照りつけられるのを恐れて手をかざした。日はそのうすい手のひらの撥《ばち》だこのある小指の肉を傘の紙ほどに赤く透して、暗く翳《かげ》つてゐる顔が日のあたつてゐる頤《あご》の先よりも一層白い。どうせ今度は真つ黒に焼ける、傘なぞ持つて来ないがいゝと云はれながら、手提げの底へ忍ばせて来たアンチソラチン*を出がけにそつと、顔、襟、手頸、足頸にまで塗つてゐるのを見た要は、此の京女が絹ごし*の肌をいたはる苦心をいぢらしくも笑止にも感じたが、道楽の強い老人はこまかいことに気が廻るやうでゐて、自分が斯うと云ひ出したら案外さう云ふ思ひやりが乏しいのである。

「あんた、早う行かんと十一時どすえ」

「ふん、まあちよつと待ちな」

と、とき〴〵老人は骨董屋の前で立ち止まる。

「ほんまに今日はえゝお天気どすな」

と、要と一緒にそろり〳〵先へ行きながら、お久は晴れわたつた空を仰いで、

「かう云ふ日には摘《つ》み草がしたうて、………」

と、不平らしく口のうちで云つた。

「全く、芝居よりは摘み草に持つて来いと云ふ日だ」

「何処ぞこゝら辺に蕨《わらび》やつくしの生えてるとこおすやろか」

「さあ、此の辺は知らないが、鹿《しし》ケ谷《たに》の近所の山にいくらだつてあるでせう」

「へえ、へえ、たあんと生えてます。先月は八瀬《やせ》*の方まで摘みに行《い》て、蕗《ふき》のたうを仰山採つて帰りました」

「蕗のたうを？」

「へえ、――蕗のたうがたべたいお云やすけど、京都では市場へ行たかておへん、だあれもあの苦いもんようたべる人おへんよつて」

「東京だつてみんながみんな食べる訳ぢやありませんがね。――それでわざ〳〵そいつを摘みに行つたんですか」

「へえ、これぐらゐの籠に一杯、――」

「摘み草もいゝが、田舎の町をぶら〳〵歩くのも悪くないですな」

青空の下を真つすぐ伸びてゐる一とすぢ路《みち》の町通りは、往来の人影が先の先まで数へられるほど朗らかに、たまにすれちがふ自転車のベルの音さへのどかである。別に特長のある町ではないが、関西は何処へ行つても壁の色がうつくしい。老人の説だと、関東は横なぐりの風雨が強いので、家の外側はみな板がこひの下見《したみ》*にする。而《しか》もその板がどんな上等な木を使つても直きに黒くよごれてしまふから全体が非常にきたない。トタン屋根にバラック*の今の東京は論外として、近県の小都会など、古ければ古いなりに一種のさびが附く筈であるのに、たゞもうすゝけて陰気なばかりだ。そこへ持つて来てたび〳〵の地震や火事で、焼けた跡に建てられるのは北海松や米材の附け木のやうに白つちやけた家か、亜米利

加の場末へ行つたやうな貧弱なビルデイングである。たとへば鎌倉のやうな町が関西にあつたとしたら、奈良ほどには行かないとしても、もつと落ち着いた、しつとりとした趣があらう。京都から西の国々の風土は自然の恵みを授かることが深く、天の災《わざわい》を受ける度が少いので、名もない町家や百姓家の瓦《かわら》や土塀の色にまで、旅人の杖をとゞめさせるに足る風情がある。殊に大都会よりも昔の城下町くらゐな小さな都市がいゝ。大阪は勿論、京都でさへも四条の河原があんな風に変つて行く世の中に、姫路、和歌山、堺、西宮、と云つたやうな町は、未だに封建時代の俤《おもかげ》を濃く残してゐる。……

「箱根や塩原がいゝなんて云つたつて、日本は島国の地震国なんだから、あんな景色は何処にでもある。大毎《だいまい》が新八景を募つた*時に『獅子岩』と云ふのが日本ぢゆうに幾つあつたか知れないさうだが、実際そんなものだらうよ。やつぱり旅をして面白いのは、上方から四国、中国、――あの辺の町や港を歩くことだね」

とある四辻《よつつじ》を鍵の手*に曲つてゐる侘《わ》びた荒壁*の塀の屋根の、丸瓦*の上からのぞいてゐるうつぎ*の花を眺めたとき、要は老人の此の言葉をおもひ出した。淡路と云へば地図の上では小さい島だし、そこの港のことだから、多分此の町は今歩いてゐる一本道で尽きるのであらう。こゝを何処までも真つすぐに行くと川の流れへ出る、人形芝居はその向う河岸《がし》の河原でやつてゐるのだと、番頭は云つてゐたから、川まで行けば家並《やな》みが終つてしまふのだらう。旧幕の頃には何と云ふ大名の領地であつたか、無論城下と云ふほどのものではなかつたゞらうが、町はその時分の有様とさう変つてもゐないやうに思へる。いつたい都市の装《よそお》ひが近代的になりつゝあると云ふことは、国の動脈を成すやうな大都会に於ける現象であつて、そんな都会は一つの国家にさう沢山はあるものではない。亜米利加のやうな新しい土地は別として、古い歴史を持つ国々の田舎の町は、支那でも欧羅巴《ヨーロッパ》でも、天災地変に見舞はれない限り文化の流れに取り残されつゝ、封建の世の匂ひを伝へてゐるのである。たとへば此の町にしても、電線と、電信柱と、ペンキ塗りの看板と、ところ〴〵の飾り窓とを気にしなければ、西鶴の浮世草紙*の挿絵にあるやうな町家を至る所に見ることが出来る。軒の垂木《たるき》までも漆喰《しっくい》で包んだ土蔵作りの店の構《かま》へ、太い角材を惜しげもなく使つた頑丈な出格子*、重い丸瓦でどつしりとおさへた本葺きの甍*《いらか》、「うるし」「醤油」「油」な

ど、記した文字の消えかゝつてゐる欅《けやき》の看板、土間の突きあたりに吊つてある屋号を染め抜いた紺暖簾《こんのれん》、――老人の云ひぐさではないけれども、さう云ふものはどんなに日本の古い町に情趣を与へてゐるか知れない。要は青空をうしろにして白く冴えてゐる壁の色に、しみ〴〵心が吸ひ取られるやうな気がした。それは恰もお久の腰に巻かれてゐる繻珍の帯と同じことだ。澄んだ海辺の空気の中で長いあひだ風雨に曝《さら》され、自然につやを消された色である。ほつかりと明るく、花やかでありながら渋みがあつて、じつと見てゐると胸が安まるやうになる。

「かう云ふ昔風の家は奥が真つ暗で、格子の向うに何があるやらまるで分りませんね」

「一つは往来が明る過ぎるんだね、此の辺の土は此の通り白ツちやけてゐるから。……」

ふと要は、あゝ云ふ暗い家の奥の暖簾のかげで日を暮らしてゐた昔の人の面ざしを偲《しの》んだ。さう云へばあゝ云ふ所にこそ、文楽の人形のやうな顔立ちを持つた人たちが住み、あの人形芝居のやうな生活をしてゐたのであらう。どんどろの芝居*に出て来るお弓、阿波《あわ》の十郎兵衛《じゅうろべえ》、順礼のお鶴、——などゝ云ふのが生きてゐた世界はきつとかう云ふ町だつたであらう。現に今こゝを歩いてゐるお久なんかもその一人ではないか。今から五十年も百年も前に、ちやうどお久のやうな女が、あの着物であの帯で、春の日なかを弁当包みを提げながら、矢張《やはり》此の路を河原の芝居へ通つたかも知れない。それとも又あの格子の中で「ゆき」を弾いてゐたかも知れない。まことにお久こそは封建の世から抜け出して来た幻影であつた。

その十一

淡路の人に云はせると人形浄瑠璃は此の嶋が元祖であると云ふ。今でも洲本《すもと》から福良《ふくら》*へかよふ街道のほとりの市村と云ふ村へ行けば、人形の座が七座ほどある。昔はそこに三十六座もあつたくらゐで、俗にその村を人形村と呼んでゐる。いつの時代のことであつたか、都を落ちて来て此の村に居を構へた公卿が、有りのすさびに傀儡《くぐつ》*を作りそれを動かしたのが始めで、有名な淡路源之丞と云ふのはその公卿の子孫であるさうな。その一家は今日《こんにち》でも村の旧家として通り、立派な邸に住んでゐて、此の島だけでなく、四国路や中国路まで

興行に出かけるのであるが、しかし座を持つてゐるのは源之丞の一族ばかりではない。大袈裟に云へば一村こと〴〵く義太夫語りか、三味線弾きか、人形使ひか、太夫元《たゆうもと》*かでない者はなく、それらの人々は農繁期には畑へ出て働き、百姓の仕事が暇になる季節にそれ〴〵一座を組織して島の此処彼処《ここかしこ》を打つて廻る。だから此れこそほんたうの意味での、純粋に郷土の伝統から生れた農民藝術であると云へよう。芝居は大概年に二回、五月と正月とに催されるので、その時分に此の島へ渡れば、洲本、福良、由良*、志筑《しづき》*等の町をはじめ、至る所の在所でやつてゐる。大きな町では常設の小屋を借りることもあるけれど、普通は野天に丸太を組んで莚《むしろ》で囲ひをするのであるから、雨が降れば入り掛け*になる。さう云ふ訳で淡路にはずゐぶん熱心な人形気違ひが珍

しくなく、その道楽が昂じると、一人で使ふことの出来る小さな指人形を持つて町から町を門附《かどづ》け*して歩き、呼び込まれゝば座敷へ上つてさはりの一とくさりを語りながら踊らせて見せると云ふやうなのもあり、人形を愛するあまりには家産を蕩尽《とうじん》するのは愚か、ほんたうに発狂する者さへもある。たゞ惜しいことにそれほどの郷土の誇りもだん〳〵時勢の圧迫を受けて衰微に向ひつゝある結果、古い人形が次第に使用に堪へなくなるのに、新しい首《かしら》を打つてくれる細工人がゐなくなつた。今人形師と名のつく者は阿波の徳島在に住んでゐる天狗久《てんぐひさ》*と、その弟子の天狗弁《てんぐべん》*と、由良の港にゐる由良亀*との三人しかないが、そのうちほんたうに腕の出来てゐる天狗久は、もう六十か七十になる爺さんで、もし此の人が死んでしまへば永久に此の技術は亡びるであらう。天狗弁は大阪へ出て文楽の楽屋を手伝つてゐるけれど、仕事といふのは昔からある人形の直しをしたり、胡粉《ごふん》*を塗りかへたりするくらゐに過ぎない。由良亀も先代の男はいゝものを作つたが、今の代となつてからは理髪師か何かを本業として、その片手間に矢張つくろひをするだけである。芝居の方では新しいものが得られないから、古い首《かしら》を出来るだけ手入れをして使ふ。それで毎年、盆と暮とには、方々の座の破損した人形が修繕のために人形師の所へ幾十となく集まつて来るので、さう云ふ時に行き合はせれば、こはれた首の一つや二つは安く譲つて貰へると云ふ。そんな話を何処からか委しく調べて来た老人は、「今度はどうしても人形を手に入れる」と力《りき》んでゐた。実は此のあひだ文楽で使ひふるしたものを譲り受けるやうにいろ〳〵手を廻したのがうまく行かないで、「淡路へ行けば買へますよ」と、人に教へられたのださうである。そして順礼の道すがらには、芝居を見て廻るばかりでなく、由良の港の由良亀を訪ひ、人形村の源之丞の家に行き、帰り道には福良から船で、鳴門《なると》の潮を見て徳島へ渡り、天狗久にも会つて来ようと云ふのである。

「要さん、何とのどかなもんぢやあないか」

「のどかですねえ、実に。――」

要は小屋がけの中へ這入るとさう云つて老人と眼を見合はせた。のどか、――全く此処の感じは「のどか」の言葉で尽きてゐる。いつであつたか四月の末のあたゝかい日に壬生《みぶ》狂言*を見に行つたとき、お寺の境内のうら〳〵とした春の気分が桟敷《さじき》にゐてもうつとり睡けを催して、遊んでゐる子供たちのガヤガヤ云ふ話声や、露店で駄菓子やお面を売つてゐる縁日商人のテント張りがびいどろ*のやうに日に光るのや、その他いろ〳〵の雑音が舞台で演ぜられてゐる狂言の、間伸びのした悠長な囃しと一つに融けて聞えて来る中で、ついとろとろと好い心持に眠りこけては、又はつとして眼をさます。二度も三度も、とろとろとしてははつと眼をさます。………その同じ事を何度か繰り返すのであるが、眼をさます毎に舞台を見ると、さつきの狂言がまだ続いてゐて、悠長な囃しが依然として聞え、桟敷の外は相変らず日がうら〳〵とテント張りに光つてゐて子供たちがガヤガヤ遊んでをり、長い春の一日はいつになつても暮れることは知らないかのやうに、………昼寝をしながらまとまりのない夢のかず〳〵を幾つともなく夢みてはさめ、夢みてはさめしたかのやうに、……太平の御代の有り難さと云はうか、桃源の国*と云はうか、久しぶりに浮世を離れたのんびりとした心持になつて、こんなことは幼い時分に人形町の水天宮《すいてんぐう》*で七十五座のお神楽《かぐら》*を見た以来であると思つたが、此の小屋掛けの中の気分はちやうどあれと同じである。屋根にも四方にも莚が張つてあるとは云ふもの丶、莚と莚との合はせ目が隙間だらけで、見物席に日光の斑点が出来、ところ〴〵に青空が見えたり河原の草のすいすいと伸びたのが覗いてゐたりして、あたりまへなら煙草の煙で濁つてゐる筈の場内の空気が、げんげやたんぽぽや菜の花の上を渡つて来る風で野天のやうにカラリとしてゐる。場席*の平土間にあたる所は地べたへござを敷いた上に坐布団が並べてあつて、村の子供たちが駄菓子や蜜柑をたべながら芝居の方はそつち除けに、そこを幼稚園の運動場のやうにして騒いでゐる様子は、やはり里《さと》神楽の情趣と変りはない。

「成るほど、此れは又文楽とは大分違ふね」

三人は弁当の包みを手に持つたま丶、暫く足も蹈み込めないで、子供たちの跳梁するのをぼんやり立つて眺めてゐた。

「兎に角始まつてはゐるんですな、人形が動いてゐますから。——」

要の眼には、その幼稚園騒ぎの向うにチラチラしてゐる光景が、弁天座で見た浄瑠璃劇とは種類の違つた、一つのお伽噺《とぎばなし》の国——何か童話的な単純さと明るさとを持つ幻想の

世界――であるやうに映つた。舞台には一面に朝顔の模様のついた友禅の幕が垂れてゐて、多分序幕の蛍狩りのところであらう、駒澤らしい若い侍の人形と、深雪らしい美しいお姫様の人形とが、船の上で扇をかざしながら膝をすり寄せてうなづき合つたり、さゝやいたりしてゐる。場面から云へば艶な所であるけれども、太夫の声も三味線のひゞきも一向場内に徹《とお》らないので、たゞその可愛い二人の男女の動くのばかりを見てゐると、文五郎などが使ふやうな写実的な感じではなく、人形たちも村の子供と一緒になつて、無邪気に、あどけなく、遊んでゐるかのやうである。

お久は桟敷にしようと云ふのを、人形芝居は下から見るに限ると云ふ意見の老人は「こゝがいゝね」と殊更《ことさら》土間へ席を取つたので、若葉の萌《も》える頃ではあるが、据わつてゐるとうすい坐布団をへだてゝ地べたの湿気と底冷えとが感ぜられる。

「おゐど*がちみたうてかなはんわ」

と、お久は臀《しり》の下に布団《ふとん》を三枚も入れながら、

「なあへ、こないなとこにおいやしたら毒どすえ」

と、しきりに桟敷に変ることをすゝめるけれど、

「まあ〳〵、かう云ふ所へ来てそんな贅沢を云ふもんぢやあない。こゝで見なけりや矢つ張り情が移らないから、つめたいのは辛抱《しんぼう》するさ。此れも話の種だあね」

と、老人は取り上げるけしきもない。しかしさう云ふ当人も冷えて来るのがこたへると見えて、錫《すず》の銚子をアルコールの炉であたゝめながら、直《す》ぐもう酒を始めるのであつた。

「御覧、此の辺の人たちはみんなわれ〳〵のお仲間だね、あゝして重箱を持つて来てゐる。――」

「なか〳〵立派な蒔絵のがありますね。中に這入つてゐるものも、玉子焼きだの海苔《のり》巻だの似たやうなものばかりぢやないですか。此の辺では始終かう云ふ芝居があるんで、弁当のおかずも自然と一定してゐるんでせうな」

「此の辺に限つたことぢやあないさ。昔はみんなあゝだつたんで、大阪あたりぢやつい近年までその習慣が残つてゐたあね。今でも京都の旧家などだと、お花見なんかには小僧に弁当と酒を提げさして出かけて行くのがたくさんある。さうして向うでちろりを借りてお

燗《かん》をつけて、余つた酒は又壜《びん》に入れて持つて帰つて酒しほに使ふと云ふんだが、実際ありやあいゝ考だね。江戸つ児《こ》に云はせると京都の人はしみツたれだと云ふけれど、出先でまづい物を喰ふよりその方がいくら悧巧《りこう》だか知れない。第一材料が分つてゐるから安心してたべられる」

見わたしたところ、追ひ〳〵客が詰まつて来た土間の彼方此方《あちこち》には、思ひ〳〵に輪を作つて小さな宴会が始まつてゐた。日が高いので男の客は少いけれど、町の女房らしいのや娘らしいのがめい〳〵子供たちを連れて、中には乳呑《ちの》み児を抱いたりして、彼処に一とかたまり、此処に一とかたまりと云ふ風に、ところ〴〵に陣を取つては、舞台の芝居には頓着なく、重箱のぐるりにまどゐしながらたべてゐるので、その賑かさ、騒々しさと云つたらない。こゝの小屋でも煮込《にこ》みのおでんと正宗《まさむね》*ぐらゐは売つてゐて、それで酒盛りを開くのもあるが、大部分の人は皆相当にかゝさのある風呂敷包みを持参してゐる。明治初年の飛鳥山《あすかやま》*へでも行つたならば、花見時には定めしこんな光景が見られたであらう。要は蒔絵の組重などゝ云ふ物を時代おくれの贅沢品だと思つてゐたのに、こゝへ来て見て始めてそれが盛んに実際に用ひられてゐるのを知つた。成るほど漆《うるし》の器の感じは、玉子焼きや握り飯の色どりといかにも美しく調和してゐる。中に詰まつてゐる御馳走がさもおいしさうである。日本料理はたべる物でなく見る物だと云つたのは、二の膳つきの形式張つた宴会を罵つた言葉であらうが、此の花やかな、紅白さま〴〵な弁当の眺めは、たゞ綺麗であるばかりでなく、なんでもない沢庵《たくあん》や米の色までがへんにうまさうで、たしかに人の食慾をそゝる。

「冷えるところへ持つて来て、酒が這入つたもんだから、………」

と、老人はさつきから二度も三度も小用を足しに立つて行つた。が、誰よりも困つてゐるのはお久で、実は場所柄が場所柄だから、なるべくそんなことがないやうに出がけに済まして来たのだけれど、気にするとなほ催すものだし、莚の下から背すぢの方へ冷めたさが這ひ上つて来るのに加へて、いけぬ口ながら二つ三つ老人の相手をしたり、重箱の物を摘《っ》まんだりしたのが覿面《てきめん》に利いて来たのである。

「何処どす？………」

と云つて、一度彼女は立ち上つたが、

「お久さんにはとても駄目ですよ」

と、要が戻つて来て顔をしかめた。聞けば囲ひのしてない所へ肥桶《こえおけ》*が二つ三つ並べてあつて、男も女も立ちながら用を足すのだと云ふ。

「わてエ……どうせう?……」

「いゝやな、お前、見られるのはお互様だあな」

「それかて、立つたなりで出来ますかいな」

「京都ではよく女がさうしてゐるぢやないか」

「あほらしい。まだそんなことしたことおへんえ」

何処かその辺まで行つたらうどん屋か何かあるだらうと云はれて出て行つたお久は、それから小一時間もして帰つて来た。町まで行つて、うどん屋の前も、めし屋の前も通り過ぎてみたけれど、何だか這入りにくゝもあり、何処の店も薄気味が悪さうなので、とう〳〵宿屋まで歩いてしまつて、帰りは俥《くるま》で戻つて来たと云ふのである。それにしてもこゝに来てゐる若い娘や女房たちはどうするのだらう、みんなあの桶へ行くのだらうかと、余計な心配をしてゐるうちに、やがて三人のうしろの方で迷惑なことが始まつた。――子供を抱いたかみさんが、土間の通り路で着物の前を開けさせて、水道の栓を抜いたやうな音をさせてゐるのである。

「こいつはちつと野蛮過ぎる。弁当をたべてゐる鼻先はひどい」

と、老人も此れには参つたといふ顔つきである。

舞台の方では見物席の落花狼藉《らつかろうぜき》*をそ知らぬ風で、何人目かの太夫が床《ゆか》へ上つてゐた。要は昼の酒が利いたのと、周りの噪音《そうおん》が激しいのとで上気したせゐか、たゞチラチラと眼に映るものを感じてゐるだけに過ぎないのだが、それでゐて決して退屈でもなければ耳触りでもない。此の快感は恰も明るい湯槽《ゆぶね》の中で、肌はこゝろよいぬるま湯に漬かつてゐるのに似てゐる。あたゝかい日に布団にくるまつてうとうとと朝寝坊をする、――そののんびりした、ものういやうな、甘いやうな気分にも似てゐる。ぼんやり眺めてゐたあひだに、いつのまにか明石の舟別れの段が済み、弓之助の屋敷も、大磯の揚屋も、摩耶ケ嶽の段も済んでしまつたらしく、今やつてゐるのは浜松の小屋のやうだけれど、日はまだ容易にかげりさうなけはひもなく、天井を仰ぐと莚の隙間から今朝来た時と同じ青空が機嫌のよい色を覗かせてゐる。かう云ふ折には芝居の筋なぞさう気に留める必要はない。たゞうつとりと人形の動くのを視つめてゐれば沢山である。そして見物人たちのガヤガヤ云ふのが、一向邪魔にならないのみか、いろ〳〵の音、いろ〳〵の色彩が、万華鏡を見るやうに、花やかに、眼もあやに入り乱れながら、渾然とした調和を保つてゐるのである。

「のどかですなあ。――――」

と、要《かなめ》はもう一ぺんその言葉を繰り返した。

「しかし人形も思ひの外だよ、深雪を使つてゐるのなんぞはさう下手《へた》でもないぢやないか」

「さうですねえ、もう少し原始的なところがあつてもいゝ筈ですねえ」

「かう云ふものは何処でやつても大体型がきまつてるんだな、義太夫の文句に変りがない以上、手順が同じになる訳だから」

「淡路特有の語りかた、と云ふやうなものはないんでせうか」

「聞く人が聞くと、淡路浄瑠璃と云つていくらか大阪とは違ふんださうだが、わたしなんかには分らないね」

一体、「型に篏《は》まる」とか「型に囚はれる」とか云ふことを、藝道の堕落のやうに考へる人もあるけれども、たとへば此の農民藝術の所産である人形芝居にしてからが、兎に角此れだけに見られるといふのは畢竟《ひつきよう》「型」があるためではないか。その点ででんでん物の旧劇*は民衆的であると云へる。どの狂言にも代々の名優の工夫に成る一定の扮装、一定の動作――所謂「型」が伝へられてゐるから、その約束に従ひ、太夫の語るチヨボ*に乗つて動きさへすれば、しろうとたちでも或る程度までは芝居の真似事をすることが出来、見物人もその型に依つて檜《ひのき》舞台*の歌舞伎役者を連想しながら見てゐられる。田舎の温泉宿なぞで子供芝居の余興があつたりするとき、教へる方もよく教へ、覚える方もよくまあ此れだけに覚えたものだと感心することがあるけれど、めい〳〵が勝手な解釈をする現代劇*の演出と違つて、時代物*は依《よ》りどころがあるだけに却つて女子供にも覚え易いのかも知れない。活動写真などのなかつた昔は、やはりそれに代るやうな便利な方法があつたのである。取り分け僅《わず》かな設備と人数とで手軽に諸所を興行して歩ける人形芝居は、どれほど地方の民衆を慰めたであらう。かうして見ると旧劇と云ふものはずゐぶん田舎の隅々にまでも行き亙つて、深い根底を据ゑてゐることが察せられる。――

要は朝顔日記の中では誰でも知つてゐる宿屋の段と川留の段とを見たことがあるだけで、「ひと、せ宇治の蛍狩り」とか「泣いて明石の風待ち」とかいふ文句に聞き覚えはあるけれど、その蛍狩りや舟別れや此の浜松の小屋の段やを見るのは初めてゞあつた。しかし此の物語は時代物のやうであつて、時代物に特有な不自然に入り組んだ筋や、残酷な武士道の義理責めなどが少くつて、世話物*のやうに素直に明るく、軽い滑稽味さへも加へてすら〳〵と運んであるのがいゝ。いつ頃を背景にしたものか、ほんたうにあつた事柄かどうか、駒澤と云ふのは熊澤蕃山《ばんざん》*をモデルにしたのだと云ふやうな話を聞いたこともあるが、なんだか徳川時代よりも一と時代前の戦国か室町ごろの物語を読むやうな所がある。男が女に

催馬楽《さいばら》*を贈つたり、女がそれを琴で唄つたり、浅香《あさか》と云ふ乳母《うば》がお姫様のあとを追つて苦労をしたりするのなぞは、平安朝のやうでもある。それでゐて実際に遠いかといふのに、一方では可なり通俗味もあり写実味もあつて、現に此の場へ出る浅香の順礼姿と云ひ、彼女のとなへる御詠歌といひ、此の辺の人には極めてしたしみ深いもので、今でも浅香のやうな姿であの歌を唄ひながら行く女を往々町で見かけることが珍しくないのを思へば、関東の人が浄瑠璃劇を見るのと違つて、西国の人

は案外自分の身辺に近い事実のやうに感ずるのであらう。

「いや、此れは朝顔日記なんでいけないんだね」

と、老人は何を思ひ出したのか突然云つた。

「玉藻《たまも》の前《まえ》＊とか、伊勢音頭《いせおんど》＊とか、あゝ云ふ物はなか〳〵大阪とは違つてゐて面白いさうだよ」

なんでも文楽あたりでは残忍であるとかみだらであるとか云ふ廉《かど》で禁ぜられてゐる文句やしぐさを、淡路では古典の姿を崩さず、今でもそのまゝにやつてゐる、それが非常に変つてゐると云ふ話を老人は聞いて来たのであつた。たとへば玉藻の前なぞは、大阪では普通三段目だけしか出さないけれども、此処では序幕から通してやる。さうするとその中に九尾《きゆうび》の狐が現れて玉藻の前を喰ひ殺す場面があつて、狐が女の腹を喰ひ破つて血だらけな腸《はらわた》を咬《くわ》へ出す、その腸には紅い真綿《まわた》を使ふのだと云ふ。伊勢音頭では十人斬りのところで、ちぎれた胴だの手だの足だのが舞台一面に散乱する。奇抜な方では大江山の鬼退治＊で、人間の首よりもつと大きな鬼の首が出る。

「さういふ奴を見なけりやあ話にならない、明日《あした》の出し物は妹背山《いもせやま》＊ださうだから、こいつはちよつと見物《みもの》だらうよ」

「ですが朝顔日記だつて、通しで見るのは始めてのせゐか僕には相当面白いですよ」

要には人形使ひの巧拙なぞ細かいところは分らないが、たゞ文楽のと比較すると、使ひか

たが荒つぽく、柔かみがなく、何と云つても鄙《ひな》びた感じのあることは免れられない。それは一つには人形の顔の表情や、衣裳の着せ方にも依るのであらう。と云ふのは、大阪のに比べて目鼻の線が何処か人間離れがして、堅く、ぎごちなく出来てゐる。立《たて》女形《おやま》*の顔が文楽座のはふつくらと円みがあるのに、此処のは普通の京人形*やお雛様のそれのやうに面長で、冷めたい高い鼻をしてゐる。そして男の悪役になると、色の赤さと云ひ、顔立ちの気味の悪さと云ひ、此れは又あまりに奇怪至極で、人間の顔と云ふよりは鬼か化け物の顔に近い。そこへ持つて来て人形の身の丈《たけ》が、――殊にその首が、大阪のよりもひときは大きく、立《たち》役《やく》*なぞは七つ八つの子供ぐらゐはありさうに思へる。淡路の人は大阪の人形は小さ

過ぎるから、舞台の上で表情が引き立たない。それに胡粉を研《みが》いてないのがいけないと云ふ。つまり大阪では、成るべく人間の血色に近く見せようとして顔の胡粉をわざとつや消しにするのだが、それと反対に出来るだけ研《と》ぎ出してピカピカに光らせる淡路の方では、大阪のやりかたを細工がぞんざいだと云ふのである。さう云へば成る程、此処の人形は眼玉が盛んに活躍する、立役のなぞは左右に動くばかりでなく、上下にも動き、赤眼を出したり青眼を吊つたりする。大阪のはこんな精巧な仕掛はありません、女形の眼なぞは動かないのが普通ですが、淡路のは女形でも眼瞼《まぶた》が開いたり閉ぢたりしますと、此の島の人は自慢をする。要《よう》するに芝居全体の効果から云へば大阪の方が賢いけれども、此の島の人たちは芝居よりもむしろ人形そのものに執着し、ちやうど我が児を舞台に立たせる親のやうないつくしみを以て、個々の姿を眺めるのであらう。たゞ気の毒なのは、一方は松竹の興行であるから費用も十分に懸けられるのに、此方《こつち》は百姓の片手間仕事で、髪の飾りや着附けがいかにも見すぼらしい。深雪でも駒澤でもずゐぶん古ぼけた衣裳を着てゐる。しかし古着好きの老人は、

「いや、衣裳は此処の方がいゝよ」

と云つて、あの帯は昔の呉絽だとか、あの小袖は黄八丈だとか、出て来る人形の着物にばかり眼をつけて、さつきからしきりに垂涎《すいぜん》してゐる。

「文楽だつて以前はこんな風だつたのが、近頃派手になつたんだよ。興行のたびに衣裳を

新調するのもいゝが、メリンス友禅*や金紗《きんしや》ちりめん*みたいなものを使はれるんぢや、打《ぶ》ち壊《こわ》しだね。人形の着附は能衣裳*のやうに古いほど有難味がある」

と、さう老人は云ふのである。

深雪と関助との道行きのあひだに長い一日もとう〳〵暮れて、その幕がすんだ時分には囲ひの外はすつかり暗くなつてゐた。昼間のうちは殺風景だつた小屋の中もいつしかぎつしり客が詰まつて、さすがに芝居の夜らしい気分である。ちやうど晩飯の刻限なので、一層さかんな小宴会が彼方でも此方でも初まつてゐる。度ぎつい電球が裸のまゝでところ〴〵に吊つてあるから明るさも明るいが、眩《まぶ》しいことも非常に眩しい。それに舞台の照明と云ふのが、脚光もなければ特別な装置があるのでもなく、同じ裸電燈が天井から垂れてゐるばかりなので、やがて太功記十段目が開くと、人形の顔の胡粉が一度にきら〳〵と反射し出して、十次郎も初菊もまともに見ることが出来ないやうな奇観を呈した。しかし太夫はだん〳〵本職に近いやうな上手なのが床《ゆか》に上る。それを一方の桟敷から、「どうだ、わしの村の太夫はうまいもんだらう、みんな静かに聞いてくれ」と、同じ村の人らしいのが声援すると、「己の村の何々太夫はもつとうまいぞ、好い加減に引つ込んでくれ」と、一方の桟敷から罵声《ばせい》を飛ばす。酔つた勢で見物人の大半がめい〳〵孰方かへ味方をして村と村との競争が夜が更けるほど激しくなる。さはりの美しい文句へ来ると、どうする連*がいろ〳〵の言葉で半畳を入れる。そしてしまひには「あんまりぢやぞえ！」と、みんなが一緒

に泣き声を出して感心する。をかしいのは人形使ひで、これも晩酌に一杯飲んだあとらしくぽうつと眼のふちを赤くしながら使つてゐるのはいゝのだが、女形を使ふ男なぞは佳境に入ると自分も人形に釣り込まれてへんな身振りをする。それが、文楽あたりでもやることだけれども、こゝのは毎日野良で働くのが本業の人たちだから、どす黒く日に焼けた顔に肩衣《かたぎぬ》を着けたのが、又その上をほんのり桜色に染めて、さもいゝ気持さうにしなを作るばかりでなく、「あんまりぢやぞえ!」を浴びせられると、絃《いと》に乗つて表情までもして見せる。人形の型にも追ひ〳〵と奇抜な手が出て、朝顔日記に失望した老人を喜ばせるやうなしぐさがある。太功記の次のお俊伝兵衛《しゅんでんべえ》では猿廻しの与次郎が寝床の中へ這入らうとする時、一旦戸締りをした格子を開けて家の前の道傍に蹲踞《うずく》まりながら小便をする。

そこへ何処からか一匹の犬が現れて、与次郎の褌《ふんどし》を咬《くわ》へてぐい〳〵引つ張つて行くのである。

大阪下りと云ふ触れ込みで、番附に大きく名を出してゐる呂太夫《ろだゆう》の「吃又《どもまた》」が始まつたのは十時過ぎだつたが、それから間もなく見物席でえらい騒ぎが持ち上つた。紺の詰め襟の服を着て五六人の仲間と一緒に車坐になつて飲んでゐた土方の親分風の男が、いきなり土間に立ち上つて桟敷の客に「さあ来い」と云ひながら喧嘩を買つて出たのである。なんでもその前から、見物席が大阪の太夫といふことに反感を持つらしい土地ッ児と、さうでないものとの二派に分れて弥次を飛ばしながら、大分おだやかでない形勢になつてゐたところへ、一方の桟敷から誰かゞ何か云つたのがその親分の癪《しやく》に触つたものだと見える。「さあ、野郎、出て来い」と今にも桟敷へ飛びかゝらうとする剣幕に、「まあ〳〵」といつて仲間の者が一度にみんな立ち上つてその男をおさへつける。男はます〳〵威丈高《いたけだか》に、仁王立ちになつて怒号しつゞける。外の見物があの男をどうかしろと騒ぎ出す。おかげで折角の真打ちの語り物がとう〳〵滅茶々々にされてしまつた。

その十二

「ぢやあ要さん、行つて来るからね」

「御きげんよろしう。まあ、まあ、ほんとに、お天気のつゞくのが何よりです。……お久さんも日に焼けないやうにして、……」

「ふ、ふ」

と、笠の内で茄子歯《なすびば》が笑つて、

「奥様によろしう云うとおくれやす」

朝の八時頃、神戸行きの船が客を乗せてゐる桟橋のところで、要は二人の順礼姿と袂《たもと》を分《わか》つことになつた。

「どうぞお気をおつけなすつて。――いつごろお宅へお帰りになります?」

「さあ、――三十三箇所を残らず廻つちやあ大変なんで、いゝ加減にするつもりだが、――兎に角福良《ふくら》から徳島へ渡つて、それから帰ります」

「お土産は淡路人形ですな」

「うん、さう。そのうちに是非京都へ見に来て貰ひませう、今度こそいゝのを手に入れるから」

「えゝ、えゝ、いづれにしても月末時分に一ぺんお邪魔に出るかも知れません、ちよつとあの辺についでもあるんです」

岸を離れて行く船の上から、要は陸に立つてゐる二人の方へ帽子を振つた。

迷《めい》故《こ》三《さん》界《がい》城《じょう》

悟《ご》故《こ》十《じっ》方《ぽう》空《くう》
本《ほん》来《らい》無《む》東《とう》西《ざい》
何《か》処《しょ》有《う》南《なん》北《ぼく》*

――笠の四方にさう筆太に記してある文字が、だん〳〵小さく読めないやうになる。お久がしきりに杖をかざして帽子に答へてゐるのが見える。あゝして笠を被つた姿を遠くから眺めたところでは、三十以上歳が違つてもそれこそ「本来東西なし」で、いゝ夫婦《めおと》づれの順礼のやうではないか。――要はそんなことを考へながら、やがてかすかな鈴の音をあとに立ち去つて行く二人のうしろかげを見送つてゐた。「はる〴〵と運ぶ歩みは頼もしや法《のり》の華《はな》さく寺をたづねて」*と、ゆうべ宿の主を師匠に、二人が一生懸命に稽古してゐた御詠歌の文句が思ひ出された。老人は昨日、これとお経の読みかたとを習ふためにに惜しいところで妹背山の芝居を切り上げて、九時から十二時近くまで熱心に教はつてゐたので、要もお附合ひに節をおぼえてしまつたのである。彼にはその歌の節廻しと、白羽二重*の手甲に同じ脚絆《きやはん》を穿いて、上り框《がまち》で番頭に草履《ぞうり》の紐を結んで貰つてゐたお久の今朝のいでたちとが、かはる〴〵心に浮かんだ。最初はほんの一と晩のつもりで附いて来たのが、二晩になり三晩になつたのは、人形芝居が面白かつたからではあるが、かた〴〵老人とお久の関係に興味を感じたせゐでもある。歳を取ると、なまじ理窟が分つたり神経が働いたりするやうな女は、うるさくて厭になるのであらう。やはり人形を愛するやうに簡単に愛し得られる女がいゝのであらう。要は自分にその真似が出来ようとは思はないながら、何の彼のと物の分つた顔をして年中ごたごたをつゞけてゐる自分の家庭を顧みると、人形のやうな女を連れて、人形芝居のやうな扮装で、わざ〳〵淡路まで古い人形を捜しに来る老人の生活におのづからなる安楽境のあることが感ぜられて、あんな心持になれたらばとも思ふのであつた。

今日も申し分のない天気ではあるが、こんな時分に遊山《ゆさん》に出かける閑人はあまりゐないと見えて、遊覧船風にゆつくりと仕立てゝある特等の客室は、二階の西洋間の方も階下の日本室の方もガランとしてゐる。要は手提げ鞄にもたれて畳に両脚を投げ出しながら、海の光が人気のない天井へぎら〳〵波紋を走らせるのを眺めてゐたが、瀬戸内《せとうち》の春のなごやかさはその薄明るい船室に青く映つて、とき〴〵通り過ぎる島かげから、花の匂ひが潮の香と共に忍びやかに襲つて来るやうである。おしやれと旅馴れないのとで一日二日の旅行に

も着換へを用意して出た彼は、帰りは和服で通してゐたのを、ふと或る事を思ひついて誰もゐないのを幸ひに急いでグレイ・フランネルの背広に着換へた。そして、それから何時間かを過した後に頭の上でガラガラ錨《いかり》を巻き上げる音が聞えるまで、うと〳〵眠り通してしまつた。

船が兵庫の島上《しまがみ》*へ着いたのはまだ昼前の十一時ごろであつたが、要は真つ直ぐ家へは帰らずに、オリエンタル・ホテル*の食堂で三四日振りに脂つこい物を昼食に取り、食後にベネディクテイン*の一杯を二十分もかゝつてゆつくりと飲んでから、その浅い酔ひのさめきれぬうちに山手《やまて》*のミセス・ブレントの家の前で車を降りて、持つてゐた蝙蝠《こうもり》傘《がさ》の握りの端で門の呼《よ》び鈴《りん》のボタンを押した。

「入らつしやいまし、此の鞄は？――」

「今船から上つたんだ」

「どちらへ？」

「二三日淡路へ行つて来た。――ゐるかい、ルイズは？」

「まだ寝てるかも知れませんよ」

「をります、彼処《あすこ》に。――」

ボーイの指さす廊下の突きあたりの、裏庭へ下りる階段のところに、此方へ背中を向けたまゝミセス・ブレントは腰かけてゐた。いつもは声を聞きつけると、二十三四貫*はありさうな太つた体をもてあつかひながら、づしりづしり二階を降りて来て、おあいその一つも云ふのであるのに、今日はどうしたのか振り向きもしないで庭を見てゐる。開港当時*に建てられたかと思はれる、天井の高い、ひつそりと暗い、間取りのゆつたりした家で、昔は立派な洋館だつたのに違ひないのが、久しく手入れをしないまゝに化け物屋敷のやうに荒れてゐるけれど、廊下から見るとその雑草の生《お》ひ茂つた裏庭にも五月の青葉の明るさが充ちて、逆光線を受けてゐるかみさんの灰色のちゞれ毛を、一とすぢ二たすぢ銀色に透き徹らせてゐる。

「どうしたんだい、おかみさんは？　彼処で何を見てるんだい？」

「へえ、今日は機嫌が悪ござんしてね、さつきから泣いてゐるんですよ」

「泣いてゐる？」

「へえ、ゆうべ国もとから弟が死んだと云ふ電報が這入つたもんですから、すつかり力を

落しちまつて、――可哀さうに、今日は朝から好きな酒も飲みやあしません。何とか云つてやつて下さい」

「今日は」

と、要は彼女のうしろに寄つて声をかけた。

「どうしたの？　マダム。弟が死んだと云ふぢやないか」

庭には紫の花をつけた大きな栴檀《せんだん》の樹があつて、その樹の蔭のじめ〳〵したところに、雑草と交つて薄荷《はつか》が沢山生えてゐた。羊の料理を拵へたりポンチ酒*を作つたりする時にその葉を使ふのだからと云つて、蔓《はびこ》るまゝにしてあるのだが、白いジヨウゼット*のハンケチを顔にあてながら黙つて地べたを視つめてゐる彼女は、薄荷の匂ひがしみたかのやうに眼のふちを赤くしてゐた。

「ねえ、マダム、……たいへんあなたを気の毒に思ひます」

「有りがたう」

幾重かの深い皺に囲まれた、皮のたるんだ眼の中から涙が光の点線になつてきら〳〵と落ちた。西洋の女は泣き虫だと云ふことを聞いてゐたものゝ、こんなところを見るのは初めての要は、悲しい歌のしらべでも耳に馴れない外国のものはその悲しさが異様に強く感ぜられるのと同じやうに、妙にしみ〴〵と哀れさがこたへた。

「弟は何処で死んだのかね？」

「加奈陀《カナダ》で」

「いくつになるの？」

「四十八か、九か、それとも五十か、多分そのくらゐになつてゐたでせう」

「まだ死なゝいでもいゝ歳《とし》だのに。――それぢやあなたは加奈陀《カナダ》へ行かなけりやならないんだらう？」

「いゝえ、止《や》める、行つたつて仕様がないんだから」

「その弟と何年会はなかつたんです」

「もう二十年ばかりになります、――千九百九年に、倫敦《ロンドン》にゐた時会つたのが最後でした、手紙は始終やりとりをしてゐましたけれど。……」

弟の歳が五十だとすると、此のかみさんは今年幾つになるのであらう。考へてみれば要が彼女を知つてからでもすでに十年以上になる。まだ横浜が地震*で今のやうにならなかつた時分、彼女は山手と根岸*とに邸を構へて、いつも両方に女を五六人づゝは置いてゐた。神戸の此の家もその頃から別荘のやうになつてゐたばかりでなく、さういふ出店を上海や香港あたりにも持つて、日本と支那とを股にかけてとき〴〵往《い》つたり来たりしながら、ひとしきりは可《か》なり手広くやつてゐたのに、それがいつのまにか、彼女の肉体のおとろへると共に商売の方もだん〴〵振《ふる》はなくなつてしまつた。世界戦争*から此方《こつち》、日本の外国商館*は次第に内地の貿易商に仕事を取られてぽつ〴〵本国へ引き上げてしまふし、観光客にも昔のやうに馬鹿なお金を使ふやうなのが来なくなつたのが悪いんだと、当人は云ふのだが、あながちそればかりが不振の原因ではないであらう。要がはじめて知つた時分には、彼女は今ほど耄碌《もうろく》してはゐなかつた。生れは英吉利《イギリス》のヨークシヤア*で、何とか云ふ女学校を出て、立派な教育を受けたと云ふのを自慢にして、日本に十何年もゐながらどんな時にも日本語は一と言もしやべつたことがなく、大概な女たちが植民地英語しかしやべれない中で彼女一人が正確な英語を、それも殊更むづかしい単語や云ひ廻しを使ひ、仏蘭西《フランス》語も独逸《ドイツ》語も流暢に話した。そしてさすがに女将株の貫目もあり、活気もあり、何処やらにまだ姥《うば》桜《ざくら》の色香さへもあつて、西洋人と云ふものは幾つになつても若いものだと感心させたのに、そのゝち少しづゝ気が弱くなり、記憶力が乏しくなり、女子供にも押しが利かなくなつてから、急に目に見えて年を取るやうになつたのである。以前はお客をつかまへて、昨夜は何処の国の侯爵がお忍びでいらしつたなど、法螺《ほら》を吹いたり、英字新聞をひろげながら母国の東洋政策を論じて煙に巻いたりしたものだけれど、此の頃ではとんとさう云ふヤマ気はなく、たゞうそをつく癖だけが病気のやうになつてしまつて、直《すぐ》に底の割れるやうなことばかりを云ふ。あの威勢のよかつたかみさんが、どうしてこんなになつたのか不思議な気がするが、恐らく酒のせゐなのだらうと、要はさう思ふことがあつた。実際頭の働きが鈍くなつて、体がぶく／＼膨《ふく》れるのと一緒に、彼女の過《すご》すウイスキーの量はます／＼増して行く一方で、酔つても昔はしまりがあつたのに、今では更にたわいがなく、朝からせいせいと息を切らせてゐるし、ボーイの話では月に二三度は人事不省になると云ふし、血圧の高い人間の標本のやうな恰好をして、いつぽつくりと行つてしまふかも知れないのである。そんなふうだから、世間の景気不景気に拘はらず、此処の家が繁昌《はんじよう》する筈はないので、気の利いた女は借金を踏み倒して逃げてしまふ、コックやアマ*は酒の上り高をくすねる、一時は英領植民地あたりから純粋の金髪種が入れ代り立ち代り来てゐたこともあつたのが、此の二三年は合《あい》の児《こ》か露西亜《ロシア》*人ばかりになつてしまつて、それも一時に三人以上揃つてゐることはないのであつた。

「マダム、……悲しいのは無理もないが、さう泣いてばかりゐて体にさはつたらいけないぢやないか。いつものあなたにも似合はない、元気を出して酒でも飲んでみるといゝ。人間はあきらめと云ふことが肝心だから。……」

「有りがたう、ほんたうに親切に云つて下すつて有りがたう。だけどもあたしには一人しかない弟なんです。………それは誰だつて一度は死にます。………それは分つてゐますけれども、………」

「さうだとも。………ほんたうにさうだとも。………さう思つてあきらめるより仕方がないんだ。………」

歳を取つて誰にも相手にされなくなつた宿場の茶屋の藝者なぞで、馴染みでもない客をつかまへてくど〳〵と身の上の不幸を訴へ、安価な感傷に陶酔したがるやうなのがある。こゝのかみさんのもつまりはそれで、悲しいのには違ひなからうが、人からやさしく云はれたさに思はせぶりなポーズを取つたり、芝居じみたセリフを使つたりしてゐるので、平素のうそをつく癖が斯う云ふ時にもその感慨を誇張させずには措かないのであらう。しかしそれにも拘はらず、此の象のやうに大柄な外国の老婦人の歎きにはなんだか心が動かされる。田舎藝者の安つぽい涙と同じものでありながら、愚かにもその感傷に引き込まれて自分までが眼がしらのうるむやうな感じになる。

「済みません、ほんたうに、……ひとりで泣いてゐればいゝのに、あなたまで悲しくさせてしまつて。……」

「なあに、そんなことは何でもない。それよりあなたこそ体を大事にしなければいけないよ、一人の弟が死んだからと云つて自分も病気になつていゝ訳はないんだから。……」

相手が日本の女だつたらこんな歯の浮くやうな言葉が口から出る筈はないと思ふと、要は我ながら馬鹿々々しくもあり恥《はず》かしくもあつた。一体どうしたと云ふのか知ら？ ルイズのことばかり考へて来たのに不意を打たれたせゐか知らん？ それとも陽気の加減か知らん？ 自分は嘗て今の言葉の半分もの優しさのある日本語で、妻をでも亡くなつた母親をでもいたはつたことはなかつたのに、英語と云ふものは悲しい国語なのか知らん？……

「何をしてたの、マダムにつかまつてたんぢやないの？」

と、二階へ上るとルイズが云つた。

「うん、弱つたよどうも。……僕はあゝ云ふしめつぽい話は嫌ひなんだが、泣かれてみると逃げようにも逃げられないで、……」

「ふ、ふ、大方そんなことだらうと思つてたのよ。来る人〳〵をつかまへて一ぺんは泣かないと済まないんだから」

「それでもまさか、泣くのはうそぢやないんだらうな」

「そりやあ弟が死んだんだから、悲しいのは悲しいでせう。………あなた、淡路へ行つたんだつて？」

「うん」

「誰と？」

「女房の親父《おやじ》と、親父の妾《めかけ》と、三人づれで、………」

「ふん、誰の妾だか分つたもんぢやない」

「なあに、ほんたうだよ、尤もその妾に少々惚れてゐることは事実なんだが、………」

「そんなら何しに此処へ来たのよ？」

「仲のいゝところを見せつけられたから、聊《いささ》か鬱憤《うつぷん》を晴らしに来たのさ」

「御挨拶だわね、………」

知らない者が若し此の会話を部屋の外にゐて聞いたとしたら、しやべつてゐる女が栗色の断髪*に茶色の瞳をした種族であらうとは、誰が想像するであらう。それほどルイズは日本語を巧みに話すのである。要《かなめ》は此の頃でも、しやべりながらふと眼をつぶつて、その声の調子と、アクセントと、言葉づかひだけを耳にしてゐると、ちやうど田舎の小料理屋で酌婦*を相手にしてゐる場面が浮かぶのである。たゞ外国人の悲しさにはその発音に何処か東北訛りのやうなひゞきがあつて、それでゐて云ふことが恐ろしく巧者であるだけに、方々を渡り歩いた擦《す》れつ枯《か》らしの女給*の言葉になつてゐることを、当人は夢にも知らないらしい。が、兎も角も暫くその声を聞いた後に再び眼を開いて室内を見ると、何と云ふ思ひがけない光景であらう、彼女は化粧台の前の椅子にもたれて、満洲朝の官服に似せた刺繍のあるパジヤマの上衣*だけを、やう〳〵臀と擦れ〳〵に着てゐる下はパンツの代りに脛《すね》一面のお白粉《しろい》を穿いた脚*の先へ、仏蘭西型の踵《かかと》の附いた浅黄色の絹の上靴《パントウフル》*を、その爪先を二艘の可愛い潜航艇の舳《へさき》のやうに尖らしてゐるのである。さう云へば此の女は脛ばかりでなく、殆ど全身へうすくお白粉を引くらしい。要は今朝も風呂から上つてそれだけの支度《したく》をするあひだ三十分以上も待つてゐなければならなかつた。彼女自身に云はせれば母親の方に土耳古《トルコ》人の血が交つてゐると云ふことで、その肌の色の白皙《はくせき》でないのを隠さうためにしてゐるのだが、実を云ふと要を最初に惹きつけたものはその何処やらに濁りを含んだ浅黒い皮膚のつやであつた。「君、此の女なら巴里《パリ》へ行つたつて相当に踏めるぜ、こんな女が神戸あたりにうろついてゐようとは思はなかつた」と、或る時彼に案内された仏蘭西がへりの友達は云つた。その時分、――と云ふのは今から二三年まへ、要は日本人でありながら特別に出入りを許されてゐた横浜時代のよしみを思つてふと此の家を訪ねた折に、彼女は波蘭土《ポーランド》の生れだと云つて外の二人の女と一緒にシヤンパンのふるまひにあづかるべく挨拶に出て来たのである。彼女はまだ、神戸へ来てから三月にはならないと云つてゐた。

戦争で国を追はれて、露西亜にも居、満洲にも居、朝鮮にも居、そのあひだにいろ〳〵の言葉を覚えたとかで、外の二人の露西亜生れの女とは自由に露西亜語で話した。「巴里へ行けば私は一と月で仏蘭西人と同じやうにしやべつてみせる」と自慢をするだけのものはあつて、語学は彼女の恵まれた才能であるらしく、三人のうちで此の女のみがかみさんのブレント夫人や、ヤンキーの酔つ払ひなどを向うに廻して、英語でテキパキ渡り合ふことが出来たのである。けれど彼女が日本語をまでそれほど自在にあやつらうとは！　バラライカ*やギタルラ*を伴奏しながらスラヴの唄をうたふ口から、安来節《やすきぶし》*や鴨《おう》緑江節《りよつこうぶし》*を寄席藝人に劣らぬ節廻しで聞かせるほど、それほど悪達者《わるだつしや》であらうとは！　いつも英語でばかり話してゐた要が、それを知つて驚かされたのはつい最近のことなのである。どう

せかう云ふ種類の女は自分の過去を正直に云ふものでないことは承知してゐたが、そのゝち彼は彼女がほんたうは朝鮮人と露西亜人との混血児であることをボーイから聞いた。彼女の母は今でも京城*に住んでゐて、とき〴〵手紙を寄越すと云ふ。なるほどそれなら鴨緑江節の上手なことも、語学の習得の早いことも頷かれる。たゞ当人の話したいろ〳〵のう、、その中で、初めて会つた時に歳を十八だと云つたのは、或はそれだけがひよつとすると本当に近いのかも知れない、なぜなら実際に見たところでも今年でせい〴〵二十《はたち》ぐらゐの若さにしか思へないし、容貌のわりに云ふ事やする事が早熟なのは、さう云ふ数奇《さつき》な生ひ立ちをした多くの少女に逃れられない運命であるから。

別に何処と云ふきまつた巣もなく囲つてある者もない要には、日頃妻から得られないものを充たしてくれると云ふ点では誰よりも一番好みにかなつたせゐか、知り合つてから今日までの二三年のあひだと云ふもの、いつもの移り気な性分にも似ず此の女に依つて最も多く独り寝のあぢきなさを慰められて来たのだが、彼はその理由として、日本人をめつたに入れない家であるのが隠れ遊びに都合がよいこと、茶屋へ行くよりも時間や費用が経済であること、女と自分自身とを動物として扱ふときに、外国人同士の方が互に恥を忘れやすく、それだけあとで気が病めないこと——などを、もし人に聞かれゝば挙げたであらうし、自分でも努めてさう信じて来たのである。しかし此の女を「四肢《しし》と毛なみの美しい獣」として卑しみ去らうとする意志の下には、その獣身に喇嘛《らま》*教の仏像の菩薩《ぼさつ》に見るやう

な歓喜が溢《あふ》れてゐるところをなか〳〵捨て難く思ふ心が、案外強く根をおろしてゐる事実を、我ながら苦々しくさへ感じてゐた。一言にして云ふと此の女は、ホリーウッドのスタアどもの写真と、たまには鈴木傳明*や岡田嘉子*の肖像なぞを所嫌はずピンで留めてある薔薇色の壁紙に包まれた中に住んでゐて、彼の味覚と嗅覚とをよろこばすためにペディキユール*をした足の甲へそつと香水を振つておくだけの、ゲイシヤ・ガールには思ひも寄らない用意と親切とを尽すのである。彼は必ずしも面《つら》あてにさうした訳ではないが、美佐子が須磨へ出かけた留守に「ちよつと神戸へ買ひ物に行つて来る」と、身軽な運動服のいでたちで出て、夕方頃には元町*あたりの商店の包みを提げながら戻つて来るのを常としてゐた。か

う云ふ遊びは貝原益軒《かいばらえきけん》*の教に従つて、――然《しか》しながらその教とは反対な趣味の上から、――午後の一時か二時頃の日の高い間を選んで、帰り道に一ぺん青空を見た方が後味がさつぱりとするし、全く散歩の気分を以て終始することが出来るのを、経験に依つて要は知つてゐたのである。たゞ困るのは此の女のお白粉の移り香が特別に強く、体に沁み着いて離れないのみか、着てゐた洋服はもちろんのこと、自動車へ乗ればその箱の中へ一杯に籠《こも》るし、家へ帰ると部屋ぢゆうが臭くなることだつた。彼は自分のみそかごと*を美佐子がうす〳〵気づいてゐるとゐないとに拘はらず、仇《あだ》し女の肌の匂ひを知らせることは、たとひ名ばかりの夫婦にもせよ、妻への礼儀に欠けてゐると思つてゐた。有りていに云へば、彼の方でも美佐子の口にする「須磨」と云ふのが果してほんたうの須磨であるのか、それとももつと近い所に適当な場所を見つけてあるのか、とき〴〵好奇心を感ずることはあるにしてからが、強《し》ひて知らうとは欲しないし、なるべくならば知らないで済むことを願つてゐるのと同じやうに、自分がいつ何処へ行くと云ふことは曖昧にして置きたかつた。そしてさう云ふ心づかひから、女の部屋で服を着る前にいつもボーイに風呂を立てさせたものであつたが、そのお白粉はべつとり鬢《びん》付け油のやうに粘《ねば》り着くたちのものだと見えて、余程ごしごしこすらなければ、洗つても洗つても落ちないのであつた。彼はしば〳〵此の女の全身の甘皮《あまかわ》*が、自分の肌へ肉襦袢《にくじゆばん》*のやうにすつぽり被さつてしまつた気がして、それを残らず洗ひ落すのに多少の未練を感じながら、やつぱり自分が思つたよりも彼女を愛

してゐることを意識しないではゐられなかつた。

「プロジット！* ア・ヴォートル・サンテ！*」

と、二つの国の言葉で云ひながら、彼女はうすい瑪瑙《めのう》色にかゞやくグラスへ唇をつける。此の女はいつもかうして、此処の家には碌なシヤンパンはないと云ふ口実の下に、自分がこつそり買ひ込んで置くドライ・モノポール*を三割も高く売りつけるのである。

「あなた、あの話考へてくれた？」

「いゝや、まだ、……」

「でもどうしてくれるのよ、ほんたうに？……」

「だからさ、そいつがまだゞと云つてるんだよ」

「ちよツ、いやンなつちまふなあ、いつでもまだ〳〵つて。——此の間あなたに話したでせう？ あたしの方は千円*でもいゝのよ」

「聞いたよ、そいつは」

「ぢやあ何とかしてくれない？ 千円ぐらゐなら考へてみるつて云つたぢやないの」

「云つたか知らん、そんなことを」

「うそツつき！ だから日本人は嫌ひだつて云ふんだ」

「お気の毒様、どうも日本人で相済みません。いつかのあの、日光へ連れて行つてくれた亜米利加《アメリカ》のお金持はどうしたんだい？」

「そんな話をしてゐるんぢやないわよ。あなたほんたうに思つたよりもしみツたれねえ！ ゲイシヤ・ガールにならいくらだつて出す癖に」

「冗談ぢやあない、僕をそんなお金持だと思つてるのが間違ひなんだよ、千円と云へば大金だからな」

彼女は閨房《けいぼう》の口説《くぜつ》*にいつも此の手を出すのである。はじめはマダムに二千円の借りがあるから、それを立てかへて一軒家を持たしてくれろと云つてゐたのが、此の頃は少し様子をかへて、さしあたり千円出してくれさへすれば残りは證文にしておくからと云ふやうになつた。

「ねえ、あなたあたしが好きなんぢやないの？」

「うん、………」

「ちよつと！　そんな気のない返辞をしないで、もつと真面目に聞いて頂戴！　ほんたうに惚れてる？」

「ほんたうに惚れてる」

「惚れてるなら千円ぐらゐ出したらいゝわよ。でなけりや優待して上げないわよ。………さあ、どつち？………出すか出さないか？………」

「出す、出す、出すと云つたらいゝぢやないか、怒るなよそんなに、………」

「いつ出す？」

「今度持つて来る」

「今度こそきつとか？　うそぢやないか？」

「僕は日本人だからなあ」

「ふん、畜生！　覚えてるがいゝ！　今度お金を持つて来なけりや絶交してやるから！………あたしいつ迄もこんな卑しい商売をしてるのが厭だから頼むんぢやないの。あゝ、あゝ、ほんとに、なんてあたしは不仕合はせなんだらう。………」

それから彼女は新派*の俳優そつくりの口調になつて、さも哀れつぽく涙ぐんだ眼に物を云はせて、いかに此の稼業が自分のやうな人間には堪へられないかと云ふことを説明したり、一日も早く娘が自由の身になれるのを待ちこがれてゐる母親の境涯を訴へたり、滔々《とうとう》として天を怨み世を呪ふ言葉をつらねる。彼女はこゝへ来る前には女優をしてゐたことがあるから、ステージ・ダンスならエリアナ*・パヴロヴ*あたりには負けないくらゐな腕がある、要するにこんな所にゐる女とはたちが違ふ、自分のやうな才能のある者をかうして置くのは勿体ない話だ、巴里やロス・アンジエルスへ行つても立派に一本立ちが出来るし、堅儀な方面なら此れだけ語学の天分があつたら重役の秘書にでもタイピスト*にでもなれる、だから自分を救ひ出して日活の撮影所*か、外国の商館へ紹介してくれろ、さうして貰へれば月々の物は百円か百五十円も補助してくれたら沢山だと云ふのである。

「あなた今だつて一遍来れば五十円や六十円は使ふぢやないの。それを考へたらいくら得だか知れやしないのに」

「だつて、西洋人を女房に持つと、月千円はかゝると云ふぜ。君のやうな贅沢な女が百円や百五十円でやつて行けると思ふのかい」

「えゝ、行ける、きつとあたしならやつて行ける。会社へ出たら自分で百円は稼げるんだから、さうしたら二百五十円になるぢやないの。まあ、見てゝ御覧よ、立派にやつてつて見せるから。――あたしだつてもうさうなつたら余計なお小遣《こづか》ひをねだつたり、着物を拵へたりしやしないんだから。こんな商売をしてゐるからだけど、あたしを贅沢な女だと思つたら大した間違ひなんだからね。憚《はばか》りながら家を持たしたらあたしぐらゐ几帳面《きちようめん》で、無駄づかひをしない女はないんだからね」

「だけども、借金は立て換へた、そのまゝぷいと西比利亜《シベリア》へでも逃げて行かれたらそれつきりだぜ」

さう云ふと女は心外な表情をして見せて、口《く》惜《や》し紛《まぎ》れに寝台の上で地団太を蹈む。要はそれが面白さに交《ま》ぜつ返してゐるやうなものゝ、一時は多少の好奇心を動かしたこともないではなかつた。どうせ此の女のことだから囲つたところで長つゞきはしないであらうし、冗談ではなくハルピン*あたりへどろんをするのが落ちであらうが、此方も寧ろその方が背《し》負《よ》ひ込みにならないでいゝかも知れない。彼にはそんなことよりも、実は妾宅《しょうたく》を構へる手続きが事務的にひどく億劫《おっくう》な気がした。女は普通の日本建ての借家でいゝ、家具さへ洋風にしてくれたらと云ふのだけれども、建てつけのガタピシする狭くるしい部屋に這入つて、歩くたびごとにもくもくふくれ上る畳を蹈みながら、散切《ざんぎ》り頭に浴衣《ゆかた》がけでゐられたりしたら、——そしてうはべだけにもせよ、今迄の贅沢が打つて変つて、急に几帳面に、妙なところで所帯持ちをよくされたりしたら、——と、さう思ふと何だかお座がさめるのであつた。しかし女の口説き工合で、いゝ加減にあしらつてゐるうちにいつか冗談が本当にならないものでもなく、さうなればそれで、ずる〳〵に引き擦られて行きかねないのだが、彼女の愁訴はあまり芝居が多すぎて、懊《じ》れたり怒つたりすればするほどます〳〵滑稽になるのである。窓と云ふ窓には鎧戸《よろいど》がおろしてあるけれど、その隙間からさし込んで来る初夏らしい真昼のあかりが、色ガラスを透して来たやうな赤味を帯びてどんより物の輪廓を縁取つてゐる部屋の中で、此の満身にお白粉を塗つた歓喜天*の肉体が薄桃色に染めかへられ、東北なまりのセリフを云ふごとに手を挙げ臀を振る様子は、まことに哀れと云ふよりも賑やかに勇ましく、要はその踊りを見たいためにわざといつ迄も気を持たせてゐるのであつた。そしてどうかすると、断髪に赤い体であばれてゐる姿を眺めながら、此の恰好で紺の腹がけを掛けさせたらとんと金太郎そのまゝだと思ふと、ぷつと吹き出したくなつたりした。

ボーイは彼の云ひ附けた通りキッチリ四時半に風呂を沸かした。

「今度はいつ？」

「多分来週の水曜あたり、……」

「ぢや、ほんたうにお金を持つて来てくれる？」

「分つた、分つた」

扇風器の風を湯上りの背中へ浴びながら、彼は自分でもその現金さに呆れるくらゐ、へんに冷淡に、そゝくさとパンツへ脚を通した。

「きつとだわね？」

「きつと持つて来る」

さう云ひながら握手をする時、「きつともう来ないぞ」と心の中では云ふのであつた。

きつともう来ない、――ボーイに門を開けさせて、表に待つてゐる車の中へ身をひそめながら、いつでも彼は帰りがけに此の決意を堅めて、扉の隙間から接吻を送つてゐる女の顔へ心ひそかに永久の「さよなら」を投げるのであるが、奇妙なことにそれが三日とつゞくことはなかつた。三日がやがて五日となり、一週間となるあひだに、再び此の女に会ひたい思ひが馬鹿々々しいくらゐ萌《きざ》して来て、ずゐぶん無理な繰り合はせをしてまで一途に飛んで来るのである。会ふ前の恋ひしさと会つての後の胸ぐるしさ、――さう云ふ心の変りかたは此の女の場合に限つたことではなく、藝者と馴染んでゐた時分にも少しは覚えのあることだけれども、しかしこんなに冷熱の度が激しいと云ふのは、畢竟生理的の原因に依るからなので、それだけルイズは酔はせかたの強い酒なのであらう。要ははじめ、彼女の言葉を信じさせられてゐた頃には、今の日本の青年たちが大概さうであるやうに、その西欧の生れであると云ふことに或る特別な幻想とあこがれとを抱いてゐた。思ふに此の女のいゝところは、そんなお客の心理を心得て、常に注意してその肌の生地《きじ》を見せないことゝ、さうしてゐれば彼女のうそがほんたうとして通用する程度の姿態を持つてゐることにあるので、要も実は、その浅黒い皮膚の色には今以て魅惑を感じながら、たとひ人工的であつても矢張白皙《はくせき》の肉体が醸す幻想を破りたくないやうな気がして、つひぞ一度もそのお白粉を剝がさせたことはなかつたのである。彼の頭には「巴里へ行つても此の女なら相当に踏める」と云つた友達の評価が案外深く記憶されてゐた。* 彼は車に揺られながらまだ移り香がかすかに残つてゐる右のてのひらの匂ひを嗅《か》いだ。そのたなごゝろに沁み着いたのは、どう云ふ訳か風呂から上つた最後までも匂つてゐるので、此の頃はわざとそこだけ洗はないやうにして、なまめかしい秘密を手の中へ握つて帰るのであつた。

「今度こそほんたうに此れつきりだらうか、もう二度と行かずにゐられるだらうか」

と、彼はそんなことを考へてもみた。今の自分は誰に遠慮をする必要もないのであるが、彼にはへんに道徳的な、律義なところがあるせゐであらうか、青年時代から持ち越しの、「たつた一人の女を守つて行きたい」と云ふ夢が、放蕩《ほうとう》と云へば云へなくもない目下の生活をしてゐながら、いまだに覚め切れないのである。妻をうとみつゝ妻ならぬ者に慰めを求めて行ける人間はいゝ、もしも要にその真似が出来たら美佐子との間にも今のやうな破綻を起さず、どうにか弥縫《びほう》して行けたであらう。彼は自分のさう云ふ性質に誇りも引け目も感じてはゐないが、正直なところそれは義理堅いと云ふよりも寧ろ極端な我がまゝと潔癖なのだと、自分では解釈してゐた。国を異《こと》にし、種族を異にし、長い人生の行路の途中でたま〳〵行き遇つたに過ぎないルイズのやうな女にさへも肌を許すのに、その惑溺《わくでき》の半分をすら、感ずることの出来ない人を生涯の伴侶にしてゐると云ふのは、どう思つても堪へられない矛盾ではないか。

その十三

拝復

先日は失礼致候《いたしそうろう》。あれより予定の通り阿波《あわ》の鳴門徳島を経て去月二十五日帰洛《きらく》、二十九日御差立《おさしたて》の貴札昨夜披見《ひけん》致候。誠に誠に思ひの外の儀、美佐こと素《もと》より不束《ふつつか》ながら日頃左様なる不所存者のやうには養育不致候処《いたさずそうろうところ》、俗に魔がさしたと申すにや、拙老此の歳に及び斯《か》かる憂《う》きことを耳にいたし候は何の因果かと悲歎やる方なく候。第一親の身として其許《そこもと》に対しても御詫びの申様《もうしよう》も無之《これなく》、深く耻入《はじいり》申候。既に御申越の如き事態に差迫り候ては、今更兎角の執成《とりなし》は御聴《おきき》入《い》れも可無之《これなかるべく》、重々御立腹の段察入《さつしいり》候へ共、聊《いささ》か存じ寄りの儀も有之《これあり》、近日美佐子同道御入来被下《ごじゆらいくだされ》間敷《まじく》候《そうろう》哉《や》、然《しか》る上は拙老より篤《とく》と本人へ申聴かせ何卒《なにとぞ》して料簡を入替へさせ度《たく》、万一改悛《かいしゆん》不致《いたさず》候は〻如何様《いかよう》にも成敗可仕《つかまつるべく》、もし又本人に於て向後を屹度《きつと》相慎しみ候節は、幾重にも御勘弁願上候。

実は執心の人形やう〳〵手に入り申《もうし》、帰来早速御案内申上度《もうしあげたく》と存じながら肩の凝りを休め居《おり》候折柄《おりから》、御状に接し茫然自失、とんと興ざめ申《もうし》候。折角巡礼の御利益も無之《これなく》、却《かえ》つて仏罰を蒙《こうむ》り候ことかと老人の愚痴のみ出《い》で候。

尚々《なおなお》明日にも御入洛待上《ごじゆらくまちあげ》候。先《まず》それ迄は現状を維持被成《なされ》候様《よう》、此儀《このぎ》くれ〳〵も御願申上候。

「………『斯かる憂きことを耳にいたし候は何の因果かと悲歎やる方なく』か、困つたなどうも、………」

「何と云つておやりになつたの？」

「出来るだけ簡略には書いたんだけれど、重要な点は洩らさなかつた積《つも》りだ。此の事は僕にも責任があり、僕自身の希望でもある、つまり五分々々だと云ふ点によく〳〵念を押したんだが、……」

「斯《こ》う云つて来るのはあたしには分つてゐたんだけれど、……」

でも要には意外であつた。手紙で諒解を求めるべき性質のものではないし、それでは誤解が起り易いから、直接行つて話してくれたらと云ふ美佐子の希望は尤もであり、自分もそれに越したことはなかつたのだが、一と先づあらましを云つてやつて、日を置いてからと云ふ気になつたのは、不意に老人を驚かすことのいかにも忍び難いのと、つい此の間も一緒に呑気な旅をしながら噫《おくび》にも出さずにゐたことを、何としても面と向つて切り出す顔がないからであつた。殊《こと》に此の返事にもあるやうに、先《さき》は一途に人形を見に来たと思つて、直ぐその手柄話になるであらう。さうしたらいよ〳〵出鼻を挫《くじ》かれる。それに要は、老人の過去の経歴から見て実はもう少し分つてくれるやうに予想してゐた。口では旧式な思想の持ち主のやうなことばかり云ふものゝ、それはあゝ云ふ人に有りがちな一種の気取り、趣味なのであつて、ほんたうはもつと融通も利くし、近頃の世相や風潮にも風馬牛《ふうばぎゆう》ではない筈である。それが此方《こつち》から云つてやつたことをその通りに読んでくれないのみか、「重々御立腹の段察入候へ共」とか「御詫びの申様も無之」などゝ書いて来ると云ふのは、あんまり見当が違ひ過ぎる。あの文言をそのまゝ素直に取つてくれたら「深く恥入る」筋はないのだし、なるたけ気の毒な思ひをさせまいと注意して書いたつもりであるのに、矢張一往は恐縮した挨拶をするのが礼儀と云ふものであらうか。

「僕は此の手紙には大分《だいぶ》掛け値があると思ふね。かう云ふ昔風な文体を使へば内容だつて旧式にしなければ映《うつ》りが悪いから、こいつも趣味で書いてゐるんで、お腹の中はこれほど悲歎やる方ないんでもないと思ふよ。折角人形を飾つて嬉しがらうとしてゐた矢先を、癪《しやく》に触つたぐらゐなんぢやないか」

美佐子はそんなことはどうでもいゝ、とうに超越してゐると云ふ風に、やゝ青ざめた顔を、全く無表情に落ち着かしてゐた。

「どうする、お前は？」

「どうすると云つて………」

「一緒に行くか」

「あたしイヤだわ」

その「イヤ」と云ふ言葉をさもイヤらしく彼女は云つた。

「あなたが行つて話して来て頂戴よ」

「けども斯う云つて来てるんだから、兎に角お前も行かないぢやなるまい。僕は、会つてさへしまへば案ずるよりは生むが易《やす》いと思つてゐるんだ」

「話が分つてから行くわよ。お久なんぞのゐる所でお談義を聴かされるのは真つ平だから」

二人は珍しくも面と向つて互《たがい》の眼の中を視詰《みつ》めながら話してゐるのであるが、そのぎごちなさを隠さうとして殊更《ことさら》つけ〳〵と物を云ひながら細巻の金口《きんぐち》を輪に吹いてゐる*妻の様子を、夫はいさゝか持てあまし気味に眺めてゐた。妻は自分では意識してゐないやうだけれども、いつとはなしに顔や言葉でする感情の表はし方が昔と変つて来てゐるのは、多分阿曾との対話の癖が出るのであらう。要はそれを見せられる時、彼女が最早《もは》や此処の家庭の者でないことを何より痛切に感じない訳には行かなかつた。彼女の口にする一つの単語、一つの語尾にも「斯波」と云ふ家の持ち味がこびり着いてゐないものはないのに、それが夫の眼の前で新しい云ひ廻しに取り変へられて行きつゝある、——要は別離の悲しみが斯う云ふ方面から襲つて来ようとは思ひ設けてもゐなかつたので、もう直ぐ後に迫つて来てゐる最後の場面の苦しさが今から予想されるのであつた。だが考へれば、嘗て自分の妻たりし女は既に此の世にはゐないのではないか。今さし向ひに据わつてゐる「美佐子」は全く別な人間になつてゐるのではないか。一人の女がいつしか彼女の過去にまつはる因縁を離脱してしまつたこと、――彼にはそれが悲しいので、その心持は未練と云ふのとは違ふかも知れない。さうだとすれば苦に病んでゐた最後の峠は気が付かないうちに通り越してしまつたのかも知れない。………

「高夏は何と云つて来たんだ」

「近々にまた大阪に用があるんだけれど、此方が何とか極まる迄は行きたくない、行つても御宅へは伺はないで帰るつて、………」

「別に意見は云つて来ないのか」

「えゝ、………それからあの、………」

美佐子は縁側に坐布団を敷いて一方の手で足の小指の股を割りながら、煙草を持つた方を延ばして皐月《さつき》の咲いてゐる庭の面へ灰を落した。

「………あなたには内證にして置いてもよし、云ふなら云つても構はないつて書いてあるんだけれど、………」

「ふん？」

「実は自分の独断で、弘には話してしまつたつて云ふの」

「高夏がかい？」

「えゝ、……」

「いつのことなんだ」

「春の休みに一緒に東京へ行つたでせう、あの時に」

「何だつて又余計なことをしやべつたんだらう」

わざ〳〵京都の老人にまで知らせてやつた今になつても、まだ子供には云ひそびれつゝ過してゐた要は、さてはさうだつたのかと思ふと、それを今日まで鵜《う》の毛ほども感づかれないやうにしてゐた幼い者の心づかひが、いぢらしくも不憫《ふびん》でもある一方、あまりのことに小面《こづら》憎い心地さへした。

「しやべる積《つも》りではなかつたんだけれど、ホテルへ泊まつた晩にベッドを並べて寝てゐると、夜中にしくしく泣いてゐるもんだから、どうしたのかと思つて聞いてみたのが始まりなんですつて。………」

「さうしたら？」

「手紙だから委しいことは書いてないけれど、お父さんとお母さんとは事に依ると別々に住むやうになる、そしてお母さんは阿曾さんの家に行くかも知れないと云つたら『そんなら僕はどうなるんです』つて聞かれたんで、『君はどうにもなりはしない、いつでもお母さんに会へるんだから、家が二軒になつたつもりでゐたらいゝんだ。どうしてさうするのかと云ふ訳は、大人になれば自然と分る時が来る』つて、それだけ云つたゞけなんですつて」

「それで弘は納得したのか」

「なんにも云はないで泣きながら寝てしまつたんで、明くる日どうかと思ひながら三越へ連れて行つてやると、前の晩のことは忘れたやうに何を買つてくれ彼を買つてくれと云ふもんだから、子供と云ふものは実に無邪気だ、此れなら安心だと思つたと云ふんですの」

「だが、高夏が話すのと僕が話すのとは違ふからな。――」

「さう〳〵、それから、――そんなに子供に話すのが辛ければもうその必要はないぢや

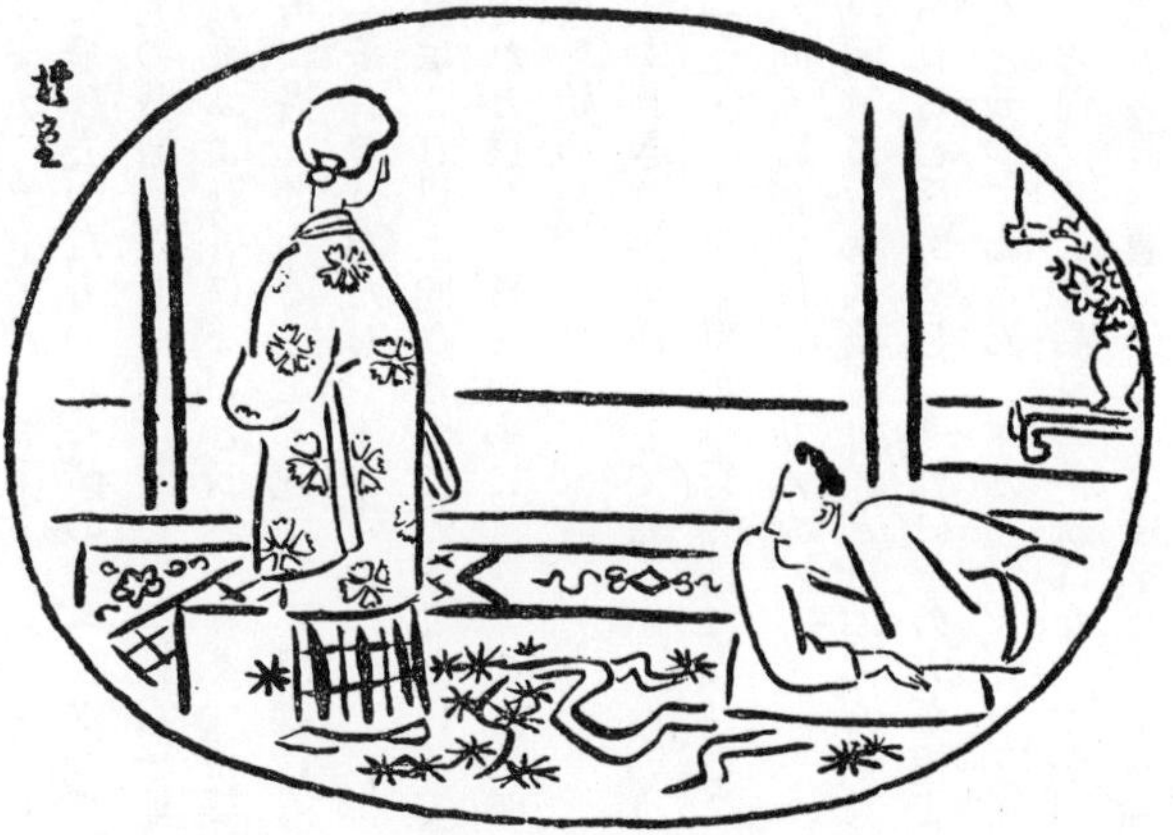

ないか、独断で済まなかつたけれど、君等のために僕がその難関を突破して置いてやつたからつて、——」

「さうは行かんさ、僕はずべらぢやあるけれども、そんなキマリの付かないことは嫌ひなんだ」

しかし要がその難関を乗り越える仕事を最後の最後まで延ばしてゐるのは、此の場になつてさすがにそれを口に出しては云へないけれども、いまだに事の成行きがどう変化するか分らないと云ふ一縷《いちる》の望みを一寸先の未来に托してゐるのでもあつた。妻は強気でゐるやうなもの丶、そのひた向きな感情の裏には一《ひ》と入《しお》脆《もろ》い弱気が心の根を喰つてゐて、ほんのちよつとした物のはずみに泣きくづほれてしまひさうに思へる。さうなることを孰方も恐れてゐればこそ、そんな機会を作らないやうに互に避けてゐるのではあるが、現にかうして相対してゐる今の場合でも、話の持つて行きやう次第で千里の彼方《かなた》に飛び去つたものが一瞬のうちに帰つて来ないものでもない。要は彼女が今日になつて老人の裁断に任せるだらうとは夢にも予期してゐないながら、もしさうなつたら自分もそれに従ふより外にないと云ふやうな、希望ともあきらめともつかないものが何処か胸の奥の方に潜んでゐるのを、我から不思議にも疎《うと》ましくも感じた。

「それではあたし、――」

妻はこれ以上向ひ合つてゐることに不安を覚えたのであらう、いつもの時間が来たことをそれと察して貰ふために茶箪笥の上の時計に眼をやつて、襲はれたやうに立つて着物を着換へ始めた。

「あれきり御無沙汰してゐるが、近いうちに僕も一ぺん会つておくかな」

「えゝ、――京都へ行く前になさる？　後になさる？」

「向うの都合はどうなんだ」

「明日にも御入洛待上候と云ふんだから、京都を先になすつたらどう？　此方へやつて来られると面倒だし、それにその方が極まつてからなら、自分ばかりでなく母にも会つて戴くと云つてゐるんですから」

「お前、そこに高夏の手紙はないのか」

恋人の許へ急ぐべく身支度をしてゐる「一人の女」を、むしろ可憐な眼を以て眺めてゐた要は、廊下へ出て行くそのうしろかげを呼び止めて云つた。

「あれをあなたに見せるつもりで何処かへ置き忘れてしまつたのよ、帰つて来てからでよくはなくつて？――尤もさつき話したやうなことなんだけれど」

「いや、見つからなければどうでもいゝんだ」

妻が出かけてしまつたあと、要はビスケットを一と握りつかんで犬小屋の方へ降りて行つて、二頭の犬に代る〴〵餌を与へたり、ぢいやと二人でブラシをかけてやつたりしたが、暫くすると茶の間へ戻つてぼんやり畳に寝そべつてゐた。

「おい、誰かゐないか」

と、お茶を入れさせようとして女中を呼んでみたけれど、部屋に引つ込んでゐると見えて返辞をしない。弘もまだ学校から帰らないし、家の中は森閑《しんかん》として何だか一人取り残されたやうに静かである。仕方がない、又ルイズにでも会ひに行かうか。――彼はさう思つてみて、かう云ふ時にいつもきまつてそんな気になる自分自身が、なぜだか今日は哀れな男に感ぜられた。たかが相手は一人の娼婦に過ぎないのに、もう二度と行かないの何のと云ふむづかしい決心をして、それに囚はれるのも馬鹿々々しいと云ふ風に思ひ直しては、結局会ひに行くことになるのが常であつたが、実はそんなことにも増して、妻が出かけて行つたあとの邸の中のガランとした感じ、――障子や、襖《ふすま》や、床の間の飾りや、庭の立ち木や、さう云ふものが有るがまゝにありながら、俄《にわ》かに家庭が空虚にされてしまつたや

うなうら淋しさ、——それが何より堪へ難かつた。いつたい此の家は前の持ち主が建て、一二年にしかならないものを、関西へ移つて来た年に買ひ取つたので、此の八畳の日本間はその時建て増したのであるが、毎日見馴れて気が付かないでゐるうちに、さう念を入れて拭き込みもしなかつた北山の杉*や栂《とが》*の柱が年相応のつやを持ち出して、此れからそろ〳〵京都の老人の気に入りさうな時代が附いて来るのである。要は寝ころびながら今更のやうにそれらの柱の光沢を見、八重山吹の花が垂れてゐる床の間の春日卓《かすがじよく》*を見、閾《しきい》の向うに、戸外のあかりを水のやうに映してゐる縁側の板を見た。妻が此のごろのあわたゞしさの中にありながらなほとき〴〵は四季の風情《ふぜい》を座敷に添へる心づかひを忘れないのは、いくらか惰勢で繰り返してゐるのだと

しても、やがて此の部屋にあの花までがなくなつてしまふ日を想ふと、名ばかりの夫婦と云ふものにも、朝夕眼に沁みる柱の色と同じやうななつかしさがある。………

「お小夜、タオルを熱くして絞つて来てくれ」

と、要は立つて女中部屋の方へ聞えるやうに云つた。そしてその場でセルの単衣《ひとえ》の両肌を脱いで、汗ばんだ背中をきゆツきゆツと擦《こす》つて、出しなに妻が揃へておいた背広服に着かへてから、着物と一緒にふところから落ちた京都の老人からの手紙を拾つて上衣の内隠し*へ収めた。が、紙入れの中を見たがつたり、「これは藝者から来たんぢやないの」など、ポッケットの物を引つたくるルイズの癖を思ひ出して、鏡台の抽出しの、底に敷いてある新聞紙の下へ入れようとすると、何かゞがさがさと手に触つた。美佐子がそこへ高夏の手紙を挿し込んで置いたのである。

「読んでもいゝのか知らん？」

手には取つたものゝ、封筒の中を直ぐに引き抜くのは躊躇《ちゆうちよ》せられた。かう念入りに隠してあるのを妻が置き忘れる筈はない。言葉に窮《きゆう》してあゝ云つたので、読まれることを好んでゐないに違ひないのだ。読んだところで妻への言訳は立つのであるが、下らぬ隠し立てをしたことのない彼女がそれを自分に読ませまいとしたことに、何かしら中味の不吉さが予想された。——

オ手紙拝見シマシタ。
モウ好イ加減キマリガツイタ時分ダト思ツテヰタノニ、先達《せんだつて》淡路カラ絵端書ヲ貰ツテマダソンナコトカト驚イタ次第デス。ダカラ今度ノアナタノオ手紙デハ驚キマセン。
………

そこまで見ると要は洋館の二階へ上つて、ゆつくりあとを読みつゞけた。

………ケレドアナタノ決心ガ真ニ最後ノモノデアルナラ、一日モ早イ方ガヨクハナイデスカ。実際此処マデ来テシマツテハ外ニ道ハナササウデス。僕ハツクヅク、斯波君モ我ガ儘《まま》ダガアナタモ我ガ儘ダ、今日ノ事ハ二人ノ我ガ儘ガ当然招イタ報イダト云フ感ヲ深クシテヰマス。アナタガ僕ニ泣キ言ヲ云フノハイイ、シカシソノ泣キ言ヲ、――アナタ自身ハ泣キ言ノ積リデハナイカモ知レナイガ、――何故僕ニ云フ代リニ夫ニ向ツテ云ハナイノカ、ソレガアナタニ出来ナイト云フノハ、世ニモ不幸ナ人ガアレバアルモノダト思ツテアナタノタメニ一掬《いつきく》ノ涙ナキヲ得マセン。事実ソレナラ夫婦デハヰラレナイ。「夫ガアマリ自由ヲ与ヘテクレタノガ恨メシイ」トカ、「阿曾ト云フ人ヲ知ラナケレバヨカツタ、知ツタノヲ後悔シテヰル」トカ、モシソノ心持ノ幾分ヲデモアナタガ直接斯波君ニ表白スル事ガ出来タラ、――夫婦ノ間ニセメテソレダケノ素直サガアツタラ、

――ト、サウ云ツタトコロデ今更愚痴ニ聞エマスカラ、最早ヤ何事モ申シマスマイ。オ手紙ノコトハ勿論斯波君ニハ云ヒマセンカラ安心シテイラッシャイ。徒《いたずら》ラニ悲シミヲ増サセルニ過ギナイノナラ知ラセルノハ無駄ナノダカラ。僕カウ見エテモ必ズシモ木石漢ニ非ズ、芳子ノコトナド思ヒ出シテ感慨無量ナルモノアリ、唯何処迄モサウ云フ感情ヲ後ニ残シテ斯波ノ家ヲ去ラナケレバナラナクナツタアナタノ不仕合ハセヲ歎クノミデス。何卒《なにとぞ》此ノ上ハ新シイ恋人ト幸福ナ家庭ヲ持ツテ過去ノ悲シミヲ忘レルヤウニ、ソシテ再ビ同ジ過チヲ繰リ返サヌヤウニシテ下サイ。サウスレバ斯波君ダツテ「気ガ楽ニナル」デハナイデスカ。
アナタハ誤解シテヰルヤウダガ僕ハ決シテ怒ツテヰルノデハナイノデス。タダ僕ノヤ

ウナ頭ノ大ザツパナ者ガ、アナタ方ノ複雑ナ夫婦関係ノ渦中ヘ飛ビ込ムノハソノ任ニ非ズト考ヘ、アナタ方自身デカタヲ附ケルマデ遠ザカツテヰルノヲ賢明ダト信ジタノデス。実ハ大阪ヘ行ク用モアルノダガ、ソレデ出発ヲ差シ控ヘテヰマス。行ツテモ今度ハ寄ラナイデ帰ルカモ知レナイカラ悪ク思ハナイデ下サイ。

ソレカラ、僕ハアナタ方ニ隠シテヰタコトガアリマス。ト云フノハ、イツゾヤ東京ヘ行ツタ時弘君ニ話シテシマツタノデス。……サウ云フ訳デ、結果ハ案外ヨカツタト思フノデスガ、ソノ後弘君ノ様子ニ変ツタ点ガアルカドウデスカ。僕ノ所ヘハ時々手紙ヲクレルケレドモアノ晩ノコトニハ一言モ触レテナイ。中々悧巧ナ子供デス。ナドト胡麻化スノデハナイガ、余計ナオセツカヒヲシテ悪カツタラ詫《あや》マリマス。シカシ私《ひそ》カニ思フノニ、却ツテ僕ガサウシタ方ガ「気ガ楽ニナリ」ハシナイデスカ。……アナタノ今ノ良人ノコト、及ビ弘君ノコトハ、御依頼ガナクトモ親戚ノ一人トシテ、親子ノ性質ヲ最モ良ク理解シテヰル友人トシテ、及バズナガラ出来ルダケノ事ハスル積リデスカラ、決シテ心配シナイデ下サイ。多分二人トモ打撃ニ堪ヘテヤツテ行ケルト思ヒマス。ドウセ人生ハ平坦ナ道バカリデハナイ。男ノ児ニハ苦労ガ薬デス。斯波君ニシタツテ今迄苦労ガナサ過ギタンダカラ、一遍グラヰアツテモイイ。サウシタラ我ガ儘ガ直ルカモ知レナイ。デハ左様ナラ。当分オ目ニ懸リマセンガ、イヅレアナタガ新夫人トナラレタ暁ニ改メテ拝顔ノ機会ノアルコトヲ望ミマス。

五月廿七日　　　　　　　　　　高夏秀夫

斯波美佐子様

侍女

高夏としては珍しく長い手紙であつた。要はそれを読んでしまふと、人気のない部屋で心に油断があつたせゐか、知らず識らず涙が頬を濡らしてゐた。

その十四

けふはお客がお客なので床の間に活《い》けた姫百合の花の向きを気にしながら、お久は今朝からとき〳〵それを直してゐたが、四時が少し廻つた時分に門の青葉をくゞつて来るパラソルの影を、二た間を隔てた伊予すだれ*の此方から眼に留めると、そのまゝ立つて縁側を降りた。

「見えたかえ」

と、昼寝のあとを庭で蓑虫を退治してゐた老人は、うしろに庭下駄の音を聞きつけて云つた。

「へえ、お越しになりました」

「美佐子も一緒か」

「さうらしおす」

「よし、よし、お前は茶を入れな」

さう云ひ捨て、飛び石づたひに枝折戸《しおりど》から表へ廻ると、

「やあ」

と、気軽に声をかけた。

「さあ、まあ、お上り。暑かつたゞらう、さぞ、………」

「えゝ、朝のうちに出ればよかつたんですが、ちやうど日中になつてしまつて、………」

「さうだらうとも、たまに天気になつたと思ふと、まるで今日あたりは土用のやうだ。さあ、さあ」

と云つて先へ立つて行く老人のあとから玄関を上つた夫婦は、新芽の緑を反射してゐる籐の網代《あじろ》*のひいやりとしたのを足袋の底に踏みながら、家ぢゆうに焚きしめてあるらしいほのかな草実《そうじつ》*の匂ひを嗅《か》いだ。

「さう〳〵、お茶よりも先に手拭ひだつた。つめたいのを一つ絞つておいで」

若葉の繁みで土庇《どびさし》*の外が小暗いばかりになつてゐる座敷の、わざとすゞしい端近《はしぢか》な方へ席を取つてほつと一と息入れてゐる夫婦のけはひから、それとなく何かを見て取らうとし

た老人は、汗ばんだ顔に庭の青葉を映してゐる要の様子に気が付いて云つた。

「つめたいのより熱いお湯《ゆう》で絞つた方がえゝことおへんか」

「うん、さうだつたな。……要さん、まあ羽織でもお取り」

「えゝ、ありがと。此の辺は昼間から蚊がゐますな」

「えゝ、えゝ、『本所《ほんじよう》に蚊がなくなれば大晦日《おおみそか》』*と云ふが、こゝのは藪《やぶ》ツ蚊なんだからなか〳〵本所どころぢやあない。蚊やり線香を焚くといゝんだが、うちでは除虫菊を炮烙《ほうろく》*へ入れてくすべることにしてゐるんでね」

要が予想してゐた通り老人は此のあひだの手紙のやうでもなく、いつもに変らない機嫌のよさで、此処へ来るなりふさいでゐる美佐子の顔色には頓着なく語るのであつた。お久も事のあらましは聞いてゐるのに違ひなからうが、例のおつとりと、音も立てずに運ぶものを運んでしまふと、何処へ行つたのか、すだれ越しに透かされる部屋と云ふ部屋には姿も見えない。

「ところで今日は、泊まつて行つてもい丶んだらうね」

「え丶、……どうともきめずに来たんですけれど。……」

要は始めて妻の方へ眼を向けたが、妻はその言葉を撥ね返す如くに云つた。

「あたし帰るわ、早く話して下さらなくつて？」

「美佐子、お前は彼方《あっち》へ行つておいで」

しづかな部屋に、ぽんと吐月峰《はいふき》*の音が鳴つた。そして老人が二服目の刻み*を詰めて、雁《がん》首《くび》の臀《しり》で煙草盆*の火をさぐつてゐるあひだに、美佐子は黙つて席を外して、二階の梯子段を上つて行つた。下でお久と顔を合はすのが厭だつたのである。

「困つたことになりましたね、どうも、……」

「御心配をかけて相済みません。実は今迄は、かう云ふ事にならないでも或は済むかと思つてをりましたもんですから、……」

「今になつては済まないんですか」

「え丶、大体手紙で申し上げたやうな訳なんです。……勿論あれだけではお分りにならないところもあらうかと存じますけれど、……」

「なあに大凡《おおよ》そは分つてゐます。しかし此りやあ要さん、私に云はせると、一体あなたが

悪いんだね」

はつとした要が何か云はうとするハナを抑へて、老人はすぐに後を被《かぶ》せた。

「いや、悪いと云ふと穏やかでないが、つまり私の考ぢやあ、あなたがあんまり物を理詰めに持つて行き過ぎたんぢやないか。何も当節のことだから、女房を一人前の男なみに扱ふのもようがせうが、なか〳〵それが思ひ通りには行かないもんでね。早い話が、あなたは自分に資格がないからと云ふ訳で、試験的に外の夫を選ばせた。こりやあどうして出来ないことだ。口で何の彼のと新しがりを云つたつてそれだけ公平にはやれるもんぢやない。………」

「さう仰つしやられると、何とも僕は申し上げやうも………」

「いや、要さん、私は皮肉を云つてゐるんぢやないんですよ。ほんたうに感じ入つてゐるんですよ。これが一と昔前だつたら、あなたがたのやうな夫婦は世間にいくらもあつたんで、私なんぞが現にその通りだつたんだが、……いやもう、一年や二年どころぢやあない、五年も女房の傍へ寄り付かなかつたくらゐなもんだが、それでもさう云ふものだと思つて済んでゐたんで、考へてみりやあ今の世の中は大そうむづかしくなつてゐますよ。しかし女と云ふものは、試験的にもせよ、一度脇へ外《そ》れてしまふと、途中で『こいつはしまつた』と気が付いても、意地にも後へ引つ返すことが出来ないやうなハメになるんで、自由の選択と云ふことが、実は自由の選択にならない。――ま、此れからの女はどうか知れないが、美佐子なんかは中途半ぱな時勢の教育を受けたんだから、新しがりは附け焼き刃なんでね」

「その附け焼き刃は実は僕も御同様なんで、お互にそれが分つてゐるもんですから、別れることを急いでゐるやうな訳なんです。兎に角今の道徳が正しいと命ずることなんですから」

「要さん、こりやあ此処だけの話だが、美佐子のことは私に任せて下さるとして、あなたの方にはもう一度考へ直して下さる余地はないんですかい?――何とも私には理窟は云へない、歳を取ると事勿れ主義になるせゐだらうが、性《しよう》が合はなければ合はないでいゝ、長い間には合ふやうになる。お久なんかも私とは歳が違ふんで、決して合ふ訳はないんだが、一緒にゐれば自然情愛も出て来るし、さうしてゐるうちには何とかなる、それが夫婦と云ふものだと考へる訳には行かんもんかね。尤もそりやあ、一旦不義をしたのだからと、さう云はれりやあ是非もないが、……」

「そんな事は問題にしてゐやしません、僕が許したんですから、『不義』と仰つしやつて下すつては、美佐子が可哀さうなんです」

「けれども不義はやつぱり不義だね、さうなる前にちよつと私に答へてくれたらよかつたんだが、……」

要は老人の婉曲《えんきよく》な批難に無言で報いるより外はなかつた。申し開きの道はいくらもあるが、その道理の分らない老人ではない、分つてゐながらそれを口にした言葉の裏に、親としての悲しい愚痴の含まれてゐるのが、刃向へないやうな気がした。

「いろ〳〵僕も手を尽さなかつた所はあると存じます。あゝもすればよかつたと思ふこともないではないんですけれど、今では後の祭ですし、それに何より美佐子の決心が堅いんですから、……」

いつの間にか土庇の外からさしてゐる日の光が弱くなつて、部屋の隅々に暗い蔭が作られてゐた。老人は上田紬の万筋の*単衣《ひとえ》の下に夏痩せのした膝頭をそろへて、団扇《うちわ》で蚊遣りの煙を追ひながら、思ひなしか眼ぶたをしばだゝいてゐるのは、除虫菊に咽《むせ》んだのかも知れない。……

「此れは成る程、あなたの方を先にしたのは私の出やうがまづかつた。——要さん、兎に角なんにも云はないで、私に美佐子を二三時間預けては下さるまいか」

「お預けしてもとても無駄だと思ふんですが、………実は当人にしてみますと、お話があるのが辛いと云ふので、僕だけでお願ひに出るやうにと云つて、そんなことから、とうにもお伺ひする筈のところが段々におくれてをつたんですが、今日でも連れて来ますのに随分骨を折らせたんです。行くことは行くが、自分の決心は最早や動かないものとして、申し上げることは全部僕から申し上げ、お話があれば伺つてくれろと云ふやうな訳なんでして、………」

「しかし要さん、仮りにも娘が不縁にならうと云ふ場合だ、私としたらさう簡単に済ませる筈のもんぢやあないがな」

「それは僕からも再々云ひ聴かせてをるんです。たゞ何としても興奮してをります際ではあり、お父さんと衝突したくないからして、僕が本人の代理として御承知を願ふやうに計らつてくれろと申すのが本意なのです。が、いかゞでせう、何なら此処へ呼びましたんでは？」

「いや、何か支度もしてあるやうだが、私はこれからあれを連れて瓢亭《ひょうてい》*へでも行つて来ませう。ねえ、あなたには別に、異存がお有りぢやあないんでせう」

「ですが、あれが素直に承知しますかどうですか。………」

「えゝ、分つてます。私が本人にさう云ひます。いやだと云やあそれまでだけれども、

こゝの所は年寄の顔を立てゝ、お貰ひ申したいね」

要がもぢ〱してゐるひまに老人は手を鳴らしてお久を呼んだ。

「あのうな、南禅寺*へ電話をかけておくれでないか、――二人で行くから、静かな座敷を取つておいてくれるやうに」

「お二人さんでおいきやすの？」

「折角腕によりをかけたんだらうから、お客を残らず浚《さら》つて行つちやあ気の毒だと思つてな」

「そしたら残つておいやすお方が気の毒やおへんか、いつそのことみんなでおいきやすな」

「御馳走は何が出来るんだい？」

「なにもおへんえ」

「甘子《あまご》はどうした？」

「空揚《からあげ》げにせう思《おも》てますけど、……」

「それから？」

「若鮎の塩焼」

「それから？」

「牛蒡《ごぼう》のしらあへ」

「まあ、要さん、肴《さかな》が悪いが、ゆつくり飲んでゐて貰ひませう」

「貧乏鬮《くじ》お引きやしたなあ」

「なあに、板前が瓢亭以上ですから、たんと御馳走になりますよ」

「ぢやあ、おい、着物を出しといとくれ」

さう云つて老人は二階へ上つた。

どう説きつけられたのか、「年寄りの気にさからつては無事にまとまりのつくべきものも壊れてしまふから」と途々たしなめられて来たのが腹にあつたのでもあらうか、美佐子は十五分もすると不承々々に父親と一緒に降りて来て、廊下に立ちながらそつと顔を直してから、一と足先に表へ出た。

「さあ、ぢやあちよいと行つて来ますよ」

と、紗《しや》の宗匠頭巾*を被つた、宝井其角《たからいきかく》*と云ふいでたちで奥から現れた老人は、玄関まで送つて出たお久と要とにさう云ひ残すと、白足袋の足に利久《りきゆう》*を穿いた。

「お早うお帰り」

「いや、お早くもないかも知れない。――要さん、美佐子にも云つて置いたんだが、今夜は泊まつて貰ひますよ」

「いろ〳〵とどうも御厄介になります、僕は孰方になりましても差支へはありません」

「お久や、わたしの蝙蝠《こうもり》を出して貰はう、大分蒸して来たやうだが、此の塩《あん》梅《ばい》ぢやあ又雨だな」

「そしたら、車でお行きやしたら？」

「なあに、ぢきそこだ、歩いたつて訳あないさ」

「行《い》とおいでやす」

と、お久は送り出しておいて、すぐに手拭ひ浴衣《ゆかた》*を持つて要のあとから座敷へ行つた。

「お風呂が湧いてますよつて、今の間に一と浴びおしやしたら？」

「有り難う、折角だけれど、どうしようかな、風呂へ這入ると臀が落ち着いちまふんでね」

「どうせお泊まりやすのんやろ？」

「さあ、それがどうなるか分らないんです」

「さう云はんとまあお這入りやす。おいしい物おへんよつて、せい〴〵お腹減しといとおくれやす」

要はこゝの風呂へ這入るのは久し振りだつた。上方に普通な長州風呂*と云ふ奴で、一人の体が満足には漬からないくらゐ小さな釜の、周りの鉄の焼けて来るのが東京風のゆつくりとした木製の湯槽《ゆぶね》に馴れた者には肌ざはりが気味悪く、なんだか「風呂へ這入つた」と云ふ心持がしないのに、まして湯殿がおそろしく陰気な建て方で、高いところに無双窓《むそうまど》*があるだけだから昼間でも厭《いや》にうすぐらい。自分の家でタイル張りの浴室にばかり這入りつけてゐるせゐか穴蔵へでも入れられたやうで、その上丁子《ちようじ》を煎じてあるのが、垢だらけに濁つた薬湯《くすりゆ》のやうな連想を起させるのである。美佐子なぞは、あのお湯は丁子の匂ひで胡麻化してあるので幾日目に換へるのだか分らないと云つて、すゝめられると体よく逃げたものであつたが、主《あるじ》の方は又「うちの丁子風呂」と云ふのを自慢にして、客への御馳走

と心得てゐるらしかつた。老人の「雪隠《せついん》哲学*」に依ると、「湯殿や雪隠を真つ白にするのは西洋人の馬鹿な考だ、誰も見てゐない場所だからと云つて自分で自分の排泄物が眼につくやうな設備をするのは無神経も甚《はなはだ》しい、すべて体から流れ出る汚物は、何処までも慎しみ深く闇に隠してしまふのが礼儀である」と云ふのであつて、いつも杉の葉の青々としたのを朝顔に詰めるのはいゝとして、「純日本式の、手入れの届いた厠《かわや》には必ず一種特有な、上品な匂ひがする、それが云ふに云はれない奥床しさを覚えさせる」と云ふやうな奇抜な意見さへあるのだが、雪隠の方は兎も角も、風呂場の暗いのにはお久も内證で不便をかこつことがあつた。彼女の話だと、丁子も近頃はエツセ

ンス*を売つてゐるから、その一二滴を垂らしさへすれば済むものを、矢張昔風に実の干したのを袋に入れて、湯の中へ漬けておかなければ老人が収まらないのだと云ふ。

「肩流しておくれやすんやけど、あんまり暗おすので、前とうしろと間違へたりおしやしてなあ」

要はお久のそんな言葉を想ひ出しながら、柱にかけてある糠袋《ぬかぶくろ》*を見た。

「お加減はどうどす？」

と、焚き口の方でお久らしい声が云つた。

「結構です。それより誠にすみませんが電気をつけて貰へませんか」

「ほんに、さうどしたなあ」

しかし点《とも》された電燈と云ふのが、それもことさらさうしてあるのに違ひない豆ランプ程の球であるから、ひとしほ陰気で暗さが増したやうな気がする。要は流しに出てゐると体ぢゆうを藪蚊が喰ふので、ざつとシヤボンも使はずに汗を洗ひ落してから丁子の湯の中に浸《ひた》りきつてゐたが、さうしてゐても蚊は相変らず首の周りへ襲つて来る。中はそんなに暗いのだけれど、無双窓の櫺子《れんじ》の外はまだうす明るく、楓《かえで》の青葉が日中よりは却つて冴えて織り物のやうな鮮やかな色を覗かせてゐる。なんだか辺鄙《へんぴ》な山の湯にでも来たやうで、老人がよく「うちの庭ではほとゝぎすが聞ける」と云つてゐたのを思ふにつけ、かう云ふ時に啼《な》かないものかなと耳を澄ましたが、聞えるものは何処か遠くの田圃の方で雨を呼んでゐる蛙《かわず》の声と、わーんと云ふ蚊の啼きごゑばかりである。それにしても今頃瓢亭の座敷にゐる親子は、何を話してゐるだらう。老人は婿に対してこそ遠慮があるものゝ、あの口ぶりから察すると恐らく娘には圧制的に出るのではないのか。要はそんなことが多少は心にかゝりながら、どう云ふものか二人を送り出してしまつてからは何となく気が軽くなつて、かうして風呂に漬かつてゐる此処の家が、すでに第二の妻を迎へた自分の新居であるやうな愚かしい空想が湧くのであつた。思へば此の春からしきりに機会を求めては老人に接近したがつたのは、自分では意識しなかつたところの外の理由があつたのかも知れない。さういふ途方もない夢を頭の奥に人知れず包んでゐながら、それで己れを責めようとも戒《いま》しめようともしなかつたのは、多分お久と云ふものが或る特定な一人の女でなく、むしろ一つのタイプであるやうに考へられてゐたからであつた。事実要は老人に仕へてゐるお久でなくとも「お久」でさへあればいゝであらう。彼の私《ひそ》かに思ひをよせてゐる「お久」は、或はこゝにゐるお久よりも一層お久らしい「お久」でもあらう。事に依つたらさう云ふ「お久」は人形より外にはないかも知れない。彼女は文楽座の二重舞台の、瓦燈口《がとうぐち》の奥の暗い納戸《なんど》にゐるのかも知れない。もしさうならば彼は人形でも満足であらう。

「あゝ、お蔭様でさつぱりしました」

と、要はその声で自分の妄想を振り落すやうに云ひながら、借り物の浴衣を湯上りの肌へ引つ掛けて戻つた。

「きたなうて心悪《こころわる》おしたやろ」

「なあに、丁子風呂もたまには変つてゐていゝですよ」

「けど、お宅のお風呂場みたいに明《あこ》うしたら、あてえ等《ら》よう這入りまへん」

「どうしてゞす」

「あないに何処も彼処も白おしたら晴れがましおしてなあ。………あんさんとこの奥様《おくさん》みたい綺麗《きれ》おしたらよろしおすけど。………」

「へえ、そんなにうちの女房は綺麗かしらん?」

要は眼の前にゐない人に軽い反感と嘲《あざけ》りの心もちを含めて云ひながら、すゝめられるまゝに杯を受けて器用に乾した。

「さ、一つ差上げませう、………」

「さうどすか、そんなら戴きます」

「甘子がなか〳〵結構です。………ところで此の頃は地唄はどうです?」

「あんなもん、しんき臭《くそ》おして*なあ。………」

「此の頃はやつてゐないんですか」

「してることはしてますけど、………奥様は長唄どすやろ」

「さあ、長唄なんかとうに卒業しちまつて、ジヤズ音楽の方かも知れない」

春慶塗《しゆんけいぬり》*の膳の上に来る蛾を追ひながらお久があふいでゐてくれる団扇の風を浴衣に受け

て、要は吸ひ物椀の中に浮いてゐるほのかな早松茸《さまつだけ》*の匂ひを嗅いだ。庭の面は全く暗くなりきつて、雨蛙《あまがえる》の啼くのが前よりも繁く、かしがましく聞える。

「あたしも長唄けいこしてみとおす」

「そんな不《ふ》料簡《りようけん》を起すと、叱られますぜ。お久さんのやうな人には地唄の方がどのくらゐいゝか知れやしません」

「そら、地唄習ふのもよろしおすけど、お師匠はんがやかましおして」

「たしか大阪の、何とか云ふ検校《けんぎよう》さんぢやあなかつたんですか」

「へえ、――それよりも内のお師匠はんの方がなあ、……」

「あはゝゝ」

「かなしまへんどす、講釈*ばつかり多おして、……」

「あはゝゝ、……年を取ると誰しもみんなあゝなるんですよ。さう云へばさつき風呂場にあつたんで思ひ出したんだが、相変らず糠袋を使ふんですね」

「へえ、御自分はシヤボンお使ひやすけど、女は肌が荒れていかんお云やして、使はしとおくなはれしません」

「鶯の糞《ふん》*はどうしてます？」

「使《つこ》てます、一向に色は白うなれしまへんどすけど」

二本目の銚子を半分ほどにして、あとはあつさり茶漬にしてから、食後に枇杷《びわ》を運んで来

たお久は、玄関の方で電話のベルが鳴るのを聞くと、剝《む》きかけた実をギヤマン*の皿の上へ置いて立つたが、

「へえ、………へえ、………よろしおす、そない申しときます。………」

と、電話口でうなづいてゐたのが、直きに戻つて、

「奥様も泊まる云うとおいやすさかい、もうちよつとゆつくりして行く云うてどすえ」

「さうですか、帰ると云つてゐたんだけれど、………泊めていたゞくのは久し振りのやうな気がしますね」

「ほんに、あれから長いことゞすなあ」

しかし要が美佐子と二人で一つ伏戸《ふしど》に寝ると云ふのも随分「長いこと」ではあつた。尤も二三箇月前に弘が東京へ行つてゐた折、何年振りかに二人ぎりで二た晩か三晩を過したことがあるにはあるけれど、その時の経験では、全く合ひ宿の旅客のやうに平気で枕を並べながら、互に何のかゝはりもなく安眠することが出来たほどにも、凡《おおよ》そ夫婦らしい神経が麻痺してしまつてゐるのである。老人が今日はしきりに泊めることを主張したのは、恐らくそれが予定の計画だつたのであらうが、その折角の心づかひを要は多少迷惑には感ずるものゝ、殊更《ことさら》それを避けようとするほど気が重くなりもしない代りには、今更何の足しにならうとも思へなかつた。

「えらく蒸しますね。風がぱつたりなくなつてしまつた。………」

要は消えかゝつた蚊やりの煙の真つすぐに立ちのぼる土庇《どびさし》の外を仰いだ。止んだのは庭の面の風ばかりではない、お久もあふぐのを忘れたやうに、手にある団扇をじつと動かさずにゐるのである。

「うつとしおすなあ、雨どすやろか？」

「さうかも知れない、……さつと一と降り来るといゝんだが、……」

そよともしない青葉の上には、雲ぎれのしたところ〴〵に星のにじんでゐるのが見える。虫が知らせるとでも云ふのか、ちやうど今頃、父親の説諭に反抗してゐる妻の一途《いちず》な言葉のはし〴〵が聞えて来るやうな心地がする。要はその時、妻より一層強気な決意がいつしか自分の胸の奥にも宿つてゐることをはつきり感じた。

「何時でせう」

「八時半頃どす」

「まだそんなもんですか。静かですねえ、此の近辺は」

「早《はよ》おすけど、横におなりやしたらどうどす？　そのうちにお帰りやすやろさかい、………」

「電話の模様ぢやあ話がなか〳〵手間が懸るんぢやないんですかね」

要はひそかに老人よりもお久の意見を聞きたい気がした。

「何ぞ本でも持つて来まひよか」

「有り難う、………お久さんはどんな物を読むんです？」

「なんやかや草双紙*みたいなもん持つておいで、これ読めお云やすけど、そんな古臭いもん読まれしません」

「婦人雑誌はいけないんですか」

「あんなもん読む暇あつたら手習ひせえてお云やす」

「お手本は？」

「柳春帖《りゆうしゆんじよう》*」

「柳春帖？」

「それから池《ち》凍帖《とうじよう》*、――お家流*の本どす」

「成る程。――それでは何か、その草双紙でも拝借しませう」

「名所《めいしよ》図《ず》会《え》*はどうどす？」

「そんなものがいゝかも知れない」

「そしたら彼方《あっち》へおいでやすな、離れの方にもうちやんと支度しとおすえ」

廊下づたひに、お久は先へ立つて行つて、茶の間の水屋《みずや》*の前を通ると、隣りの六畳の間の方の襖を明けた。暗いのでよく分らないが、中には蚊帳が吊つてあるらしく、まだ戸締りのしてない庭からすうツと流れ込む冷めたい空気に萌《もえ》黄《ぎ》の麻の揺られるけはひが察せられる。

「風が出て来たやうやおへんか」

「急にひいやりして来ましたね、もう直き夕立がやつて来ますぜ」

蚊帳の裾がさら〳〵と鳴つたのは、風ではなくてお久が中へ這入つたのだつた。そして手さぐりでスヰツチを捜して、枕もとの行燈《あんどん》の中に仕込んである球をともした。

「もうちよつと明《あか》い球持つて来まひよか」

「なあに、昔の本は字が大きいから、此れでも結構読めるでせう」

「雨戸明けといてもよろしおすやろ、あんまり暑苦しおすさかい、……」

「えゝ、どうぞ。いゝ時分に僕が締めます」

要はお久が出て行つてしまふと兎も角も蚊帳の中に這入つた。広くもあらぬ部屋ではあるし、麻の帳《とばり》で仕切られてゐるので、二つの蓐《しとね》が殆ど擦れ〳〵に敷いてある。自分の家では、夏にはいつも出来るだけ大きな蚊帳を吊つて、出来るだけ離れて寝る習慣があることを思ふと、此の光景は異様に感ぜられなくもない。しよざいなさに彼は煙草に火をつけて腹這ひになりながら、萌黄の帷《まく》の向うにある床の間の軸を判じようとしたけれど、何か南画の山水の横物*らしいとは思へても、行燈が中にあるせゐか外はもや〳〵と翳《かげ》つてゐて、図柄も落款《らつかん》*もよく分らない。掛け軸の前の香盆に染め付けの火入れ*が置いてあるので、始めてそれと気がついたのだが、さつきから微かに香つてゐるのは大方あれに「梅が香」が薫じてあるのであらう。ふと、要は床脇の方の暗い隅にほのじろく浮かんでゐるお久の顔を見たやうに覚えた。が、はつとしたのは一瞬間で、それは老人の淡路土産の、小紋の黒餅《こくもち》*の小袖を着た女形《おやま》の人形が飾つてあつたのである。

涼しい風が吹き込むのと一緒にその時夕立がやつて来た。早くも草葉の上をたゝく大粒の雨の音が聞える。要は首を上げて奥深い庭の木の間を視つめた。いつしか逃げ込んで来た青蛙が一匹、頻《しきり》にゆらぐ蚊帳の中途に飛びついたまゝ光つた腹を行燈の灯に照らされてゐる。

「いよ〳〵降つて来ましたなあ」

襖《ふすま》が明いて、五六冊の和本を抱へた人の、人形ならぬほのじろい顔が萌黄の闇の彼方《あなた》に据《す》わつた。

5

註　解

（アキも一行と数えた）

蓼喰ふ虫

＊10頁9行　**須磨**　現在の神戸市須磨区。神戸市の西方にあり、須磨海岸、須磨海浜公園が有名。『源氏物語』に「須磨」の巻がある。源平合戦の一ノ谷の戦いの場所でもある。

＊10頁12行　**マニキユール**　manucure（仏）、マニキュア。明治時代以降、爪磨きが高級美容室で行われるようになった。また、フランスから伝わったマニキュア術が昭和時代初期に流行りはじめていた。15頁の挿絵では、美佐子と要が出掛ける準備にいそしむ様子が描かれている。現在みられるようなエナメルのネイルラッカーが日本にもたらされたのは戦後のこと。谷崎は連載にあたって、挿絵を担当する小出楢重に次のような希望を告げていた。「此の中の男の歳ハ三十七八歳、女の方ハ二十八九歳に願ひます。しかし必ずしも拘泥されにハ《ママ》及びません　貴下の感じで結構です。」（昭和三年（一九二八）十一月四日付、小出楢重宛書簡）

＊11頁11行　**道頓堀**　大阪市中央区の道頓堀川の南側にある、東は日本橋《にっぽんばし》詰から西は戎橋筋までの約五百メートルの繁華街。道頓堀五座（浪花《なにわ》座・中座・角《かど》座・朝日座・弁天座）があり、歌舞伎や仁輪加《にわか》（軽演劇）、人形浄瑠璃などが興行された芝居町でもあった。

＊12頁3行　**弁天座**　大阪の道頓堀にあった松竹経営の劇場。大正十五年（一九二六）十一月に

御霊《ごりよう》文楽座が焼失したため、翌昭和二年（一九二七）一月から文楽の引越興行を開始した。同年三月一日、谷崎はこの弁天座で佐藤春夫夫妻、芥川龍之介らと『心中天の網島』「河庄」「紙屋内の場」を観劇しており、このときの体験が本作に活かされている。

＊12頁6行　**文楽**　人形浄瑠璃のこと。江戸時代の貞享元年（一六八四）、竹本義太夫が大坂道頓堀に竹本座を建て、浄瑠璃（義太夫）・三味線・人形による三位一体の技芸（三業）である人形浄瑠璃を興行したことが始まり。舞台上手側に張りだした床《ゆか》の上で太夫が浄瑠璃を語り、三味線が演奏される。文化二年（一八〇五）頃、兵庫県淡路島出身の初代植村文楽軒が大坂の高津橋（現大阪市中央区）に人形浄瑠璃の小屋を設けたのに始まり、明治五年（一八七二）一月、四代目大蔵が大坂松島新地（現大阪市西区）で「官許人形浄瑠璃文楽座」の看板を掲げて以降、「文楽座」が正式名称として使われ始めた。以後、人形浄瑠璃を指す名称として「文楽」が定着してゆく。

＊12頁11行　**鹿ケ谷**　京都市左京区の地名。東山の大文字山の山麓の地域。銀閣寺から南に下がる哲学の道の途中に、谷崎が自らの墓所に選んだ法然院がある。

＊12頁11行　**茶人じみた**　茶道に通じた人のこと。変わったことを好む物好きの意もある。「じみた」は好ましくないことに使われる語で、ここでは老人の生活を「物好き」と評している。

＊15頁8行　**文楽座**　大坂松島新地（「文楽」の項参照）にあった文楽座は、明治十七年（一八八四）に御霊神社に移り、「御霊文楽座」として盛えた。明治四十二年（一九〇九）に経営不振となった植村家（「文楽」の項参照）は松竹合名会社に譲り渡した。『法然上人《ほうねんしょうにん》恵月影《めぐみのつきかげ》』、『心中天の網島』（「小春治兵衛」の項参照）の上演を終えた大正十五年（一九二六）十一月二

十八日の翌二十九日、火災により焼失した。翌昭和二年（一九二七）一月から、松竹は道頓堀弁天座で文楽の引越興行を行い（「弁天座」の項参照）、昭和五年（一九三〇）一月には旧近松座（現大阪市西区）を買収して四ツ橋文楽座と改名、近代的な洋風建築で客席数八五〇席はすべて椅子席とした。それまで文楽に対して良い印象を持っていなかった谷崎だったが、大正十五年（一九二六）十一月に焼失する前の御霊文楽座で『法然上人恵月影』を観て、「それが案外面白く、殊に法然上人の人形の首が馬鹿によかつたので、以来人形芝居と云ふものにだん〳〵惹き着けられるやうになつた。さうして今では毎月欠かさず弁天座へ出かけるのである。」（「饒舌録」昭和二年（一九二七）二〜十二月「改造」）と述べている。なお、『法然上人恵月影』は漆間《うるま》徳定《とくじょう》作で、大正十四年（一九二五）一月、御霊文楽座初演。

＊17頁9行　**閨房の語らひ**　閨房は寝室。「語らひ」はここでは男女の契りの意味。

＊17頁10行　**一夜妻**　一夜だけの遊び相手。遊女。

＊17頁14行　**つづれの帯**　縦糸、横糸を掻き込む、爪掻き本綴れ帯のこと。

＊17頁15行　**黒八丈**　黒色で無地の絹織物。

＊17頁15行　**無双の羽織**　裏も表も同じ一枚の布地で仕上げた袷羽織。

＊17頁16行　**刀の下げ緒**　刀の鞘に付いていて、刀を上帯に結び付けるために用いる紐。

＊17頁16行　**平打ちの紐**　平たく編んだ紐。

＊17頁16行　**毛ピン**　ヘア・ピンのこと。

＊17頁16行　**乳**《ち》　羽織の縁につけた、紐を通すための小さな輪。みみ。

＊18頁2行　**甲斐絹**《かいき》　染色した絹練り糸で織った無地や縞のある平絹。羽織裏・夜具・傘地など

に用いる。主に甲斐国（現山梨県）郡内地方で産する。

＊18頁7行　**袘**《ふき》　袷の袖口や裾の裏地を表に折り返して、ふくらませて縁のように表にのぞかせた部分。

＊24頁14行　**牆**《かき》　屋敷などの外側の囲い。垣根。ここでは自分たちのプライベートな部分を指す。

＊25頁15行　**阪急の豊中**　明治四十三年（一九一〇）三月、箕面有馬電気軌道（現阪急電鉄）が梅田〜宝塚間に開通し、大正二年（一九一三）十月に豊中駅が開設され、翌三年（一九一四）八月十日には豊中住宅土地五万坪が売り出された。阪急は「豊中新市街」を、「梅田より六哩《マイル》、電車僅に十六分」、「ベースボールやテニスや清新なる遊戯を試みる青年には最もふさはしい高尚なる新市街」で、「一般住宅も既に七十邸宅の新築を実現したる」とPRしている（大正六年〔一九一七〕八月「山容水態」箕面有馬電気軌道株式会社）。要の家族もこのような環境にいた。谷崎が小出に宛てた書簡（前出）で、「室内装飾を出す必要があれば多少文化住宅式ハイカラの方がいいと思ひ升」と示唆している。

＊25頁15行　**梅田**　大阪市北区にある阪急電車（当時は阪神急行電鉄）宝塚本線・神戸本線・京都本線のターミナル駅。令和元年（二〇一九）十月から大阪梅田駅と改称された。低湿地を埋め立てたことから「埋田」と呼ばれ、やがて「梅田」となった。

＊26頁4行　**白ペンキの天井**　阪急は当時からモダンな電車として知られていた。当時の宝塚線の車両は、1形、81形、３００形かと思われるが現存していない。現在、昭和二年（一九二七）に改造された創業時の1形車両が復元保存されており、その天井が「白ペンキ」であることが確認できる。

＊26頁7行　**縮刷本の水沫《みなわ》集**　明治二十五年（一八九二）七月に、森鷗外の小説「舞姫」や訳詩集「於母影」などを収録した小説・翻訳集『美奈和集』（春陽堂）が刊行された。大正十五年（一九二六）に春陽堂から刊行された縮刷本（三五判）は、現在のほぼ新書判サイズである。

＊26頁17行　**回数券**　豊中から梅田までは普通乗車券で十銭のところ、回数乗車券（二十、四十、六十区分の三種類あり）では八～九銭で行けた。

＊27頁2行　**タキシー**　Taxi（英）。明治四十五年（一九一二）に東京市麴町区有楽町（現東京都千代田区有楽町）のタクシー自働車株式会社が、T型フォードで営業を開始したのが初め。その後タクシーは普及するが、料金トラブルが多かったことから、大正十三年（一九二四）、大阪市内を一円均一で走るタクシーが登場し、円タクと呼ばれた。

＊27頁6行　**押絵**　図案を厚紙で作り、中に綿を含ませた布でくるみ、板などに貼り付けた手芸品で、羽子板などに用いる。

＊27頁11行　**小春治兵衛**　江戸時代中期の浄瑠璃脚本作者、近松門左衛門（一六五三～一七二四、本名は杉森信盛）作の人形浄瑠璃『心中天の網島』（享保五年〔一七二〇〕、大坂竹本座初演）、及び近松半二（一七二五～八三、本名は穂積成章）他の改作『心中紙屋治兵衛』（安永七年〔一七七八〕、竹田万治郎座初演）の主人公。享保五年（一七二〇）に起きた心中事件に取材した世話物。紙屋治兵衛は曽根崎新地の紀伊国屋の遊女小春と深い仲になっていた。北新地の茶屋「河庄」で治兵衛は恋敵の太兵衛に絡まれるが、治兵衛の兄孫右衛門に助けられる。そして兄は、治兵衛と小春に縁を切らせたが、小春を思い切れずにいた治兵衛は、小春が太兵衛に身請けされることを知る。女房のおさんは小春が自害することを懸念し、彼女との義理から太兵

衛に先んじた身請けを治兵衛に勧めるが、折悪しく、おさんの父五左衛門が店に来て、無理やり治兵衛と離縁させ、連れ帰ってしまう。おさんと離別させられ、小春の身請けも叶わなくなった治兵衛は、当初の約束通り、小春と心中することを誓う。多くの橋をめぐり網島の大長寺に辿り着いた二人。治兵衛は小春の喉首を刺し、自らはおさんへ義理立てし、首を吊って果てた。

＊28頁1行　**戎橋**《えびすばし》　大阪市中央区の道頓堀川にかかる橋で、北は心斎橋筋、南は戎橋筋から難波に向かう。弁天座は南東方向にある。29頁の挿絵では、戎橋の手前にタクシー、万⃝のビルは戎橋筋の南にある海魚すきの丸万本家（橋爪節也『モダン道頓堀探検』二〇〇五、創元社）。

＊28頁2行　**芝居茶屋**　桟敷席の予約や食事の世話、さらに観劇後は役者を招いて宴の世話もした。江戸時代から存在したが、大正末期から昭和初期には消滅した。

＊28頁2行　**仲居**　料理屋などで、客の世話をする女性。

＊28頁4行　**土間**　芝居小屋などで、舞台正面のあたりの席。もとは床はなく、土のままであったからそう呼ばれた。枡形に区切った座席ができてからは、平土間とも呼ぶ。

＊28頁11行　**太棹**　人形浄瑠璃の義太夫節の伴奏に用いる、棹が太く胴も大きい三味線。義太夫節の異称でもある。

＊28頁15行　**蔵前**　東京都台東区隅田川西岸の地名。厩橋から蔵前橋あたりをいう。

＊28頁15行　**俥**《くるま》　人力車。人力車は明治三年（一八七〇）に東京で使用が始まり、その後全国に普及し、昭和初期まで利用されていた。

＊28頁15行　**木挽町**　東京都中央区銀座南東部の旧名。ここでは明治二十二年（一八八九）に木

挽町に建てられた、歌舞伎座をさす。

＊28頁16行　**福草履**　藺草《いぐさ》で編んだ、太緒を白紙で巻いた草履。

＊29頁12行　**花道**　文楽では用いないが、歌舞伎も上演していた弁天座には花道があった。

＊30頁2行　**三絃**　祖型は中国の三弦とされ、室町時代に琉球を通して泉州堺に伝来した蛇皮を張ったものを改良した楽器。三味線の別称で、地歌や箏曲では正称である。

＊30頁4行　**円髷**　丸髷。江戸時代からの既婚女性の髪型で、楕円形の平たい髷を付けた日本髪。

＊30頁7行　**蒔絵の提げ重**　蒔絵は漆塗りの上に金銀粉で模様を表す漆工芸のこと。提げ重は手に提げて携行できるようにした組重箱。

＊30頁14行　**十徳**　黒色無紋で、絽や紗などで作られ、羽織の原型とされる。もとは僧服で、江戸時代には絵師・医師・儒者などが外出着に用いた。

＊30頁15行　**石摺り**　紬の布地を軽石でこすって、濃淡の色むらを出した無地染めの技法の一つで、主として男物の羽織などに用いられる。

＊30頁15行　**風通大嶋**　風通は、二色の糸を用い、色の異なる同じ文様を表裏に表す織り方。大嶋（大島）は、織り締めによる細かい絣が特徴の、鹿児島県奄美大島で産する高級な絹織物。大島紬のこと。

＊30頁15行　**黄八丈**　東京都八丈島の特産で、黄色の地に縞・格子柄を表した絹織物。

＊30頁16行　**升のしきり**　劇場や相撲場の見物席で、枡形に仕切りるのに用いた角材。手摺。弁天座は文楽専用の劇場ではなく、大正時代末には歌舞伎・同志劇・近代劇を上演していた。焼けた御霊文楽座の六一三人収容よりも約一〇〇〇人と広く、「太夫の盆や御簾内《みすうち》は設置したが、

天井が高く声は客の頭上、船底《ふなぞこ》はなくその分手摺を上げたので見にく」かった（高木浩志「激動の昭和文楽」『岩波講座　歌舞伎・文楽　第10巻　今日の文楽』一九九七、岩波書店）。挿絵参照（33頁）。

*30頁17行　**抜き衣紋**　後襟を下げて、襟足を出るようにした和服の着付け方。抜き襟。

*31頁14行　**東海道五十三次**　天保四年（一八三三）頃から版行された浮世絵師歌川広重（一七九七～一八五八）の浮世絵木版画の代表作。

*31頁15行　**御殿女中**　江戸時代、宮中・将軍家・大名家などの奥向きに仕える女性。

*31頁15行　**研ぎ出し**　漆の上に金銀粉を蒔いたあと乾燥させて、金銀が見えるように研ぎ出す蒔絵の技法。

*32頁5行　**丁子**　フトモモ科の熱帯常緑高木で、花には芳香があり、つぼみ・葉・実から取れる丁子油は香料・香辛料に用いられる。鬢付け油の原料の一つ。また、漢方薬に用いる生薬の一つで、丁香、クローブともいう。フトモモ科チョウジのつぼみを乾燥したもので、殺菌・強壮・胃腸の消化機能促進などの作用がある。

*32頁5行　**鬢《びん》の毛**　頭の左右側面の髪。鬢の乱れを防ぐのに鬢付け油を用いる。

*32頁7行　**密画**　細密画のこと。

*32頁8行　**沼津**　歌川広重の「沼津　黄昏図」という浮世絵は、「東海道五拾三次之内　沼津」と書かれたあとに「黄昏図」と朱印が捺され、その左に「広重画」とある。

*32頁11行　**茄子歯**　虫歯になって黒くなった歯。みそっぱ。お歯黒をした歯もいう。

*32頁11行　**門歯**　まんなかにある上下四枚の前歯のこと。次にある「犬歯」は上下二枚の鋭い

糸切り歯のこと。

＊32頁12行　**鉄漿《かね》**　鉄を酸化させた液体でお歯黒に用いられた。江戸時代の既婚女性の風習。

＊34頁6行　**猿手の金唐革の煙草入れ**　猿の絵を表面に施した、子牛のなめし革で作った高級な煙草入れ。

＊34頁8行　**琥珀の叺《かます》**　琥珀は京都西陣で織り出した練り絹織物、琥珀織の略。叺は刻み煙草を入れる油紙あるいは革の袋のこと。ここでは入れ口がかぶせになった煙草入れ。

＊34頁9行　**こはぜ**　「こはぜ」は足袋《たび》などで掛け糸に引っ掛けて固定するために、布に縫い付けられた爪型の小さな留め具。金属、角、象牙製などがある。小鉤《こかぎ》。鞐《こはぜ》。

＊34頁12行　**河庄**　『心中天の網島』では、治兵衛と小春が別れることになるところまでの上之巻（「小春治兵衛」参照）にあたり、大坂曽根崎新地の茶屋「河庄」（河内屋庄兵衛）を舞台とすることから、この名で呼ばれる。

＊34頁12行　**微醺《びくん》**　少し酒に酔った状態。ほろ酔い。

＊35頁5行　**ダークの操り**　明治二十七年（一八九四）に来日したイギリス出身のダーク一座が演じる、糸で操る西洋流の人形劇。横浜、浅草、歌舞伎座などで公演して好評だった。「浅草小唄」（昭和三十五年（一九六〇）、伊東深水作詞）にも「浅草の昔なつかし十二階　江川の玉乗り　珍世界　活動写真は電気館　ひょうたん池には亀や鯉　山雀《やまがら》芸当花やしき　ダークのあやつり　やすもと亀八生人形（中略）明治は遠くなりにけり」とある。

＊35頁11行　**人形使ひ**　文楽人形は三人遣いといい、人形の頭《かしら》と右手を遣う「主《おも》遣い」、左手を遣う「左遣い」、足を遣う「足遣い」の三人で一体の人形を遣う。特に、主遣いは顔を出し、

紋付き・袴を着て左手で頭を支えるために（胴体の役割をしている）、見方によっては人形を抱いているようにも映る。他の遣い手は黒衣に頭巾をかぶっていて、顔は見えない。

＊36頁6行　**番附け**　劇場の上演月日・場所・演目・出演者・配役などを書いた興行の番組表。

＊36頁8行　**文五郎**　三代目吉田文五郎。一八六九～一九六二。本名は河村巳之助。女形人形遣いの名人。大正四年（一九一五）、御霊文楽座の立女形となって以降、文楽界の重鎮として活躍した。

＊36頁12行　**ピーターパンの映画**　"Peter Pan"は一九二四年のアメリカ映画。ジェームス・マシュー・バリー（一八六〇～一九三七）の戯曲を、監督ハーバート・ブレノン（一八八〇～一九五八）で映画化したサイレント映画。日本では大正十四年（一九二五）に公開され、キネマ旬報の娯楽映画ベストテンの第三位に選出されている。主演のベティ・ブロンソン（一九〇六～七一）は当時十七歳の無名女優で、バリー自身がピーター役に抜擢し、この成功で、第二のメリー・ピックフォードと宣伝されたこともあったという。大阪松竹座でも大正十五年（一九二六）に上映されている。

＊36頁12行　**フエアリー**　ピーター・パン映画のネバーランドに住む妖精ティンカー・ベルのこと。

＊36頁13行　**肩衣**　主遣いの正装である裃《かみしも》の、小袖の上に着るのが肩衣《かたごろも》で、下に袴を穿く。袴と共ぎぬでつくる。

＊37頁12行　**梅幸**　六代目尾上梅幸。一八七〇～一九三四。屋号音羽屋。本名は寺島栄之助。明治末期から昭和初期にかけて名女形として活躍した。

＊37頁13行　**福助**　五代目中村福助。一九〇〇〜三三。屋号成駒屋。本名は中村慶次。美貌の若女形として将来を嘱望されたが、三十三歳で若死にした。

＊38頁6行　**梅川**　近松門左衛門作の人形浄瑠璃『冥途の飛脚』（宝永八年〔一七一一〕、大坂竹本座初演）の女主人公。大坂の飛脚屋亀屋忠兵衛と新町の遊女梅川を主人公とする世話物。

＊38頁6行　**三勝**　竹本三郎兵衛・豊竹応律・八民平七合作の浄瑠璃『艶姿女舞衣』（安永一年〔一七七二〕、大坂豊竹座初演）の女主人公。元禄八年（一六九五）、大坂千日寺墓所で女芸人三勝と赤根屋半七とが心中した事件を脚色した世話物。

＊38頁6行　**おしゅん**　為川宗輔・奈河《ながわ》七五三《しめ》助《すけ》ら合作の人形浄瑠璃『近頃河原達引《かわらのたてひき》』（天明五年〔一七八五〕に正本が出版、江戸肥前座初演）の女主人公。元禄十六年（一七〇三）に京都で起きたお俊伝兵衛の心中事件に、侍の喧嘩と猿回しの話をからめた世話物。中の巻「堀川猿回しの段」（天明二年〔一七八二〕江戸外記《げき》座初演）が有名で通称「堀川」。

＊39頁16行　**お納戸**　納戸色。藍染めの一種で、鼠色がかった藍色。「御納戸色」ともいい、江戸城内の納戸の垂れ幕やふろしきに用いられた。

＊39頁17行　**やに下つた**　元来、煙草の脂《やに》が吸い口の方へ下がってくるくらい煙管の雁首を高くしてくわえる気取った仕草のこと。転じて、得意気に、気取った様子をいう。

＊40頁5行　**大頭株**《おおあたまかぶ》　集団を代表する頭になるような人物。名人という意味合いもある。

＊40頁8行　**コムパクト**　compact（英）。金属製のケースの中に手鏡、フェイスパウダーやパウダーパフなどが入っている掌サイズの化粧品。一九〇〇年代初期にアメリカ、イギリスで製造されはじめた。美佐子は流行の最先端をいく女性である。挿絵参照（41頁、昭和三年十二月

十九日掲載）。

＊40頁14行　**再築を許可されない……新聞で見ますと**　文楽座火災を報じた大阪毎日新聞（大正十五年〔一九二六〕十一月二十九日夕刊一面）に、「同所に再築は困難」として大阪府建設課長の談話が載っている。大阪府会の劇場取締規則の条件に合わなかったことによる。同紙十二月十一日朝刊は「道頓堀へかり宅興行　当分は弁天座で」と、松竹が弁天座での正月興行実施の決定を報じている。

＊40頁16行　**郷土藝術**　一九〇〇年頃ドイツに始まった、芸術は作者の郷土を反映すべきとする芸術上の主張。日本の芸能にも影響を与えた。

＊41頁17行　**ジャズ・バンド**　Jazz band（英）。ジャズを演奏する楽団。大正十二年（一九二三）三月、日本のジャズの父と呼ばれるバイオリン奏者井田一郎（一八九四～一九七二）が仲間四人で結成した日本初のプロのジャズ・バンド「ラフィング・スターズ」を神戸で旗揚げした。同年八月、道頓堀に開場した松竹座で演奏するなど、関西を中心に活動するが、東京にも進出し、昭和三年（一九二八）四月には浅草電気館で日本初といわれるジャズ・コンサートを開いた。舞台・映画の合間にジャズを演奏し、松竹ジャズ・バンドとして人気を博した。老人と美佐子の議論はこれらの状況を踏まえたものである。

＊42頁1行　**馬鹿囃《ばや》し**　祭囃子の一種で、笛・大太鼓・鉦《かね》などで陽気に囃すが、「おかめ」や「ひょっとこ」の馬鹿面（道化面）を付けて踊る馬鹿踊からそう呼ばれる。

＊42頁3行　**低級な活動小屋のジャズ**　映画館でサイレント映画に合わせて、また上映の合間に演奏されたジャズ。

＊42頁13行　**キッス・プルーフ**　Kissproof（英）。落ちにくい口紅のこと。

＊43頁17行　**懐炉灰**　懐炉（金属などで作った携帯用容器）に火を付けて入れる固形燃料。

＊44頁3行　**錫《すず》の銚子《ちょうし》**　錫で出来た、徳利に似た酒を入れて杯につぐ長い柄のついた器。

＊45頁15行　**松竹**　大正十二年（一九二三）、道頓堀に建築された、日本最初の鉄筋コンクリート造りの洋画の封切館である大阪松竹座をさす。

＊46頁16行　**治兵衛内の場**　『心中天の網島』の中之巻「天満紙屋内の場」。治兵衛の女房おさんは遊女小春に、治兵衛と別れてほしいと手紙を書き、小春を納得させた（「河庄」の場）あとも、小春との心中もはたせず家の炬燵に入って泣いている治兵衛を見て、未練がましいと責め立てる。小春が恋敵太兵衛に身請けされると聞いたおさんは、小春が自害することを懸念し、治兵衛に身請けさせようとするが、おさんの父五左衛門が現れ、おさんを実家に連れ去るところまで。挿絵参照（47頁）。

＊47頁5行　**女房のふところには鬼が栖《す》むか蛇《じゃ》が栖むか**　おさんがここ二年、孤閨の淋しさに耐えてきた恨み（女房の私の懐には鬼か蛇が住んでいるとでもいうのですか）を治兵衛に突きつけるせりふ。

＊47頁9行　**巣林子**　近松門左衛門の号。

＊47頁10行　**半二**　近松半二。江戸時代中期の大坂の浄瑠璃作者。竹田出雲（一六九一～一七五六）の門下。父の親友であった近松門左衛門を尊敬してその名を名乗った。

＊48頁6行　**紅殻塗りの框《かまち》を見せた二重**　紅殻《べんがら》は赤褐色の顔料。框は、切断した床板を隠すために取り付けた化粧横木で、玄関の上がり口を上がり框という。二重は、平舞台の床の上に平台

などを置いて床を高くした二重舞台のこと。

＊48頁6行　**定規《じょうぎ》**　初出紙（「その三の四」昭和三年〔一九二八〕十二月二十三日「大阪毎日新聞」「東京日日新聞」）、初刊本（『蓼喰ふ虫』昭和四年〔一九二九〕十一月、改造社）では「算盤《そろばん》」とある。

＊48頁11行　**小紋**　細かい模様を一面に型染めしたもので、主に女性の和服に用いる。

＊48頁13行　**太兵衛も善六も**　太兵衛は伊丹の金持ち江戸屋太兵衛。治兵衛の恋敵。善六は五貫屋善六。太兵衛の中衆仲間。

＊49頁5行　**要が義太夫を好まないのは、……その語り口の下品なのが厭**　谷崎は「饒舌録」（昭和二年〔一九二七〕二〜十二月「改造」）で、「あの語り方がいかにもキタナラしい」し、「無作法千万」であると述べている。

＊50頁7行　**長唄**　歌舞伎舞踊の伴奏として発達した三味線声曲。江戸長唄。

＊50頁11行　**地唄**　江戸時代、上方で盲人音楽家が作曲、演奏した三味線歌で、江戸唄に対する地元の歌。上方唄。

＊52頁17行　**西鶴**　井原西鶴。一六四二〜九三。本名は平山藤五。江戸時代前期の大坂の俳人・浮世草子作者。好色物、武家物、町人物に優れた作品を残した。

＊53頁3行　**ロス・アンジエルスで拵へるフイルム**　アメリカのカリフォルニア州ロサンゼルス市ハリウッドで製作される映画のこと。谷崎は大正九年（一九二〇）から翌年まで、横浜の大正活映株式会社の顧問として映画製作に携わるなど映画に強い関心を持っていた。

＊53頁4行　**絵**　映画を意味する motion picture の訳。

＊53頁9行　**浄曲**　浄瑠璃の義太夫語りや三味線の曲。

＊53頁12行　**瓦燈口**　人形浄瑠璃・歌舞伎の時代物の、舞台正面にある釣り鐘のような形をした御殿の出入りする場所。『心中天の網島』は世話物なので、室内正面奥の、暖簾のかかっている「暖簾口」とすべきところ。

＊53頁12行　**世話格子**　人形浄瑠璃・歌舞伎の世話物の、舞台下手にある出入り口の格子戸。

＊53頁14行　**内陣**　寺院の本堂にある本尊を安置しておく場所。

＊53頁14行　**円光**　仏・菩薩の頭の後方から放たれる光の輪。後光。光背。

＊54頁5行　**幕の内**　幕の内弁当。芝居の幕間に食べた握り飯とおかずを詰めた弁当。

＊54頁7行　**戴き立ち**　ご馳走になったその席をすぐに立って帰ること。

＊54頁13行　**口上**　芝居の前に、上演題目や出演者を紹介すること。

＊55頁3行　**日本橋**《にっぽんばし》　大阪市中央区と浪速区にある地域。または道頓堀川に架かる橋。弁天座からは東方面にある。戎橋はその反対方向。

＊55頁13行　**梅田から汽車**　「此処」（道頓堀）から車で梅田にある東海道・山陽本線の大阪駅へ行き、そこから須磨駅まで行く方法。大阪駅から須磨駅までが電化されるのは昭和九年（一九三四）七月。

＊55頁15行　**阪急で行って上筒井から自動車**　「此処」（道頓堀）から車で梅田にある阪急電車神戸本線（大正九年〔一九二〇〕七月開業）の梅田駅へ行き、阪急の上筒井駅（当時の神戸側の終点）で降りて、そこから須磨まで車で行く方法。

＊56頁2行　**心斎橋筋**　大阪市中央区にあり、船場・島之内を南北に縦断する通り。心斎橋筋商

店街は多くの商店が集まり繁栄していた。「東の銀座、西の心斎橋」といわれ、「銀ブラ」にならい「心ブラ」という言葉も生まれた。

＊56頁6行　**ニユウ・フオード**　New Ford。アメリカのフォード社は昭和三年（一九二八）十二月に従来のT型フォードの生産を中止し、新型車としてA型フォードを導入した。谷崎はこの変化をいち早く小説に反映させている。挿絵参照（55頁）。

＊56頁14行　**広東《カントン》犬**　主に広東省で飼育されていた中型の番犬。

＊56頁15行　**上海**　東シナ海に面する長江河口南岸に位置し、北東部は江蘇省に、西南部は浙江省と接する。中国の金融・商工業・交通の中心地で、世界都市である。大正時代、西洋建築の立ち並ぶモダン都市上海は憧れの的となり、多くの文化人が訪れ、谷崎も大正七年（一九一八）と十五年（一九二六）の二回、訪れている。

＊56頁15行　**広東**　中国大陸の南に位置し、南シナ海に面しており、省の南には香港・マカオがある。広東の中心地広州は「食在広州」（食は広州にあり）といわれる。日本でも横浜中華街や神戸南京町は広東系の料理店が多い。

＊56頁16行　**グレイハウンド**　Greyhound（英）。ウサギなどの小動物を狩る狩猟犬の品種。俊足でスタイルが美しい犬種で人気があった。挿絵参照（87頁）。

＊57頁1行　**パテエ・ベビイ**　Pathé-Baby。大正十一年（一九二二）に仏パテ社 Pathé のつくった九・五ミリフィルムによる家庭向けの撮影機、映写機。

＊57頁2行　**アラビアン・ナイト**　Arabian Nights。『千夜一夜物語』。シェヘラザードというヒロインが千一夜にわたって物語を語り続ける形式の説話集。当時のアラビアン・ナイトの翻訳

事情に関しては、芥川龍之介が書いた「リチャード・バアトン訳『一千一夜物語』に就いて」（大正十三年〔一九二四〕五～八月「書物往来」）が詳しい。それによると、一七〇四年に初めて欧州言語に訳したガラン版（仏訳）は少年読物の水準を超えていないし、レーン版（英訳）は日本で最も広く流布しているものの、お上品すぎて飽き足らない。他にも数種あるが、その中でほぼ完訳で最も優れているとするバートン版（英訳）について詳述している。

＊57頁3行　**ケリー・ウオルシユ**　Kelly & Walsh。上海南京路にあった書店。

＊57頁5行　**緞《どん》子《す》**　縦横違う色の練り糸を用いて、文様を織り出した光沢に富んだ厚地の高級絹織物。

＊57頁5行　**呉絽《ごろう》**　江戸時代、オランダから輸入されたラクダや山羊の毛などの獣毛で織った梳毛織物。「呉絽服連」、「服綸《ふくりん》」などと呼ばれ、江戸ではゴロ、上方ではフクリンといった。

＊57頁10行　**上海丸**　日本郵船の「日支連絡船」（上海航路）として、大正十二年（一九二三）三月に、長崎～上海間に就航。翌年五月、日本側の起点が神戸に変更された。

＊58頁2行　**ホームスパン**　homespun（英）。手紡ぎ・手織り風の毛織物。

＊58頁3行　**フランネルのパンツ**　flannel（英）。紡毛糸で織った柔らかい起毛の毛織物。ネル。シャツやパジャマに用いられる。パンツ pants（米）はズボンのこと。

＊58頁8行　**紹興酒**　紹興の湧き水と糯米で造られる中国の醸造酒。三年以上熟成させたのを黄酒《ホアンチユウ》、またそれを長期熟成させたのを老酒《ラオチユウ》と呼ぶ。

＊59頁3行　**リンデイー**　昭和三十年（一九五五）十一月「文藝」増刊号に載せた随筆「リンデイー」で谷崎は、このグレイハウンドには「そのま、のモデル」があり、「私がその頃飼つて

ゐたナカと云ふ犬で、この絵の通りの姿をしてゐた」と述べている。「この絵」とは87頁の挿絵のこと。

＊59頁3行　**リンドバーク**　Charles Augustus Lindbergh。一九〇二～七四。アメリカの飛行家。昭和二年（一九二七）五月二十日から翌日にかけて、ニューヨークからパリの間を三十三時間半で飛び、初めて大西洋単独無着陸飛行を成功させ、世界的な名声を得た。犬の名前リンディーはリンドバークの愛称。

＊64頁6行　**ディステムパア**　distemper（英）。ジステンパー。ジステンパー・ウイルスによる犬や猫など食肉目の感染症で、主に子犬に感染する。予防にはワクチンが有効である。犬ジステンパーは十八世紀に南アメリカからヨーロッパ全土に広がった。夏目漱石は『硝子戸の中』（大正四年〔一九一五〕一～二月「朝日新聞」）で、もらった犬が「大抵罹るヂステンパーという病気の為に一時入院した」が、「少量の牛乳を呑ん」で治った体験を記している。

＊64頁17行　**標準語**　明治中期から東京山の手の教養層が使用する言葉（山の手言葉）を基に整備されたもの。国語学者上田万年が『国語のため』（明治二十八年〔一八九五〕、冨山房）で、「標準語とは、英語の『スタンダード、ラングエージ』のことで、「全国内到る処、凡ての場所に通じて大抵の人々に理解せらるべき効力を有するもの（中略）一国内に模範として用ゐらるゝ言語」として推奨したのが始まり。大正時代にはほぼ定着していた。

＊65頁8行　**三ツ輪**　神戸市三宮にあったすき焼き店。

＊77頁16行　**地方長官**　明治憲法下における府県知事など地方行政官庁の長。

＊79頁13行　**娼婦型**　オーストリアの哲学者オットー・ヴァニンガー Otto Weininger（一八八

○〜一九〇三）が『性と性格』（一九〇三）で、女性は娼婦型と母婦型に分類されると説いた。谷崎は一高時代に、学友の杉田直樹が書いた「生理学上より見たるオットウ・ワイニンゲル」（一九一〇年（明治四十三）十月「新思潮」）からすでに学んでいた。森鷗外（『青年』）ほか近代の小説家に広く影響を与えた説。

＊79頁16行　**花柳界**　芸娼妓の世界。遊里。

＊80頁17行　**女性崇拝者**《フエミニスト》　feminist（英）。本来は、女性解放思想に基づく社会運動であるフェミニズム feminism を指向する女性解放論者、女権拡張論者をいうが、俗に女性を大切に扱う優しい男性という意味でも使われる。

＊85頁5行　**丸平**　京都市中京区四条通にある江戸時代からの京雛の老舗。丸平大木人形店。

＊85頁8行　**一と月おくれの四月の三日を節句**　京都は旧暦にならい、一月遅れて節句を祝う。お盆の五山の送り火も八月十六日に行われている。

＊86頁12行　**古伊万里**　江戸時代、肥前（佐賀・長崎県）で焼かれた磁器である有田焼などの総称。有田焼の輸出の積出港が伊万里港であったことから、こう呼ばれた。

＊88頁10行　**肘掛窓**　和室の、床に座って肘が掛けられる高さに設けた窓。床から一尺（約三十センチ）の高さ。

＊90頁14行　**メリヤスのパッチ**　メリヤスは綿糸・毛糸などを伸縮するように編み、表と裏と編み目が異なる織物。パッチは踵まである長い股引のこと。

＊92頁5行　**北四川路から江湾《キャンワン》の方**　江湾鎮競馬場のあった場所で、日本人の多く住んでいた地域。

＊95頁11行　**カラーだつたら十四半**　collar（英）は犬の首輪やシャツの襟のこと。一インチは約二・五四センチだから、約三十七センチの太さ。

＊97頁11行　**三越**　東京都中央区日本橋の百貨店三越本店の正面には、大正三年（一九一四）の開業時から青銅製の二匹のライオン像が設置されている。

＊98頁17行　**帝国ホテル**　東京都千代田区内幸町にある、明治二十三年（一八九〇）十一月に開業した日本を代表する高級ホテル。

＊101頁16行　**二百ドル**　当時の一ドルは約二円。当時の物価は、たとえば公務員の初任給七十五円（大正十五年）、白米十キロ三円二十銭（同）、タクシー（一キロ）五十銭（大正十四年）、総合雑誌（「中央公論」）八十銭（大正十一年）であった（『値段史年表　明治・大正・昭和』一九八八、朝日新聞社）。

＊102頁7行　**オブシーン・ブック**　obscene book（英）。猥褻な本。

＊106頁17行　**老九章**　中国の天津市の日本租界にあった絹とサテンを売る店で、現在この建物は歴史的建造物になっている。

＊110頁2行　**宝塚**　兵庫県南東部に位置する温泉場であったが、明治四十三年（一九一〇）三月に、小林一三が大阪・宝塚間に電車（箕面有馬電気軌道）を開通させ、宝塚少女歌劇・宝塚ルナパーク・新温泉・宝塚ホテルを作り、行楽地となった。谷崎は京都滞在中の明治四十五年（一九一二）五月二十五日に、文楽座で『忠臣蔵』を聴いたあと、池田（現大阪府池田市）在住の岩野泡鳴に会い、ともに「電車で宝塚へ行つて、みよし野と云ふ旅館」に泊まっている（岩野泡鳴『池田日記』）。また、宝塚少女歌劇について、「レヴユウの変り目毎に見に行く程の

ファンになつてしまつた」（「私の見た大阪及び大阪人」昭和七年（一九三二）二～四月「中央公論」）と述べている。

＊113頁2行　**フレーム**　frame（英）。温床。

＊116頁3行　**ユーハイム**　Juchheim。バウムクーヘンで有名な洋菓子店。一九〇九年、中国の青島《チンタオ》（当時ドイツの租借地）で創業したカール・ユーハイム（一八八六～一九四五）は、大正八年（一九一九）に第一次世界大戦の捕虜として日本（広島）に送られ、日本で初めてバウムクーヘンを焼いた。その後、大正十一年（一九二二）に横浜でユーハイム一号店を開店したが、翌年の関東大震災を機に神戸市中央区三宮に移った。『細雪』下巻（昭和二十二年（一九四七）三月～二十三年十月「婦人公論」）にも、「帰りは元町から三宮町まで散歩してユーハイムで一休み」とある。

＊117頁7行　**良妻賢母**　よき妻であり賢い母であることが婦人の理想とされて、教育の目標ともなった。明治初期から用いられはじめ、第二次世界大戦直後まで日本の女子教育の基本理念であった。

＊118頁2行　**神戸の独逸人の店**　先のユーハイムと同様、青島で捕虜となり、日本でソーセージ製造に携わったドイツ人がいた。フリードリヒ・ヘルマン・ウォルシュケ Friedrich Hermann Wolschke（一八九三～一九六三）とカール・ブッチングハウス（ビュッティングハウス）Karl Buttinghaus（一八九二～一九四四）である。二人の店名が『神戸市商工名鑑』（昭和五年（一九三〇）三月、神戸市）職業別飲食部（ハム・ソーセージ製造）に「ウオルスキー商店」（北長狭通1丁目176番）、『神戸市商工名鑑』（昭和十六年（一九四一）三月、神戸市）職業別飲食

部（ハム・ソーセージ製造）に「ブッチングハウス」（北長狭通1丁目176番）と記されている。

＊124頁11行　**菊版**　菊判。縦約二十二センチ、横約十五センチの書籍の大きさをいう。

＊124頁12行　**ユーナン王とドゥバン聖者の話**　『アラビアン・ナイト』（Richard F. Burton “The Book of the Thousand Nights and a Night” Benares, 1885. 以下、同）の目次にある第四夜のタイトル “Tale of the Wazir and the Sage Duban (Story of King Yoonan and the Sage Dooban)” の訳。

＊124頁13行　**三つの林檎の話**　同第二十夜のタイトル “Tale of the Three Apples” の訳。

＊124頁13行　**ナザレの仲買人の話**　同第二十五夜のタイトル “The Nazarene Broker's Story” の訳。

＊124頁13行　**黒き島に住む若き王の話**　同第七夜のタイトル “The Story of the Young King of the Black Islands” の訳。

＊124頁16行　**リチャード・バアトン**　Sir Richard Francis Burton。一八二一～九〇。イギリスの探検家・翻訳家・軍人・外交官。一八八五～八八年に『アラビアン・ナイト』を英語で翻訳し出版した。性風俗や詳細な訳注もそのまま訳した完訳版。一〇〇〇部の限定出版であったため、高価で入手困難な珍書となった。谷崎はバートン版の入手を依頼した友人土屋計左右《けいそう》に、「あの本は実は淫本です」（大正十五年（一九二六）四月十五日、土屋計左右宛書簡）と述べ、約一ヶ月後に入手した（大正十五年（一九二六）五月二十三日、土屋計左右宛書簡）。谷崎はバートン版の大宅壮一訳『千夜一夜　完訳アラビアンナイト』全十二巻（昭和四年（一九二九）十二月～五年十二月、中央公論社）が刊行される際に書いた内容見本「世界最大の文学的宝庫」（昭和五年一月）で、「バアトン訳は予の愛読書の一つであつて、断じて幼稚なる童話でもなければ低級なる婬本でもない。（中略）現下緊縮の声に怯えて萎靡しつつある日本人よ、此

の書に依つて将来有らゆる方面に発展すべき大創造力、大飛躍心を養ふがいい」と述べている。

＊125頁6行　**大きく空洞になつている臍は……と思はれてゐる**　同第九夜“The Porter and the Three Ladies of Baghdad”（バグダッドの軽子と三人の女）の脚注。“A large hollow navel is looked upon not only as a beauty, but in children it is held a promise of good growth.”の訳。（前出）

＊125頁11行　**二枚の門歯……愛情であろう**　同第十六夜“The Porter and the Three Ladies of Baghdad”（バグダッドの軽子と三人の女）の脚注。“A slight parting between the two front incisors, the upper only, is considered a beauty by Arabs; why it is hard to say except for the racial love of variety.”の訳。（前出）

＊125頁16行　**フイガロ**　Figaro。フランスの劇作家ボーマルシェ Beaumarchais（一七三二～九九）作『セビリアの理髪師』の伯爵の元従僕で、今は理髪師になった男。

＊126頁1行　**王様お抱への……と云ふ話がある**　同第三十四夜“The Hunchback's Tale”（せむし男の物語）への脚注。“The King's barber is usually a man of rank for the best of reasons that he holds his Sovereign's life between his fingers. One of these noble Figaros in India married an English lady who was, they say, unpleasantly surprised to find out what were her husband's official duties.”の訳。（前出）

＊126頁4行　**クリミア戦争**　ロシアとオスマン帝国の対立から一八五三年に開戦。後者にイギリス・フランスなどが加担し、黒海北部に位置するクリミア半島が主戦場となった。五六年に講和が成立。現在クリミア半島は法律上はウクライナの所属であるが、二〇一四年以来、ロシア

による実効支配が続いている。

＊126頁8行　**ワラキア人か、アルメニア人**　ワラキアはルーマニア南部の地域で、かつてワラキア公国があった。アルメニアは西アジアのアルメニア高原に位置し、西はトルコ、北はジョージア、東はアゼルバイジャンと接する。

＊126頁8行　**東方の回教国では……猶太人である**　同第十八夜"The Porter and the Three Ladies of Baghdad"（バグダッドの軽子と三人の女）への脚注。"In the Moslem East a young woman, single or married, is not allowed to appear alone in the streets; and the police has a right to arrest delinquents. As a preventive of intrigues the precaution is excellent. During the Crimean war hundreds of officers, English, French, and Italian, became familiar with Constantinople; and not a few flattered themselves on their success with Turkish women. I do not believe that a single *bonâ fide* case occurred; the "conquests" were all Greeks, Wallachians, Armenians or Jewesses."の訳。（前出）

＊126頁9行　**レーン**　Edward William Lane。一八〇一～七六。ブーラーク版をもとにしたレーン版アラビアンナイト（英語版）の翻訳は、一八三八～四一年にかけて出版された。ただし、家庭や児童向けに配慮したことから、性的に奔放な箇所などは削除されていて、完訳版ではない。日本では、児童向けにアラビアンナイトを訳す際には、レーン版が底本とされることが多い。森田草平（一八八一～一九四九）はレーン版を翻訳し、大正十四年（一九二五）九月に『千一夜物語』（国民文庫刊行会）として刊行している。その際、上海漫遊時にバートン版を入手した芥川龍之介（前出）の協力を得ている。

＊126頁10行　**此のところは此の美しく……一往当然なことである**　同第十夜“The Porter and the Three Ladies of Baghdad”（バグダッドの軽子と三人の女）の脚注。“Lane (i.124) is scandalized and naturally enough by this scene, which is the only blot in an admirable tale admirably told.”の訳（前出）であるが、“Lane……scene”は「レインはこの場面に、しごくもっともながら憤慨している」（大場正史訳『バートン版千夜一夜物語Ⅰ』二〇〇三、ちくま文庫）と訳すべきところである。

＊126頁13行　**シェークスピア**　William Shakespeare。一五六四～一六一六。イギリスの劇作家・詩人。四大悲劇『ハムレット』『オセロ』『リア王』『マクベス』が有名。

＊126頁14行　**ヘンリー五世**　King Henry the Fifth。イギリス王ヘンリー五世のフランスとの戦いを描いたシェークスピアの史劇。

＊126頁15行　**しかし此処でもその猥雑さは、……暗誦されたりするものではないのである**　同第十夜“The Porter and the Three Ladies of Baghdad（バグダッドの軽子と三人の女）”の脚注。“Yet even here the grossness is but little more pronounced than what we find in our old drama (*e.g.*,Shakspeare's King Henry V.) written for the stage, whereas tales like The Nights are not read or recited before both sexes.”の訳。（前出）

＊126頁16行　**バグダッドの三人の貴婦人と門番の話**　同第九夜の目次“The Porter and the Three Ladies of Baghdad”（バグダッドの軽子と三人の女）の訳であるが、“Porter”は「門番」ではなく「荷物運搬人（軽子）」とすべきところ。

＊136頁9行　**支那水仙**　中国から伝わった水仙。正岡子規（一八六七～一九〇二）『仰臥漫録』

（大正七年（一九一八））に「軸の前支那水仙の鉢もなし」とある。

＊136頁9行　**電気ストーヴ**　明治末期に輸入され、大正三年（一九一四）には京都電灯株式会社が国産の電気ストーブを製造発売したが、まだまだ贅沢品であった。一般的には石炭ストーブが普及していた。挿絵参照（141頁）。

＊142頁8行　**姦通**　既婚者が配偶者以外の異性と肉体関係をもつこと。不義。密通。日本には、夫のある女性が夫以外の男性と性的関係を結んだとき、その女性と相手の男性とに成立する姦通罪（刑法第一八三条）が昭和二十二年（一九四七）まで存在した。谷崎の身近では、友人北原白秋が明治四十五年（一九一二）に姦通罪で告訴され市ヶ谷の未決監に拘留されたが、示談が成立して保釈されるという事件があった。

＊144頁4行　**淀川**　琵琶湖に発し、京都盆地・大阪平野を流れ、大阪湾に注ぐ川。

＊144頁5行　**三下り**　三味線の調弦名称。本調子の三の糸を長二度下げた代表的な調弦。粋や艶を表わし、長唄や小唄に用いられる。

＊144頁5行　**あやぎぬ**　三下りの地唄。京にいる思い人に会うために淀川を舟で上ろうとしたが、風で舟が出ず八軒家で一夜を明かしたことを唄う。歌詞で「陸地」は「くがじ」と読む。「寒山寺」のあとには「尽きぬ話の　種となりけり」と歌詞が続く。

＊144頁6行　**江戸の端唄**　江戸時代後期から幕末にかけて江戸市中で、武士や庶民に身近な芸能として流行した三味線伴奏の小曲。細棹三味線を伴奏に歌い、一曲の長さが短く、リズム・拍子が規則的なことが特徴。明治時代以降は、宴席の座興として、またレコードやラジオを通して広まった。上方の「端歌」（上方端歌）と区別するために、「江戸端唄」ともいう。

＊144頁8行　**合ひの手**　唄と唄の間に楽器で奏される部分。ここでは地唄の三弦（三味線）の演奏をいう。

＊144頁11行　**八軒家**　現在の大阪市中央区天満橋京町・北浜東、天満橋橋詰にあった淀川通いの船着き場。江戸時代、船宿などが八軒並んでいたことから八軒家浜と呼ばれた。京（伏見）・大坂を結ぶ淀川舟運の要衝である。

＊144頁12行　**網嶋**　大阪市都島区網島町。淀川沿いで、通船・釣舟・網舟が往来し、景色も良く、富家の別宅、雅人の閑居などもあった。漁家が軒端に網を干すことから、網島と呼ばれた。『心中天の網島』の「網島」。

＊144頁12行　**寒山寺**　大阪市北区兎我野町にあった釈迦如来を本尊とする寺院。近松門左衛門作の人形浄瑠璃『曽根崎心中』（元禄十六年〔一七〇三〕大坂竹本座初演）の中でお初徳兵衛が聴いた鐘は寒山寺にあった。

＊144頁14行　**淡の輪**　紀淡海峡をはさんで淡路島の対岸。大阪府泉南郡岬町淡輪にある港町。

＊145頁3行　**浅黄色**　浅葱色とも書き、薄い葱の葉の色。

＊145頁10行　**常陸《ひたち》の国**　旧国名で、現在の茨城県の南西部を除いた地域にあたる。常州。

＊145頁10行　**平潟**　茨城県北茨城市平潟町。漁港。

＊146頁6行　**淡路の三十三箇所**　「淡路島西国三十三ヶ所霊場」は、室町時代末期に始まるという。観音菩薩が三十三の姿にかえて救済を行うという信仰にもとづき、三十三ヶ所の観音霊場をめぐる。第一番先山《せんざん》千光寺（高野山真言宗、洲本市上内膳）から第三十三番開鏡《かいきょう》山観音寺（高野山真言宗、淡路市岩屋開鏡）。

＊146頁6行　**順礼**　日常の生活空間を離れて、宗教の聖地などを詣でて、聖なるものにより接近しようとすること。巡礼。

＊146頁8行　**洲本**　淡路島の中央部にあり、紀淡海峡をはさんで、対岸は和歌山市。谷崎は取材のために、洲本市海岸通りの旅館なべ藤《とう》に投宿した。

＊146頁9行　**淡路浄瑠璃**　阿波徳島から淡路島にかけて伝わっている人形浄瑠璃で、特に阿波徳島藩主蜂須賀氏が愛好し保護したことが繁栄のもととなった。「淡路の人形の最全盛期享保元文の頃は四十余座を数へた」が、現在（昭和三年〔一九二八〕）は、淡路人形芝居の始祖上村源之丞一座は「阿波の徳島へ転住してしまつて、後には鮎原西村に小林六太夫、外に市村六之丞、志筑町に淡路源之丞とこの三座が残つてゐるだけである」（三宅周太郎『文楽の研究』昭和五年〔一九三〇〕、春陽堂）。大阪は世話物が上手く、淡路は時代物が良いといわれる。淡路で世話物を語るときは、大阪の「文楽座から二流三流所の太夫を迎へる。それを『追ひだき』と呼んで、淡路の一座の語り物をすませた後に大切な売り物としてつけ」たという（三宅、同）。最大の特徴は人形にある。「人形は文楽のそれよりすべて原始的である。淡路の方の頭を見ると、文楽の頭は流石に繊細に出来てゐるのを痛感する。従つて淡路の頭は大きい」。「文楽より三割か四割大き」く、「丈高く人間の身体と同じ位ある」（三宅、同）。また、『鹿児島戦争記』、『日清戦争記』、『日露戦争記』など明治以降の際物の創作上演も淡路特有の一つ。

＊146頁9行　**順礼のいでたち**　一般に、笈摺《おいずり》（着物の上に着る薄衣）を背負い、菅笠を戴き、脚絆、甲掛《こうがけ》（手足の甲にあてる布）をつけて、草鞋を履く。

＊146頁13行　**伊賀越**　近松半二・近松加作作の人形浄瑠璃『伊賀越道中双六』（天明三年〔一七

八三）大坂竹本座初演）の通称。第八「岡崎の段」で、生まれたばかりの子とともに巡礼姿で旅をするお谷が登場する。

＊146頁14行　**御詠歌**　仏の教えを五七五七七の和歌にして、曲にのせて順礼が唱える歌。

＊147頁7行　**藍微塵**　藍染糸二本ずつに濃淡の藍を用いた格子縞。

＊148頁13行　**伽**　話し相手をしてつれづれを慰めること。寝室での相手をすること。

＊149頁5行　**或る盲人の検校**　検校はここでは盲人の地唄箏曲の師匠の意。これにはモデルがあり、昭和三年（一九二八）三月頃から、箏曲家菊原琴治（一八七八〜一九四四）と娘の菊原初子（一八九九〜二〇〇一）は岡本梅ノ谷（現神戸市東灘区岡本）の谷崎邸に三味線の出稽古に訪れていた。

＊149頁7行　**彦根屏風**　江戸時代初期に描かれた風俗画。作者不明。六曲一隻。近世初期の京都六条柳町の遊里が描かれており、三味線を弾く男女の姿も描かれている。昭和三十年（一九五五）、国宝（名称「紙本金地著色風俗図」）に指定。

＊149頁15行　**ゆき**　流石庵《りゅうせきあん》羽積《はずみ》作詞、峰崎勾当作曲の地唄「雪」。出家した芸妓が雪の降る夜の一人寝に、昔の恋人を忘れかねている心情が唄われている。谷崎は随筆「雪」（昭和二十三年（一九四八）十月「新潮」）で、「雪」をはじめ、上方の地唄への思いを詳細に語っている。殊に「残月」を好み、「自分が死んだ時は、霊前に於いて他の如何なる供養をして貰ふよりも、すぐれた演奏家に頼んで此の曲を弾いて貰ひたい」（「雪」）と述べていた。

＊150頁1行　**くろかみ**　作詞者不詳、初世湖出市十郎作曲の地唄「黒髪」。独り寝の女心のやるせなさを詠んだもの。「黒髪」は地唄の入門曲といわれている。

＊150頁3行　**西陣**　京都市上京区から北区にわたる、高級絹織物西陣織の織物産業が集中する地域。町並みは京都の町家特有の、間口が狭く奥行きの長い、うなぎの寝床式で、両隣が小さな通りに面して向かい合って並んでいる。

＊150頁7行　**忍び返し**　忍んで来る者を追い返すために、塀の上に先端の尖った竹や木、釘などを打ち付けて、人が乗り越えられないようにしたもの。

＊150頁17行　**蚊柱**　蚊などの昆虫が柱状に群集する現象。夏の夕方や朝方に水辺に見られ、夏の季語でもある。

＊152頁1行　**いなせ**　鯔背《いなせ》。江戸時代末期に日本橋魚河岸で流行した髪型「鯔背銀杏」に由来するいわれ、粋で威勢のよい若者の気っ風を「鯔背」と言うようになった。

＊152頁3行　**日本橋**　東京都中央区の地名で、東京下町を代表する地域。谷崎の生誕地は東京市日本橋区蠣殻町（現中央区日本橋人形町）で、幼少時代の多くを日本橋区内で過ごした。

＊152頁9行　**祇園の茶屋**　祇園は京都市東山区の八坂神社（祇園社）の南に位置する花街。茶屋は上方の遊里で、客が芸妓や遊女と遊ぶ場所。ここでの「老妓」の記述には、「朱雀日記」（明治四十五年〔一九一二〕四～五月「東京日日新聞」「大阪毎日新聞」）の「祇園」での体験（「老妓」が「錆」を含んだ喉で聞かせた「京の地謡」、「渋味」のある「ぽつん、ぽつんと鳴る三絃の音」）が活かされている。

＊153頁6行　**宇治川**　琵琶湖に発し、宇治を流れ、木津川・桂川と合流して淀川となる。

＊153頁16行　**一中節**　江戸時代初期、京都で初代都一中《みやこいっちゅう》（一六五〇～一七二四？）が創始した浄瑠璃の一流派。江戸時代末期には江戸にも伝わり愛好された。

＊154頁11行　**今は野沢の一つ水……広い世界に住みながら**　地唄「由縁《ゆかり》の月」（鶴山勾当作曲）の一節。引用されている「心の主」を「心の中」とする歌詞もある。

＊158頁5行　**淡路源之丞**　「明治二十六年ごろ、座元の片山卯三郎（芸名吉田卯三郎）が、上野源左衛門座を志筑源之丞座と改称。二十九年、さらに淡路源之丞座と名を変えた」（新見貫次『淡路人形芝居』昭和五十一年（一九七六）十一月、神戸新聞出版センター）。昭和四年（一九二九）五月十九日、淡路島で淡路源之丞（本名は片山政雄）に会った三宅周太郎は、「源之丞は『先達貴方のやうにして、大阪から谷崎潤一郎さんが見えました。』といってゐた」と記している（「淡路島『人魚』行脚」『続文楽の研究』昭和十六年（一九四一）、創元社）。谷崎は淡路を訪れ「淡路之人形村へ参りそれより奈良に行つて昨夜帰宅しました」と、昭和二年（一九二七）六月十六日付の濱本浩宛書簡で書いている。またこれに先立つ大正十五年（一九二六）八月にも淡路島を訪れている。

＊158頁9行　**生写朝がほ日記**　浄瑠璃『生写朝顔日記』（天保三年（一八三二）大坂稲荷境内芝居初演）。宮城阿曽次郎は宇治川へ蛍狩りに出かけて、秋月家の娘深雪と出会う。二人は恋仲となるが、阿曽次郎は伯父駒沢了庵の命により、廓遊びの主君に諫言するため、大磯へ出向かねばならなくなる。深雪は「駒沢次郎左衛門」との縁談を迫られるが、深雪は阿曽次郎が改名していることを知るよしもなく、縁談を拒み出奔し、泣き腫らしたあまり盲目になり、流浪する。あるとき、島田の宿屋にて二人は再会する。朝顔の歌から盲目の女が深雪であると阿曽次郎は悟るが、周囲の眼から名乗り出ることが出来ず、そのまま去ってしまう。その事実を知った深雪は大井川まで阿曽次郎のあとを追うが、川が増水して渡ることが出来ない。観念した深

雪は自害を図るが助けられ、二人は結ばれ、深雪の眼も治るのであった。淡路では上演の際、幕・人形の衣装・太夫と三味線弾きの衣装まで朝顔の模様を使う（前出、新見貫次『淡路人形芝居』）。

＊159頁1行　**太功記**　近松柳・近松湖水軒・近松千葉軒《せんようけん》の合作の人形浄瑠璃『絵本太功記』（寛政十一年（一七九九）大坂豊竹座初演）の略称。十段目「尼ヶ崎閑居の段」は淡路でよく演じられる。

＊159頁1行　**追抱**　おいだき。座付きの太夫ではなく、「大阪の文楽から特に客分として来て貰つて、中幕又は切狂言として語らせる」太夫のこと（前出、三宅周太郎『続文楽の研究』）。

＊159頁2行　**お俊伝兵衛**　「おしゅん」の項参照。

＊159頁4行　**吃又平**　近松門左衛門作の浄瑠璃『傾城反魂香』（宝永五年（一七〇八）大坂竹本座初演）の上巻の切「将監閑居」の場の通称。または絵師又平が吃音であったことから付けられた通称。吃又。

＊159頁5行　**豊竹呂太夫**　二代目豊竹呂太夫。一八五七〜一九三〇。本名は堀卯兵衛。義太夫節の太夫。明治八年（一八七五）に初代豊竹古靱《こうつぼ》太夫に入門。幼名は豊竹十九太夫。明治四十年（一九〇七）に二代目呂太夫を襲名。「ビラ」によると、「吃又平」を演じるために「大阪文楽」からゲスト出演（追抱）していることになる。

＊159頁13行　**伊達巻**　和服で着くずれを防ぐために帯の下に締める幅の狭い紐。

＊160頁16行　**北野神社**　京都市上京区にある北野天満宮の旧称。天暦元年（九四七）に創建された菅原道真公を主祭神とする天神信仰の中心地。毎月二十五日の天神市は早朝から日没頃まで

開かれ、骨董品や古道具、古着などを売る店が多い。

＊162頁6行　**若党**　武家の奉公人。または、若い武士の意。

＊162頁14行　**千本桜の道行き**　二代目竹田出雲・三好松洛・並木千柳合作の人形浄瑠璃『義経千本桜』（延享四年〔一七四七〕大坂竹本座初演）の四段目「道行初音旅」。義経を慕う静御前と、静御前の持つ初音の鼓を慕う佐藤忠信（じつは狐）の二人の主従が吉野山へ向かう道行きのこと。谷崎は『吉野葛』（昭和六年〔一九三一〕一〜二月「中央公論」）で、「千本桜の道行」は「静と忠信狐とは主従の如く書いてありながら、矢張見た眼は恋人同士の道行と映ずるやうに工《たく》まれてゐる」と記している。

＊162頁15行　**小屋がけ**　人形芝居を見るために野外に作った仮小屋。野掛け小屋ともいい、収穫後の田畑や海浜の広場などを利用した。挿絵参照（175、179、188頁）。

＊163頁13行　**八反**　絹織り物の一種。厚地の綾織りで、三尺帯・ふとん地などに使われる。一反がふつうの絽の八反分の重さに相当するところから八反という。八端。

＊164頁4行　**前のめりにならう……老人は額に汗を浮かした**　谷崎は前出の「饒舌録」で次のように述べている。人形遣いの「手が小春の懐に入らなければなら」ず、「小春の腰であり臀であるべき部分」は、袢を着た人形遣いの「腕と胴とに接続する」。このように「人形使ひは実は人形を使ふのではなくて、自分の肉体を人形の肉体に仮托してゐるので」、人形芝居は「妙に実感があつて、官能的で、エロチックでさへある」という。この谷崎の実感は、挿絵（163頁）の老人とお久の仕草に活かされている。

＊164頁11行　**萌黄**　「萌葱」とも書き、新緑が萌え出るような緑色の冴えた黄緑色のこと。平安

時代から用いられた伝統ある色名。

*164頁14行　**繻珍**　繻子の地に多色の緯糸を用いて、華麗な模様を織り出した地質の厚い絹織物。光沢がありすべりがよく、打ち掛け・帯地・袋物などに用いられた。

*164頁15行　**人絹**　人造絹糸の略。天然絹糸のような外観をもった人造繊維。レーヨン。

*165頁4行　**アンチソラチン**　大正五年（一九一六）九月二十五日の「東京朝日新聞」に、「専門博士＝新発見の／白色美容剤を試みるは今／日ヤケを止め、肌を美しくする効驚くばかり／水汗に剝げず、白粉の持ちを助くる不思議クリーム」と説いた「白美の元素　アンチソラチン」の広告がある。因みに、（小）三十銭、（大）一円。また十月十日の「読売新聞」にも「太陽・電光の有害光線を防ぎて／驚くばかり美しくなる」「白色美容新剤」の広告が見える。

*165頁5行　**絹ごしの肌**　絹ごし豆腐のようなきめ細かい肌。

*166頁1行　**八瀬**　京都市左京区の地名。比叡山の西麓、高野川に沿って敦賀街道が通る。農林業を主とする洛北の景勝地。叡山電鉄叡山本線の終点八瀬駅（現八瀬比叡山駅）で、ケーブル八瀬駅がある。

*166頁13行　**下見**　風雨を防ぐために木造建築の外壁や塀に、横に板を少しずつ重なり合うように並べて張り、細木を縦に打ちつけたもの。下見張り。

*166頁15行　**バラック**　barrack（英）。粗造の仮小屋。谷崎は「岡本にて」（昭和四年（一九二九）七月「夕刊大阪新聞」）で、関東大震災（大正十二年（一九二三））後に「時々上京してみると、復興どころか益〻乱脈に、木ツ葉みたいなバラック建が殖えるばかり」と書いている。

*167頁16行　**大毎が新八景を募つた**　昭和二年（一九二七）七月六日、大阪毎日新聞・東京日日

新聞は、一般からの投票をもとに、当時の名士（谷崎もその一人）により審査選定された「日本新八景」（狩勝峠・十和田湖・華厳滝・上高地・木曽川・室戸岬・別府・雲仙）を発表した。

＊168頁3行　**鍵の手**　鉤の手。曲尺《まがりがね》（直角の形の物差し）の曲がった角。直角。

＊168頁3行　**荒壁**　粗塗りをしただけの壁。

＊168頁3行　**丸瓦**　半円筒形の瓦。

＊168頁4行　**うつぎの花**　アジサイ科の落葉広葉樹の低木。空木、卯木。初夏に鐘状の白色五弁花をつける。初夏のシンボル「卯の花」は唱歌『夏は来ぬ』でも有名。

＊168頁15行　**西鶴の浮世草紙**　井原西鶴の書いた『日本永代蔵』（貞享五年〔一六八八〕）、『世間胸算用』（元禄五年〔一六九二〕）などがイメージされている。

＊168頁17行　**出格子**　町家の一階のおもての柱より外に突きだした格子をいう。

＊168頁17行　**本葺き**　丸瓦と平瓦を組み合わせて葺き上げていく方法で、本瓦葺きのこと。

＊170頁3行　**どんどろの芝居**　阿波鳴門物と呼ばれる人形浄瑠璃や歌舞伎の系統があり、近松門左衛門作の人形浄瑠璃『夕霧阿波鳴渡』（正徳二年〔一七一二〕、大坂竹本座初演）が作られ、その改作として、近松半二ほか合作の人形浄瑠璃『傾城阿波の鳴門』（明和五年〔一七六八〕、大坂竹本座で初演）がある。阿波徳島藩の玉木家のお家騒動に絡み、重宝「国次の刀」が何者かに盗まれる。刀を取り戻す主命を受けた十郎兵衛は幼い娘お鶴を祖母に預け、妻お弓とともに盗賊に身をやつして大坂へ出て捜し始める。お弓が家に一人で居たところに、順礼姿の女の子が訪ねて来た。話すうちに、徳島に残してきた娘お鶴だと分かるが、娘を巻き込まないために名乗らず、国元に帰るよう諭した。金に困っていた十郎兵衛はお鶴に出くわし、我が子とは

知らず手を掛けてしまう。さきの順礼の子が娘お鶴だったと知った十郎兵衛は妻お弓と悲歎にくれる。お鶴は刀を盗んだ犯人を知らせる祖母の手紙を持っており、十郎兵衛夫妻は徳島に帰参し刀を取り戻した。偶然訪ねてきた巡礼娘と別れる場をどんどろ大師前の場面で演じることが多く、「どんどろ」と呼ぶ。この八段目「十郎兵衛住家」（通称「順礼唄の段」）が有名で、淡路ではこの段だけが上演される。

＊170頁12行　**福良**　南あわじ市の地名。淡路島の南西に位置し、大鳴門橋で対岸の徳島県鳴門市とつながる。渦潮で有名。淡路人形浄瑠璃の常設館である淡路人形座（国指定重要無形民俗文化財）がある。

＊170頁15行　**傀儡**　歌に合わせて舞わせる操り人形。

＊171頁4行　**太夫元**　演芸や演劇の興行責任者。劇場所有者の座元が兼ねることがある。

＊171頁12行　**由良**　兵庫県津名郡にある。現在の洲本市由良。淡路島の東端に位置し、紀淡海峡をはさんで、対岸は和歌山市。

＊171頁12行　**志筑**　兵庫県津名郡にある。現在の淡路市志筑。淡路島の北東に位置し、大阪湾を隔てて、東に関西国際空港がある。

＊171頁16行　**入り掛け**　降雨などでその日の興行を中止すること。

＊172頁2行　**門附け**　人家の門口に立って、芸能を演じて、金品をもらうこと。

＊172頁7行　**天狗久**　一八五八～一九四三。本名は吉岡久吉。屋号天狗屋。頭《かしら》の大型化を始めた。頭の大型化は、淡路の人形座の役者が明治十年代に提唱し、市村六之丞座の人形細工人でもあった天狗久が製作し始めたものであるという（『伝統芸能　淡路人形浄瑠璃（改訂版）』平成十

四年〔二〇〇二〕三月、兵庫県三原郡三原町教育委員会）。

＊172頁7行　**天狗弁**　一八七三～一九六九。本名は近藤弁吉。天狗久の甥で、弟子。大正十三年（一九二四）から昭和三年（一九二八）まで文楽座の人形師の番付に名を連ねた（同右）。

＊172頁7行　**由良亀**　二代目由良亀。一八九三～一九六一。本名は藤本雲並《うんぺい》。文楽を始め、各地の人形頭の修理も手がけていた。先代（初代）は本名藤代亀太郎（一八五八～一九二三）。もと時計屋。道頓堀「くいだおれ」店頭の動く人形の考案者でもある（同右）。

＊172頁10行　**胡粉**　日本画や日本人形の絵付けに使われる白色顔料。板甫《いたほ》牡蠣の殻などから作られる。

＊173頁9行　**壬生狂言**　京都市中京区にある壬生寺で行われる仮面劇。正しくは壬生大念佛狂言という。猿楽系統の芸能。演者は仮面を付けて、鉦《かね》・太鼓・笛の囃子に合わせて、無言で演じる。

＊173頁11行　**びいどろ**　vidro（ポルトガル）。ガラスの異称。玻璃《はり》。

＊174頁2行　**桃源の国**　陶淵明（三六五～四二七）の「桃花源記」に出て来る俗界を離れた別天地。理想郷。ユートピア。

＊174頁3行　**人形町の水天宮**　谷崎の生誕地である東京都中央区日本橋蠣殻《かきがら》町にある神社。安産、水難、水商売に御利益があるとして信仰を集め、毎月五日の縁日は賑わう。

＊174頁4行　**七十五座のお神楽**　水天宮では毎年五月五日に七十五座の神楽を行った。座は里神楽（一般の神社で行われる神楽）で曲を数える単位。「少年」（明治四十四年〔一九一一〕六月「スバル」）に、「いつも楽しみにして居る七十五座のお神楽も（中略）今日は一向見る気にな

らず」とある。

＊174頁8行　**場席**　観客席。

＊176頁2行　**おゐど**　御居処。「臀。尻。シリまたはオシリよりも上品な語とされている。（主として婦人・子供の語）（中略）イドの語源はイドコロ（居処）すなわち坐る所の意」（牧村史陽編『大阪ことば事典』昭和五十七年（一九八二）七月、講談社）。

＊177頁17行　**正宗**　ここでは日本酒一般、「お酒」という意味で使われている。日本酒の代名詞。経典にある「臨済正宗」の文字「正宗《セイシュウ》」が「清酒《セイシュ》」に通じるところから、お酒を「正宗」と名付けた。「セイシュウ」と読ませるつもりが、人々が「マサムネ」と読んでしまったことから「マサムネ」が一般の呼び名となった。

＊178頁2行　**飛鳥山**　東京都北区の地名。八代将軍徳川吉宗（一六八四〜一七五一）が享保の改革の一環として、飛鳥山に桜を植えたことにより、花見の名所になった。明治六年（一八七三）、太政官布達によって、上野・芝・浅草・深川とともに日本最初の公園に指定され、行楽地として定着していった。

＊179頁3行　**肥桶**　こえたご。畑などに下肥（糞尿）を入れて運ぶための桶。

＊180頁7行　**落花狼藉**　花が散り乱れること。転じて、物の散り乱すさまのたとえ。花を散らすような乱暴をすること。女性や子どもに乱暴を働くことにもいう。

＊181頁16行　**でんでん物の旧劇**　義太夫の太棹の三味線の音が「でんでん」と聞こえるところから義太夫狂言を「でんでん物」「丸本物」という。「旧劇」は歌舞伎のこと。

＊181頁17行　**チヨボ**　登場人物の台詞以外の地の文を義太夫節で語ること。

＊182頁2行　**檜舞台**　床を檜で張った大劇場などの舞台で、格式のある劇場の意味。大芝居に出演すること、日常でも名誉の場所に出ること。第一線。

＊182頁4行　**現代劇**　明治時代以降の、現代に題材を取った劇。時代劇に対する言葉。新劇ともいい、江戸時代の歌舞伎などを旧劇と呼ぶようになった。

＊182頁5行　**時代物**　戦国時代以前に材を取った浄瑠璃や歌舞伎などの芝居。江戸時代は、当代の武家社会を題材にするのは御法度だったため、時代物にすり替える方法をとった。

＊182頁14行　**世話物**　江戸時代の世態風俗を背景にして、当時の町人社会に材を取った浄瑠璃や歌舞伎などの芝居。時代物に対する芝居。

＊182頁16行　**熊澤蕃山**　一六一九～九一。江戸時代前期の儒学者。『朝顔日記』だけでなく、明治時代には実説物や講談にもモデルとして登場している。

＊183頁1行　**催馬楽**　平安時代の歌謡で、生活感情や恋愛を歌ったものが多い。

＊184頁4行　**玉藻の前**　浪岡橘平・浅田一鳥・安田蛙桂合作の人形浄瑠璃『玉藻前曦袂《あさひのたもと》』（寛延四年〔一七五一〕大坂豊竹座初演。）の略称。天竺から唐・日本と渡った金毛九尾《きんもうきゅうび》の狐の伝説を脚色したもの。平安京に飛来した狐が鳥羽院の寵妃玉藻の前を食い殺してなりすます。しかし金毛九尾の狐であると陰陽師安倍泰成に見破られた玉藻の前は、那須野に逃げるが射殺される。その霊は石（殺生石）と化し、近寄る人や鳥獣を殺したという。神泉苑の段での早変わりは淡路人形芝居の得意とする演出（前出、新見貫次『淡路人形芝居』）。

＊184頁4行　**伊勢音頭**　近松徳三作の歌舞伎『伊勢音頭恋寝刃《こいのねたば》』（寛政八年〔一七九六〕大坂角〔の〕芝居〔現角座〕初演）の略称。歌舞伎から人形浄瑠璃にもなった。伊勢古市の遊廓油屋

徳右衛門方で発生した、九人を殺傷した事件を脚色した狂言。主人公である伊勢の御師・福岡貢《みつぎ》が、伊勢音頭を背景として行う十人切りが見どころといわれる。

＊184頁12行　**大江山の鬼退治**　人形浄瑠璃『大江山酒呑童子　話《むかしがたり》』（文化十一年〔一八一四〕大坂稲荷境内初演）は大江山の酒呑童子退治の伝説に取材した物語。明治時代には大阪でも多く通し上演されたが昭和以降は上演が途絶えた。淡路の人形座では特異な演出で人気の演目だった。酒呑童子は人形も大きく、頭も人間の四倍以上ある。

＊184頁14行　**妹背山**　近松半二・松田ばく・栄善平・近松東南・三好松洛合作の人形浄瑠璃『妹背山婦女庭訓《おんなていきん》』（明和八年〔一七七一〕大坂竹本座初演）の略称。藤原鎌足が蘇我入鹿を討った史実に、大和地方の古伝説を織り交ぜた作。雄大な構想と文章の妙、絢爛たる舞台技巧などで、王朝物を代表する名作で、淡路でも人気があり、上演回数も殊に多い。淡路では、中入り後に、座にあるだけの人形の衣装を全部竹竿に掛けて、舞台いっぱいに広げる「衣装山」を行う（前出、新見貫次『淡路人形芝居』）。

＊185頁7行　**立女形**　立女方。芝居の主役をつとめる女形。

＊185頁8行　**京人形**　京都で作られた木彫りの人形。狭義には、おかっぱ姿の少女人形の意。現在、京人形と呼ばれるものは、雛人形・五月人形・御所人形・市松人形などで、雛人形が最も多く生産される衣装着人形で、京人形の主流を占める。

＊185頁16行　**立役**　成年男子の役、または男の善人の役をいう。

＊187頁1行　**メリンス友禅**　merinos（スペイン語）。羊毛で織った薄くて柔らかい織物（モスリン）に友禅模様を染めつけたもの。

＊187頁1行　**金紗ちりめん**　普通の縮緬よりも細い生糸を用いて織り上げた平織りの織物。滑らかで光沢があり、呉服地や袋物に用いる。大正期以後流行した。谷崎は随筆「縮緬とメリンス」（大正十一年〔一九二二〕七月「婦人公論」）で、「メリンス」は「お召しや縮緬の持つしなやかさがあり」、「時としてお召や縮緬より却つてずつと上品に見え、清新に感ぜられる」が、「金紗」は「余りしなしなし過ぎてゐ」て、「淫猥に見え」、「下品に感ぜられる」と述べている。

＊187頁2行　**能衣装**　能に用いる扮装。能装束。実用の衣服と違い、ハレの舞台で象徴化された人物や神を見せるための衣裳。織物が主体で、刺繡や箔押しが用いられる伝統工芸品として美術的価値も高い。

＊187頁16行　**どうする連**　明治時代、東京で娘義太夫を聞く客が「どうするどうする」と声を掛けたことから、ひいきの女芸人を盛り立てる人々。

＊191頁3行　**迷故三界城……何処有南北**　大意は「人は迷い（煩悩）があるからこそ三界（欲界、色界、無色界）に縛られている／しかし悟りを開けば、何にも妨げられない空の心境でいられる／もともと東西という概念は無かった／南北という言葉も人が作り出したもの（それらに縛られることはない）」。

＊191頁14行　**はる〴〵と運ぶ歩みは……寺をたづねて**　南あわじ市倭文高《しとおりこう》にある淡路西国三十三箇所巡礼第十五番札所千手山法華寺の御詠歌。

＊192頁2行　**白羽二重**　真っ白な絹糸で織られた内着で、肌触りが良く、つやがあり、高級感や上品さがある織物。

＊193頁7行　**兵庫の島上《しまがみ》**　神戸市兵庫区にあった兵庫港の島上桟橋。

＊193頁9行　**オリエンタル・ホテル**　Oriental Hotel。旧オリエンタル・ホテル（初代）は明治三年（一八七〇）に開業した西洋式ホテル。四代目が一九九五年の阪神淡路大震災で休業、廃業。二〇一〇年にオリエンタルホテル神戸として新規開業した。

＊193頁10行　**ベネディクテイン**　Benedictine（仏）。フランス産のブランデーをベースとする薬草系リキュール。

＊193頁12行　**山手**　神戸中山手通（現神戸市中央区中山手通）。現在の山手幹線以北の、おおよそ東は生田神社から西は大倉山公園までの地域。ハンター坂、北野坂を登れば風見鶏の館で有名な北野異人館街がある。

＊194頁6行　**二十三四貫**　尺貫法で、一貫は三・七五キログラムなので、八六・二五〜九〇キログラム。

＊194頁8行　**開港当時**　安政五年（一八五八）の日米修好通商条約により、文久三年（一八六三）一月に開港される予定が勅許が得られず延期され、開港したのは慶応三年十二月七日（西暦一八六八年一月一日）であった。

＊195頁11行　**ポンチ酒**　punch（英）。ワインやブランデーに果汁や砂糖を加えて作った飲み物。パンチ。

＊195頁13行　**ジョウゼット**　georgette（仏）。薄く、軽く、緩やかに縮緬様に編まれた絹布。

＊197頁1行　**地震**　大正十二年（一九二三）九月一日に発生した相模トラフ沿いの断層を震源とする関東地震（マグニチュード七・九）で、関東大震災を引き起こした。谷崎は神奈川県箱根で遭遇した。道路が崩壊して横浜市山手の住居に帰れなかった谷崎は、沼津から大阪に着いた。

そこで語った談話「全滅の箱根を奇蹟的に免れて」が「大阪朝日新聞」（九月六日夕刊）に掲載された。

＊197頁2行　**山手と根岸**　山手は横浜市中区山手町とその外縁部を含む一帯で、幕末から明治三十二年（一八九九）まで外国人居留地があった。根岸は横浜市中区根岸町で、山手町の南に位置し、東は本牧（中区）に接する。谷崎は大正十年（一九二一）九月に横浜市本牧宮原（現横浜市中区本牧宮原）に転居し、翌十一年十月には外人墓地の上にある横浜市山手に転居している。

＊197頁6行　**世界戦争**　World War。欧州大戦、第一次世界大戦のこと。大正三年（一九一四）から始まり、昭和七年（一九一八）十一月にドイツが降伏、翌年のヴェルサイユ条約によって講和が成立して終結した戦争。世界の多くの国々を巻き込み、前線の兵士に限らず、銃後の一般国民も戦争に動員された総力戦で、毒ガス・戦車・飛行機などの新兵器が投入されたことも特徴である。戦死者数はそれまでの戦争とは比較にならないほど多数に上った。また、スペイン風邪が戦争中にひろまり（パンデミック）、多数の死者が出たことにより、徴兵できる成人男性が減り、大戦の終結が早まったともいわれている。参戦した日本は国益を得たのみならず、捕らえたドイツ帝国軍捕虜から多様な文化的恩恵を得た。捕虜約四七〇〇名は板東俘虜収容所（徳島）、習志野俘虜収容所（千葉）、似島検疫所俘虜収容所（広島）などの収容所に送られたが、このときにドイツ料理（ハム・ソーセージ、菓子のバウムクーヘンなど、前出）やビールをはじめとした、数多くのドイツ文化が日本に伝えられた。ベートーヴェンの「交響曲第九番」もこのときドイツ人捕虜によってはじめて演奏されたという。

＊197頁6行　**外国商館**　安政六年（一八五九）に横浜港が開港し、関内や山下町を中心とし山下居留地にはアメリカ、イギリス、ドイツなどの外国商館が集まっていた。一方、次第に各国の領事館は山下から山手に移転し、慶応三年（一八六七）に山手居留地が造られた。

＊197頁10行　**英吉利のヨークシヤア**　Yorkshire（英）。北海に面したイングランドの北東部にある地方。

＊198頁11行　**アマ**　ama（ポルトガル）。裕福な家庭で子供を世話する召使いやメイドをいう。

＊198頁13行　**露西亜人ばかり**　大正六年（一九一七）におこったロシア革命は大量の国外亡命者を生み、日本にもやってきていた。『痴人の愛』（大正十三年（一九二四）三～六月「大阪朝日新聞」、十一月～十四年七月「女性」）の「革命騒ぎ」で「日本に落ちのび」たアレキサンドラ・シュレムスカヤ夫人、『細雪』上巻（昭和十九年（一九四四）七月、私家版）の「白系露人のキリレンコの一家」など、谷崎作品にしばしば登場する。

＊201頁14行　**断髪**　第一次世界大戦に従軍した女性兵士が始めた短髪で、日本でもショートカットは大正時代末期から出始めたモガ（モダン・ガール）のファッションとなった。新風俗として先端的であるが、軽薄な風潮であると顰蹙《ひんしゅく》の対象でもあった。

＊201頁17行　**酌婦**　酒の酌をする女。また、客の相手をする売春婦の意もある。

＊202頁2行　**女給**　明治時代に出現したカフェの女給仕人のこと。収入はチップに依存するため、露骨なサービスもあった。

＊202頁5行　**満洲朝の官服に似せた……パジヤマの上衣**　満洲人は騎馬民族であるモンゴル人の習慣を学び、満洲服を創り出し、旗人と呼ばれる騎馬民族（満族、蒙古族）が着ていたものが

旗袍《チーパオ》で、これに近い衣服であろう。挿絵参照（203頁）。

＊202頁6行　**お白粉を穿いた脚**　「穿く」は「刷《は》く」で白粉を塗った脚。

＊202頁6行　**上靴**《パントウフル》　pantoufle（仏）。室内履き。スリッパ。底の平らなフラットシューズ。

＊203頁12行　**バラライカ**　ウクライナの民族楽器で、共鳴胴が三角形をしていて、三本の弦を張った楽器。ギターと似た奏法をする。

＊203頁12行　**ギタルラ**　七弦のギター。ジプシーギター。

＊203頁13行　**安来節**　島根県安来地方の民謡で、「あら、えっさっさー」の掛け声で始まる「泥《ど》鰌《じょう》すくい」を一緒に踊る。大正時代、大阪・東京（浅草）で人気があった。

＊203頁14行　**鴨緑江節**　朝鮮半島の鴨緑江に出かせぎに行った筏師に歌われたもので、大正時代に流行した俗謡。寺田寅彦が、「昨日昔の同窓数人の会があつた。君は鴨緑江節安来節を聞いた事があるかと聞かれて、始めて自分が現代に甚しくおくれた人間である事を明白にリアライズしました」（大正十二年〔一九二三〕六月十日付、小宮豊隆宛書簡）と嘆くくらい、流行歌として親しまれていた。

＊204頁3行　**京城**　明治四十三年（一九一〇）の日韓併合から昭和二十年（一九四五）の大韓民国独立まで使われた、大韓民国の首都ソウルの旧称。

＊204頁17行　**喇嘛教**　チベットで発達した仏教で、チベット仏教の俗称。女尊が強い力をもつとされる。チベット仏教の仏像には男尊・女尊が抱き合った姿のものも多く、性的要素が強いとされている。谷崎は連載中の昭和四年（一九二九）四月二十六日付書簡で小出楢重に、文中の「喇嘛教の仏像の菩薩」は「西蔵風の観音さまを画いて頂くと大へんいいと思ひます。私のと

ころに参考画がないので残念ですが、已むを得なければ印度風でもかまひません」と要望していた。挿絵参照（205頁）。

＊205頁5行　**鈴木傳明**　一九〇〇～八五。大正～昭和時代の映画俳優。松竹蒲田で牛原虚彦監督、女優田中絹代とのコンビで青春映画のヒット作に多く出演して、人気スターとなった。

＊205頁6行　**岡田嘉子**　一九〇二～九二。大正十一年（一九二二）、日活作品『髑髏の舞』でデビュー後、映画・新派のスターとして人気を得たが、昭和十三年（一九三八）に演出家杉本良吉と樺太の国境を越えてソ連に亡命した。大正十五年（一九二六）七月に谷崎が岡田と対談した模様が写真入りで、古川緑波編集の「映画時代」同年九月号に対談記事「一問一答録　第三回　岡田嘉子と谷崎潤一郎」として掲載された。

＊205頁9行　**ペディキュール**　pedicure（英・仏）。ペディキュア。足の爪の手入れをし、光沢や色彩を付ける。

＊205頁16行　**元町**　神戸市中央区の東海道線元町駅南側に繁華街・商店街がある。

＊206頁1行　**貝原益軒**　一六三〇～一七一四。江戸前期の儒者。正徳三年（一七一三）に出した教訓書『養生訓』では「慎色欲」と題して、内欲（飲食、性欲）を抑え、外邪（寒熱）を防ぎ、主体的な健康維持への努力を強調している。また、男女交接の回数を減らし、欲情を抑えることで長生きが出来るとも説いている。

＊206頁6行　**みそかごと**　密事。男女が密かに情を通じ合うこと。密通。

＊206頁16行　**甘皮**　木や表皮の内側にある薄い皮のこと。ここでは「それを残らず洗ひ落す」とあるので、お白粉のこと。

＊206頁16行　**肉襦袢**　歌舞伎や演劇など、舞台で肌を現す時に着ている、肌にぴったりした肌色の襦袢。タイツ。

＊207頁3行　**プロジット**　Prosit（独）。健康を祝して乾杯。おめでとう。

＊207頁4行　**ア・ヴォートル・サンテ**　A votre santé（仏）。あなたの健康に乾杯。

＊207頁10行　**ドライ・モノポール**　Monopole（仏）。フランス・ブルゴーニュ地方で産出される辛口ワインの銘柄。

＊208頁2行　**千円**　当時の給与等は、たとえば、国会議員（年額）三千円（大正九年）、都知事（年額）六千円（同）、総理大臣（月額）一千円（同）、ダイヤモンド一カラット一千円（同）、芸妓の玉代（二時間）二円（大正十二年）、銀座四丁目付近一坪一千円（大正十年）であった（前出『値段史年表』）。

＊208頁13行　**口説**　言い争い。痴話喧嘩。

＊209頁15行　**新派**　明治三十年代（一九〇〇頃）に確立した演劇で、歌舞伎（旧劇）に対して新派劇という。政治宣伝劇に始まり、現代風俗劇として発展した。川上音二郎の日清戦争劇の上演、家庭小説を劇化した「新派悲劇」で全盛時代を迎える。

＊210頁2行　**ステージ・ダンス**　stage dance（英）。観客に見せるため、舞台で踊るダンス。

＊210頁2行　**エリアナ・パヴロヴ**　一八九七〜一九四一。バレリーナ。大正八年（一九一九）、ロシア革命から逃れ、来日。大正十年（一九二一）、松竹キネマ研究所（所長小山内薫）製作のサイレント映画『君よ知らずや』の主演に抜擢され、昭和十二年（一九三七）に日本に帰化。日本名は霧島エリ子。日本にバレエを根づかせた人物として知られ「日本バレエの母」と呼ば

れる。

＊210頁5行　**タイピスト**　typist（英）。タイプライターを打って印字する人。昭和七年（一九三二）十二月二十一日付「東京朝日新聞」に、「タイピストとその将来　前途洋々たる新女性の職業」と題し、「数万の女性がこれに携はってゐる事は誠に偉大なるかな」とある。

＊210頁6行　**日活の撮影所**　日活向島撮影所（大正二年（一九一三）開所）は大正十二年（一九二三）九月の関東大震災で被害を受け、同年十一月に閉鎖。関西では京都に、昭和二年（一九二七）に日活太秦《うずまさ》撮影所が開所した。日活大将軍《たいしょうぐん》撮影所の機能を引き継いだ。

＊211頁10行　**ハルピン**　哈爾浜。黒竜江省の政治・経済の中心都市。帝政ロシアが建設した町で、東洋の小パリ、東洋のモスクワとも呼ばれた美しい街。昭和初期はロシア人と中国人が大多数を占めていた。

＊212頁9行　**歓喜天**　仏教の守護神の一つ。ヒンドゥー教のガネーシャと同様に象の頭を持つ。形像は象頭人身、人頭人身で、男天・女天二体の立像が向き合って抱擁している双身歓喜天像が多い。因みに、挿絵（207頁）の乳房の露出した絵は『蓼喰ふ虫（潤一郎六部集）』（昭和十一年（一九三六）六月、創元社）以降のもので、初出の第六十九回（昭和四年（一九二九）五月二日「大阪毎日新聞」、五月七日「東京日日新聞」）の挿絵のルイズの胸は草木柄で覆われている。当時はまだブラジャーは普及していない。映画監督の帰山教正は『映画の性的魅惑』（昭和三年（一九二八）四月、文久社書房）において、映画では乳房の露出は許されないので、乳房の魅惑を見せようと、「乳房を蔽ふ為めに丁度椀のやうな形をした乳蓋や布製の胸当」を用いてきたが、「巾の狭い地の薄い」胸当は「乳房の線や乳頭の突起のふくらみ迄がはつきりと

分る程露骨になつて来た」ので、「布地には無地を用ひないで殊更に何か模様のあるもので肉体の線をごまかして居る」と述べていた。なお、昭和初期には「乳バンド」「乳押さえ」と呼ばれる下着が販売されたが、それは胸を押さえて凸凹のない体型にするための下着だった。昭和二十五年（一九五〇）になって日本で初めて、和江商事株式会社（現在の株式会社ワコール）がブラジャーを開発、販売した。

＊214頁13行　**彼の頭には……深く記憶されてゐた。**　このあとに次の文章があったが、新書判『谷崎潤一郎全集』第十六巻（昭和三十三年〔一九五八〕七月、中央公論社）刊行時に削除された。「そしていつでも機会はあつたのに、持ち前の出不精と臆病とから何の彼のと差障りをこしらへて、今日まで遂に充たされたことのなかつた欧羅巴行きの熱心な望みが、此の女に依つて少しづつ満足させられ、同時に生ぬるく冷やされてしまつたことを思ふと、何とはなしに淋しくもあり、結句此の方が軽便に済んだと云ふ心持ちもするのである。」

＊219頁11行　**細巻の金口を輪に吹いてゐる**　吸い口に金紙を巻いた巻き煙草。「煙草を輪に吹く」は、退屈している様子を形容する。

＊226頁7行　**北山の杉**　京都市北山地方から産する杉。磨き丸太として重用され、高級建築材として床柱などに用いる。材質が緻密で木肌が滑らかで光沢があり、干割れが生じにくい。

＊226頁7行　**栂**《とが》　マツ科の栂は本州南部から屋久島まで分布する常緑針葉樹。栂の良材を使用した建築は関西方面で高級なものとされる。鮮明な木理が通ったものは美しく、床柱、床まわりなどに使われ、特に四方柾の床柱は銘木とされる。

＊226頁12行　**春日**《かすが》**卓**《じよく》　奈良の春日大社で使用された、仏殿に香華を供えるための机。黒漆塗り

に蒔絵や螺鈿が施されている。

＊227頁6行　**内隠し**　洋服の内ポケット。

＊231頁13行　**伊予すだれ**　愛媛県産の篠竹で編んだ高級な簾。『枕草子』にも記載がある。

＊232頁13行　**籐の網代**　ラタンカーペット。籐の茎で編んだ、通気性があり、肌触りがよい敷物。

＊232頁14行　**草実**　正しくは蒼朮《そうじゅつ》で、キク科の多年草オケラのこと。室内の湿気を払うために、オケラの乾燥した根を焚いていぶす。

＊232頁16行　**土庇**　地面に柱を立て、庇を作って、その下をタタキの土間にしたもの。建物の足元を日差しや風雨から保護し、翳りのある空間が風を呼び込む。ポーチ。

＊233頁9行　**本所《ほんじょう》に蚊がなくなれば大晦日**　本所は東京都墨田区の地名。江戸時代に湿地帯を宅地化した本所には、寒くなっても蚊が多いことを誇張した江戸の川柳。幼少期を本所で過ごした芥川龍之介は、「黒い泥水を淀ませてゐ」た「一間半」の「大溝《おおどぶ》」があって「僕はそこへ金魚にやるぼうふらをすくひに行つたことをきのふのやうに覚えてゐる」（「本所両国」昭和二年（一九二七）五月「東京日日新聞」夕刊）と述べている。

＊233頁12行　**炮烙**　茶道で、灰を入れる器。素焼きの平たい土鍋。

＊234頁8行　**吐月峰**　煙管の灰を落とし入れるための竹の筒。

＊234頁8行　**刻み**　煙管を使って吸う刻み煙草。雁首は煙管頭部の刻み煙草を詰める火皿の部分。

＊234頁9行　**煙草盆**　喫煙具一式をのせる容器の総称。刻み煙草用は火入れ・吐月峰（灰吹き）などを収め、持ち運びに便利な手提げつきや引き出しつきのものもある。挿絵参照（235、239頁）。

＊237頁14行　**上田紬の万筋**　長野県上田市に伝わる草木染めの紬。万筋という非常に細かい縦縞

の文様が特徴。

＊238頁14行　**瓢亭**　京都市左京区の南禅寺にほどちかい懐石料理店。

＊239頁5行　**南禅寺**　ここでは瓢亭のこと。瓢亭も店の名に「京都　南禅寺畔」と角書きしている。

＊240頁16行　**宗匠頭巾**　円筒形で頂が平らで縁がない帽子のような頭巾。挿絵参照（241頁）。

＊240頁16行　**宝井其角**　一六六一～一七〇七。俳人。松尾芭蕉（一六四四～九四）の門人、蕉門十哲のひとり。

＊240頁17行　**利久**　利休下駄のこと。薄く低い二枚歯を木地のまま台に入れた日和下駄。時には浅い爪革をかけて雨下駄ともする。

＊241頁17行　**手拭ひ浴衣**　絵柄を切り抜いた型紙を生地に当て、防染糊《ぼうせんのり》を付け数十枚重ねた上から染料を注ぎ染めていく注染（手拭い染め）による浴衣。

＊242頁9行　**長州風呂**　鋳鉄の釜を漆喰で塗って据えつけ、底に木製の簀子を敷いて入る五右衛門風呂のこと。挿絵参照（243頁）。

＊242頁12行　**無双窓**　細い角材を一定の間隔で縦に並べて作る櫺子《れんじ》と、等間隔の隙間のある引き戸を重ねてとりつけた窓。前後に重ねた外側を固定し、内側の櫺子を移動させることで、隙間の開け閉めができ、採光・通風もできる。

＊243頁2行　**雪隠哲学**　雪隠は手洗いのこと。谷崎は作中の老人と同種の雪隠哲学を語っている。例えば、「陰翳礼讃」（昭和八年〔一九三三〕十二月～九年一月「経済往来」）において、白い便器は「清潔には違ひないが、自分の体から出る物の落ち着き先」については「もや〳〵とし

た薄暗がりの光線で包んで」「けぢめを朦朧とぼかして置いた方がよい」と述べているし、「厠のいろ〳〵」（昭和十年〔一九三五〕七月「文藝春秋」）では、「上品な家のは上品な匂がする」し、「便所の匂には神経を鎮静させる効用がある」とも述べている。

＊244頁1行　**エッセンス**　精油。エッセンシャル・オイル。

＊244頁5行　**糠袋**　肌を擦って洗うための、米糠を入れた袋。

＊246頁13行　**しんき臭おして**　辛気臭い、心気臭い。心がくさくさして苛立たしい、もどかしい、じれったい気持ちをいう。

＊246頁17行　**春慶塗**　檜や樅の木材の素地に黄や赤で着色し、その上に透明な漆を塗り、木地の木目が透けて見えるようにする技法。

＊247頁1行　**早松茸**　六～七月頃に出る松茸に似た茸だが、松茸ほど香りはない。

＊247頁10行　**講釈**　物の道理や心得をもったいぶって説いて聞かせること。上から目線でくどくどしい言い方から「講釈を垂れる」と表現することが多い。

＊247頁15行　**鶯の糞**　鶯の糞を乾燥させて粉にした洗顔料。肌のキメが細かくなり、肌のくすみが取れて色白になる効能があるとされてきた。

＊248頁1行　**ギヤマン**　diamant（オランダ）、diamante（ポルトガル）。もとはダイヤモンドのことだったが、ガラスを削るときにダイヤモンドを使うことから、ガラス製品をいう。

＊250頁8行　**草双紙**　江戸時代の挿絵入りの読み物。幼童向け絵本の赤本から、黒本・青本・黄表紙・合巻と展開し、明治時代中期まで読まれていた絵双紙の総称。

＊250頁13行　**柳春帖**　江戸時代の御家流の書家・大谷永庵（一六九八～一七八〇）の著わした書

家手本。

＊250頁15行　**池凍帖**　江戸時代の大橋流の書家・大橋重政（一六一八～七二）の著わした書家手本。正しくは『大橋先生池凍帖』という。

＊250頁15行　**お家流**　書道の流派の一つ。伏見天皇の皇子で青蓮院門跡の尊円《そんえん》法親王が創始した、穏和で流麗で親しみやすい書体。江戸時代には朝廷や幕府の公用文書に用いられた。

＊250頁17行　**名所図会**　江戸時代後期に多く刊行された地誌。諸国の名所旧跡の由緒来歴や交通事情などを書き、風景画を添えた書物。

＊251頁4行　**水屋**　茶道の茶器などを入れておく戸棚。勝手や台所にある食器棚。元は茶の湯の用意をするみずまわりをさした。

＊252頁8行　**南画の山水の横物**　南画は文人画（文人の素人の描く絵）。山水は自然の景色を描いた山水画のこと。横物は縦より横が長い画。

＊252頁9行　**落款**　書画に作者が自筆で書く署名、または捺す印のこと。

＊252頁9行　**染め付け**　呉須という顔料で藍色の模様を描き、その上に無色の釉《うわぐすり》をかけて焼いた陶磁器。中国で青花という。そめつけやき。

＊252頁12行　**黒餅**　家紋（定紋）をつけるべき所を丸く白抜きにして染めあげた衣服。あとからその中に紋を描き込むことができるようにしたもの。

明里千章

解説

千葉俊二

『蓼喰ふ虫』は一九二八年十二月から二九年六月にかけて「大阪毎日新聞」「東京日日新聞」に連載された。ほぼ一世紀に近い時間が経過しようとしている。若い読者にはここに描かれた事象がすでに古めかしく、少なからず違和感を感じさせられるかも知れない。冒頭で主人公の斯波《しば》要《かなめ》は義父に誘われ、道頓堀の弁天座に夫婦して文楽の人形芝居を観に出かける。劇場ではすでに妾のお久を連れ、蒔絵の提げ重を持参した義父が観劇しており、夫婦は狭い升席に同席する。要は「成るほど、人形浄瑠璃と云ふものは妾《めかけ》の傍《そば》で酒を飲みながら見るもんだな」といった感想をいだく。

　戦後生まれの団塊世代である私にしても、升席での提げ重で飲み食いしながら観劇するという経験をしたことはない。まして「妾」といったものは、もはや時代の遺物だろう。が、妾という存在はなくなったとしても、愛人を囲うとか、不倫とか、パパ活とかといったそれに類似した行為や現象は、いっこうになくなったわけではない。

描かれる事柄や風俗、環境は時代とともに大きく変化するけれど、いつの時代にも変わらないものがある。舞台では『心中天《しんじゅうてん》の網島《あみじま》』が演じられているが、要は人形浄瑠璃に興味があったわけではない。義父に誘われ、ほんの義理で、劇場へ足を向けたのだが、思わずその芝居世界に惹き入れられる。「女房のふところには鬼が栖《す》むか蛇が栖むか」という文句に、性的に満たされない自分たちの夫婦関係がそのまま重なるように感ずる。

近松門左衛門の『心中天の網島』が初演されたのは、一七二〇年である。作中でも言及されるように、現在、舞台で演ぜられる義太夫は、近松半二によって改作されたものだが、『蓼喰ふ虫』が発表された二〇〇年も前の作品である。主人公は二〇〇年という時間を超えて、徳川時代の元禄文化を代表する近松の浄瑠璃に自己を投影しながら、いつの時代にも変わらざるものを見つめつづける。

ちなみに谷崎はこの作品と併行して『卍（まんじ）』を「改造」に連載していたが、徳光光子をめぐる色恋沙汰で大騒ぎする『卍』の世界は、さながら遊女の小春をめぐって登場人物たちが騒々しく動き回る『心中天の網島』とよく似ている。紙屋の治兵衛の恋敵である太兵衛などは大声を上げて泣いたりわめいたりするが、要はそれがひとりの小春を中心にしているところに「その女の美しさが異様に高められている」と感ずる。饒舌な大阪言葉で語られた『卍』は、さながら『蓼喰ふ虫』における『心中天の網島』である。

美佐子は今朝からとき〴〵夫に「どうなさる？　やつぱりいらつしやる？」ときいてみ

るのだが、夫は例の孰方《どっち》つかずなあいまいな返辞をするばかりだし、彼女自身もそれならどうと云ふ心持もきまらないので、ついぐづ〳〵と昼過ぎになつてしまつた。

『蓼喰ふ虫』はこのように書き出される。美佐子は京都の鹿《しし》ヶ谷《たに》に住む彼女の父から誘われた文楽を観に行くのか行かないのかと問いかけているのだ。夫の要は「例の孰方つかずなあいまいな返辞をするばかり」（傍点引用者）で、このようにぐずぐずとなかなかことが決められず、判断を宙吊りにすることは日常茶飯のようである。こうした夫婦の心理は「夫婦が両方から水盤の縁《ふち》をさゝへて、平らな水が自然と孰方かへ傾くのを待つてゐるやうなもの」と形容される。このピンと張りつめたような平衡状態にある緊張感はこの作品の主旋律となり、やがて主筋たる夫婦の別れ話のうえにもそのまま重ねられる。

要と美佐子のあいだには弘という子供もあるが、要は結婚の最初から美佐子に「性慾的に何等の魅力」を感ずることがない。「要に取つて女といふものは神であるか玩具《がんぐ》であるかの孰《いず》れかであ」り、妻との折り合いがうまくいかないのは、妻がそのどちらにも属さないからだという。いまでは妻に阿曾という恋人があり、「孰方も別れた方がいゝのを知り」ながら、それを実行に移すだけの勇気がなくてぐずぐずしている。

『蓼喰ふ虫』は私小説的な意味で事実をそのまま描いたものではないが、当時の谷崎の実生活が色濃く反映された作品である。谷崎の末弟によって、阿曾のモデルが和田六郎——

鉱物学者の和田維四郎《つなしろう》の六番目の子で、のちに大坪砂男のペンネームで推理小説を書いた人物であることが明かされている（谷崎終平『懐しき人々　兄潤一郎とその周辺』）。谷崎一家と和田は関東大震災があった年の夏に箱根のホテルで知り合い、その翌年にも有馬温泉で避暑していた一家は和田と再会したという。

　やがて和田は谷崎家に出入りするようになり、千代（谷崎の妻）より八歳も年下だったけれど、千代と愛し合うようになる。要が美佐子へ阿曾との関係について箇条書きで離婚までの条件を示したように、谷崎も千代に「先ずは二人で生活を始めてみて、旨く行ったらそれでよいし、駄目だったら別れたら」ということを提案したという。和田と千代が同棲するようになってからも、谷崎は平然として「よく夫の役を果し」、「二、三ヵ月の児を流産した時も医者の前で夫としての役目を冷静に務めた」という。谷崎と千代とは一九一五年五月に結婚し、翌年三月には長女の鮎子も生まれていたが、結婚当初からふたりは性格的にしっくりいかなかった。谷崎は良妻賢母型で家庭的な千代よりも、引き取って一緒に住むようになった、男まさりな性格の千代の妹のせい子に強く惹かれた。『痴人の愛』のナオミのモデルであるが、そのせい子と関係をもつようになった谷崎は、千代を邪魔者あつかいにし、虐待するようになる。当時、頻繁に谷崎家へ出入りしていた佐藤春夫は、そうした千代に同情をよせ、それはいつしか愛として意識されるようになった。

谷崎はそうした佐藤に千代を譲り、せい子との結婚を望むようになる。佐藤は谷崎の意をふくみ、千代へ愛情の告白をし、千代もいったんはそれを受け入れたようである。が、せい子が谷崎との結婚を拒んだため、谷崎は前言を翻して千代との生活をやり直すといい出した。梯子をはずされたようなかたちの佐藤の怒りは激しく、千代をめぐるふたりの角逐《かくちく》は激烈をきわめ、絶交にまでいたった。一九二一年のいわゆる小田原事件である。

一九二三年の関東大震災を機に関西へ移住した谷崎は、作風を一変させる。それまでの西欧崇拝に傾いた「色彩の強烈な、陰翳のない華麗な文学」（『佐藤春夫に与へて過去半生を語る書』）から、日本の伝統的な文化を基調にした古典主義的な作風への転換である。『蓼喰ふ虫』はそうした心境の変化を正面きって描いた最初の作品である。ダークの操り人形と文楽人形、ハリウッド映画と歌舞伎芝居、ギリシャ神話の女神や聖母のような「男の方から膝を屈して仰ぎ視るやうな女」と西鶴や近松の描く「男の膝に泣きくづほれる女」など、東西を対比する文化論的な視点からも多く語られている。

要は「日本人の伝統の中にある『永遠女性』のおもかげ」をやどす小春とどこか「共通なもの、」のあるお久に惹かれる。が、その一方、「西欧の生れであると云ふことに或る特別な幻想とあこがれとを抱」き、満身に白粉を塗った喇嘛《ラマ》教の歓喜天のような肉体をもつ外国人娼婦のルイズのもとにも通う。要の内部にはひとつの変化がきざしているが、西洋的なものと伝統的なものとのあいだで、ちょうど水盤の水が「自然と孰方かへ傾くのを待」つような平衡状態にあったといえる。

谷崎は『私の貧乏物語』で、この作品について「あれを書く前に、改造社その他から円本が出て、私などには生れて始めてと云ふ巨額な金が這入り、所謂印税成金になつたので、あの前後四五年と云ふものは殆ど生計の苦労を知らずに、極めて悠々たる月日を過したのであつたが、その数年間の生活があの作品を生んだのであつた」という。連載の「第一回の筆を執るまではつきりしたプランの持ち合はせ」もなく、「何の不安もなしに筆を執り、執つたらすら〳〵と書け出した」ともいっている。

谷崎がこの作品の筆を執りはじめたとき、和田と千代との恋愛はいまだ試験期間中であった。小田原事件後、佐藤春夫は小田中タミと結婚したが、みずからの愛人問題（いわゆる魔女事件）を起こしたことで、一九二六年九月に谷崎と和解していた。その佐藤に宛てて谷崎は一九二九年二月二十五日付の書簡で、「千代はいよいよ先方へ行くことにきまつた。三月中に離籍の手つづきをすませ、四月頃からポツポツ目立たぬやうに往つたり来たりしてだん〳〵向うの人になると云ふ方法を取る。（中略）今日東京から和田の兄なる人が和田と同伴で来訪、スツカリ話がついた」と報告している。

この書簡が書かれたのは、二月二十四日に第四十四回（「その八の五」）が掲載された直後である（「大阪毎日新聞」と「東京日日新聞」では掲載日がズレているが、ここでは掲載が先行していた後者にしたがう）。要は美佐子から阿曾への愛を打ち明けられ、夫婦が互いの気持ちを確認するところである。第四十五回は三月五日の掲載で、例の離婚のための条件を要が箇条書きして美佐子に示す箇所である。そして三月十五日に第四十六回が掲載されて、離婚話を中心とした「その八」を終結させている。

谷崎はこの箇所の執筆には相当難渋したようである。『蓼喰ふ虫』の連載は、ちょうど議会が紛糾して紙面がそちらに割かれたため、休載しても催促されることはなかったという。が、原稿のストックは一回分の余裕もないような状態で、新聞連載としてはまったく異例の、とびとびな掲載となった。次の第四十七回（「その九の一」）は三月二十八日に掲載されている。義父に誘われての淡路行きの場面で、それからしばらくは休載も少なく順調に連載がつづけられた。

谷崎は和田と千代との恋愛問題が決着して、よほど気が楽になったのだろう。実生活で千代との夫婦関係に解決の見通しがたったことで、「その九」の淡路行きの場面は、それまでの重苦しい美佐子との離婚問題から解放されて、ゆったりとした筆致で描かれている。要は「ほんの海を一つ越えた」ばかりで、「馬鹿にはる〴〵と来た」ようだといい、のどかな気分に浸りきり、さながらメルヘンの世界に喜々として遊んでいるかのようだ。谷崎はよほどこの淡路行きの箇所を書きたくてうずうずしていたに違いない。

余談になるが、二十年ほど前に私はここに描かれた「なべ藤《とう》」という洲本の老舗旅館に一泊したことがある。一九九五年の阪神・淡路大震災で大きな被害を受けたが、谷崎が宿泊した部屋はそのままに再建されたという。小出楢重の描いた挿絵に要が二階の欄干に寄りかかるように腰掛けながら、座敷の義父とお久を見ているというのがある。要の背後には海が見え、幾艘かの船が浮かんでいる。なべ藤は道路一本を隔てて船だまりとして細長く切り込まれた入り江に面していたというが、私が訪れたときには欄干はそのまま残されていたものの、船だまりの入り江は埋め立てられてバスターミナルとなっていた。

淡路島は一九九八年に明石大橋が開通して神戸とつながり、大鳴門橋を通って本州から四国まで直接に行けるようになった。交通の便がよくなることで観光客が増えることが期待され、洲本には大型バスの停まれる場所がないので、入り江を埋め立ててバスターミナルとしたという。が、実際に明石大橋が開通すると、観光客は淡路に泊まらずに四国の方へ流れてしまい、経営が苦しいという話を聞かされた。かつて要の心をいやした趣の深い風情は失われて、なべ藤の二階からアスファルトで固められた殺風景なバスターミナルを眺めながら、私はいかんとも抗しがたい時代の変化ということを実感させられた。それから間もなくして、なべ藤が閉館したというニュースを伝え聞いた。

要は淡路の三十三箇所を順礼するという義父たちと別れて、神戸へ帰ると馴染みの外人娼婦のルイズのもとへ行く。その箇所を執筆中の一九二九年五月二日付の佐藤春夫宛書簡には「覆水返盆」とあり、二首の短歌が記されている。和田と千代との結婚話がキャンセルされたということである。五月二日には第六十八回（「その十二の六」）が掲載され、ルイズを「四肢《しし》と毛なみの美しい獣」として卑しみながら、その肉体的な魅力を捨て難く思う要が描かれている。

なぜ和田と千代との結婚話が破談となったのか、その詳細は明らかでない。が、これから十ヵ月後に千代が兄の小林倉三郎へ宛てて書いた書簡が残っており、この事件にも触れている。一九三〇年三月十日付だが、そこには「主人もこん度ハ私のいい様に勝手にせよといいましたのですが鮎子がどうしても東京行きはいや〳〵と申ますので私の気もくぢけてしまひ」とある。どうやら娘の鮎子からの拒否が大きな原因だったようだ。しかし、「といってすつかりおもひあきらめたと云ふわけでも無く」と、この時期になっても千代は和田への未練を語っている（『父より娘へ　谷崎潤一郎書簡集』に所収）。

執筆開始の当初は想定もしなかった、この急転直下の事態の変化は、当然この作品の結末部分に大きな影響を及ぼした。『蓼喰ふ虫』がいかに実生活に密着しながら、それがリアルタイムで反映された作品かということが分かる。これが英訳されたとき、結末の曖昧さが問題になったというけれど、たしかに夫婦の別れ話は最後まで宙吊りにされたままである。作品の終結部で要夫婦は京都に美佐子の父を訪れるが、美佐子と父とはふたりで話し合うために表へ出る。

そのあとにお久のもてなしを受ける要は、「思へば此の春からしきりに機会を求めては老人に接近したがつたのは、自分では意識しなかつたところの外の理由があつたのかも知れない」と述懐する。そして「お久と云ふものが或る特定な一人の女でなく、むしろ一つのタイプであるやうに考へられてゐた」という。要にとっての「永遠女性」は、まさにお久ならぬ「お久」というひとつの「タイプ」だったのである。

刻々と変化してやまない現実世界にあって、「タイプ」こそ変わらざるものであり、時空を超える伝統的世界へと要を導くものであった。これといったプランもなしに筆を執ったというこの作品は、谷崎文学に特有なマゾヒズムもフェティシズムの描写もないけれど、作者の内奥深くに隠された核心をあやまたず、的確に探りあてた作品である。数多い谷崎作品のなかでも重厚な落ち着きをもち、特別に趣き深い作品である。特に谷崎文学を愛読するというわけでもない読者のあいだにも、この作品を愛好するものが多いようだ。

後年、谷崎はこの作品について「私の作家としての生涯の一つの曲り角に立っているので、自分に取っては忘れ難い作品である」(『「蓼喰ふ虫」を書いたころのこと』)といっている。間違いなく『蓼喰ふ虫』は文学的にも実生活上においても生涯の曲り角に立った作品で、夫婦の別れ話は未決のままに終わるけれども、要の内部の水盤の水は、たしかに「自然と執方かへ傾」いたのである。読者はそれを深い余韻のうちに感じとればいいのである。

また本書には小出楢重の挿絵をすべて収録したが、谷崎はこの挿絵を楽しみにし、これに励まされながら『蓼喰ふ虫』を執筆したと繰り返し語っている。小出楢重の挿絵は実にこの作品の雰囲気とよくマッチしている。リアリズム風のものあり、抽象画的なものもあり、また当時ではまったく斬新なモダニズム風のコラージュありと、非常に変化に富んでおり、さながらこの作品の特徴と同様である。木村荘八の『濹東綺譚』（永井荷風作）と並び称せられる新聞小説挿絵史上の傑作である。

二〇二四年三月

（ちば・しゅんじ）

本書は、二〇一六年一月に刊行された『決定版谷崎潤一郎全集　第十四巻』（中央公論新社）を底本とし、一九三六年六月に刊行された『蓼喰ふ虫「潤一郎六部集」の内』（創元社）を適宜参照しました。初出は作品の扉裏に記載しました。

文庫に収載するにあたり、正字を新字にあらためた（一部固有名詞や異体字をのぞく）ほかは、当時の単行本の雰囲気を伝えるべく歴史的かなづかいをいかし、踊り字などもそのままとしました。ただし、ふりがなは現代読者の読みやすさを優先して新かなづかいとし、副詞などにふりがなを適宜補いました。

小出楢重による挿画（カバー、本文）は、連載時に掲載されたものです。その後さらに手を加えたものを『蓼喰ふ虫』（一九三六年六月、創元社）として刊行しました。本書ではその限定版を底本としています。

千葉俊二による「解説」、明里千章による「註解」は書き下ろしです。

本書に収載された作品には、今日の人権意識からみて不適切と思われる表現が使用されておりますが、本作品が書かれた時代背景、文学的価値、および著者が故人であることを考慮し、発表時のままとしました。

（編集部）

中公文庫

蓼《たで》喰《く》ふ虫《むし》

2024年5月25日　初版発行

著　者　谷崎潤一郎《たにざきじゅんいちろう》

発行者　安部順一

発行所　中央公論新社
〒100-8152　東京都千代田区大手町1-7-1
電話　販売　03-5299-1730　編集　03-5299-1890
URL https://www.chuko.co.jp/

DTP　平面惑星
印　刷　三晃印刷
製　本　小泉製本

Published by CHUOKORON-SHINSHA, INC.
Printed in Japan　ISBN978-4-12-207520-7 C1193

定価はカバーに表示してあります。落丁本・乱丁本はお手数ですが小社販売部宛お送り下さい。送料小社負担にてお取り替えいたします。

各書目の下段の数字はISBNコードです。978－4－12が省略してあります。

中公文庫既刊より

た-30-13
細雪（全）　谷崎潤一郎
大阪船場の旧家蒔岡家の美しい四姉妹を優雅な風俗・行事とともに描く。女性への永遠の願いを〝雪子〟に託す谷崎文学の代表作。〈解説〉田辺聖子
200991-2

た-30-18
春琴抄・吉野葛　谷崎潤一郎
美貌と才気に恵まれた盲目の地唄の師匠春琴。その弟子佐助は献身と愛ゆえに自らも盲目となる――代表作『春琴抄』と『吉野葛』を収録。〈解説〉河野多恵子
201290-5

た-30-19
潤一郎訳 源氏物語 巻一　谷崎潤一郎
文豪谷崎の流麗完璧な現代語訳による日本の誇る古典。日本画壇の巨匠14人による挿画入り絵巻。本巻は「桐壺」より「花散里」までを収録。〈解説〉池田彌三郎
201825-9

た-30-20
潤一郎訳 源氏物語 巻二　谷崎潤一郎
文豪谷崎の流麗完璧な現代語訳による日本の誇る古典。日本画壇の巨匠14人による挿画入り。本巻は「須磨」より「胡蝶」までを収録。〈解説〉池田彌三郎
201826-6

た-30-21
潤一郎訳 源氏物語 巻三　谷崎潤一郎
文豪谷崎の流麗完璧な現代語訳による日本の誇る古典。日本画壇の巨匠14人による挿画入り絵巻。本巻は「螢」より「若菜」までを収録。〈解説〉池田彌三郎
201834-1

た-30-22
潤一郎訳 源氏物語 巻四　谷崎潤一郎
文豪谷崎の流麗完璧な現代語訳による日本の誇る古典。日本画壇の巨匠14人による挿画入り絵巻。本巻は「柏木」より「総角」までを収録。〈解説〉池田彌三郎
201841-9

た-30-23
潤一郎訳 源氏物語 巻五　谷崎潤一郎
文豪谷崎の流麗完璧な現代語訳による日本の誇る古典。日本画壇の巨匠14人による挿画入り絵巻。本巻は「早蕨」から「夢浮橋」までを収録。〈解説〉池田彌三郎
201848-8

た-30-27

陰翳礼讃

谷崎潤一郎

日本の伝統美の本質を、かげや隈の内に見出す「陰翳礼讃」「厠のいろいろ」を始め、「恋愛及び色情」「客ぎらい」など随想六篇を収む。〈解説〉吉行淳之介

202413-7

た-30-28

文章読本

谷崎潤一郎

正しく文学作品を鑑賞し、美しい文章を書こうと願うすべての人の必読書。文章入門としてだけでなく文豪の豊かな経験談でもある。〈解説〉吉行淳之介

202535-6

た-30-46

武州公秘話

谷崎潤一郎

敵の首級を洗い清める美女の様子にみせられた少年——戦国時代に題材をとり、奔放な着想をもりこんで描かれた伝奇ロマン。木村荘八挿画収載。〈解説〉佐伯彰一

204518-7

た-30-52

痴人の愛

谷崎潤一郎

美少女ナオミの若々しい肢体にひかれ、やがて成熟したその奔放な魅力のとりことなった譲治。女の魔性に跪く男の惑乱と陶酔を描く。〈解説〉河野多恵子

204767-9

た-30-54

夢の浮橋

谷崎潤一郎

夭折した母によく似た継母。主人公は継母への憧れと生母への思慕から二人を意識の中で混同させてゆく。谷崎文学における母恋物語の白眉。〈解説〉千葉俊二

204913-0

た-30-55

猫と庄造と二人のをんな

谷崎潤一郎

猫に嫉妬する妻と元妻、そして女より猫がかわいくてたまらない男が繰り広げる軽妙な心理コメディの傑作。安井曾太郎の挿画収載。〈解説〉千葉俊二

205815-6

た-30-56

少将滋幹《しげもと》の母 他三篇

谷崎潤一郎

平安文学に材を取った、母恋ものの代表作。小倉遊亀による挿画を完全収載。ほかに短篇三作、正宗白鳥らによる時評を付す。〈註解〉明里千章〈解説〉千葉俊二

207088-2

た-30-59

盲目物語 他三篇

谷崎潤一郎

お市の方への思慕を盲目の法師に語らせた表題作。北野恒富の口絵、菅楯彦の挿画（「聞書抄」）、正宗白鳥による時評などを付す。〈註解〉明里千章〈解説〉千葉俊二

207156-8

各書目の下段の数字はＩＳＢＮコードです。978－4－12が省略してあります。

た-30-60　疎開日記　谷崎潤一郎終戦日記　谷崎潤一郎

激しい空爆をさけ疎開した文豪が思い出す平和な日の記憶。随筆集『月と狂言師』に永井荷風・吉井勇との往復書簡などを増補。〈註解〉細川光洋〈解説〉千葉俊二

207232-9

た-30-61　人魚の嘆き・魔術師　谷崎潤一郎

人魚に恋をする貴公子、魔術師に魅せられ半羊神と化す幻想世界に遊ぶ名作。水島爾保布の挿画を口絵まで完全収載。〈註解〉明里千章〈解説〉中井英夫／前田恭二

207259-6

た-30-62　瘋癲《ふうてん》老人日記　谷崎潤一郎

性に執着する老人を戯画的に描き出した晩年の傑作長篇。絶筆随筆「七十九歳の春」他、棟方志功による美麗な板画を収載。〈解説〉吉行淳之介／千葉俊二〈註解〉細川光洋

207298-5

た-30-63　卍（まんじ）他二篇　谷崎潤一郎

光子という美の奴隷となり、まんじ巴のように絡みあい破滅に向かう心理を描いたマゾヒズム小説の傑作。〈挿画〉中村明日美子〈解説〉千葉俊二〈註解〉明里千章

207431-6

な-73-1　麻布《あざぶ》襍記《ざっき》　附・自選荷風百句　永井荷風

東京・麻布の偏奇館で執筆した小説「雨瀟瀟」「雪解」、随筆「花火」「偏奇館漫録」等を収める抒情的散文集。初の文庫化。〈巻末エッセイ〉須賀敦子

206615-1

な-73-2　葛飾土産　永井荷風

石川淳が「戦後はただこの一篇」と評した表題作ほか、短篇・戯曲・随筆を収めた戦後最初の作品集。久保田万太郎の同名戯曲、石川淳「敗荷落日」を併録。

206715-8

な-73-3　鷗外先生　荷風随筆集　永井荷風

師・森鷗外、足繁く通った向島・浅草をめぐる文章と、自伝的作品を併せた文庫オリジナル編集。巻末に谷崎潤一郎、正宗白鳥の批評を付す。〈解説〉森まゆみ

206800-1

お-78-8　玉藻の前　岡本綺堂

「殺生石伝説」を下敷きにした長編伝奇小説。平安朝、金毛九尾の妖狐に憑かれた美少女と、幼なじみの陰陽師の悲恋。短篇「狐武者」を収載。〈解題〉千葉俊二

206733-2

う-9-5

ノラや

内田百閒

ある日行方知れずになった野良猫の子ノラと居つきながらも病死したクルツ。二匹の愛猫にまつわる愛情と機知とに満ちた連作14篇。〈解説〉平山三郎

202784-8

う-9-6

一病息災

内田百閒

持病の発作に恐々としつつも医者の目を盗み麦酒をがぶがぶ……。ご存知百閒先生が、己の病、身体、健康について飄々と綴った随筆を集成したアンソロジー。

204220-9

う-9-7

東京焼盡《しょうじん》

内田百閒

空襲に明け暮れる太平洋戦争末期の日々を、文学の目と現実の目をないまぜつつ綴る日録。詩精神あふれる稀有の東京空襲体験記。

204340-4

う-9-10

阿呆の鳥飼

内田百閒

鶯の鳴き方が悪いと気に病み、漱石山房に文鳥を連れて行く……。『ノラや』の著者が小動物たちとの暮らしを綴る掌篇集。〈解説〉角田光代

206258-0

う-9-11

大貧帳

内田百閒

お金はなくても腹の底はいつも福福である——質屋、借金、原稿料……飄然としたなかに笑いが滲みでる。百鬼園先生独特の諧謔に彩られた貧乏美学エッセイ。

206469-0

う-9-12

百鬼園戦後日記Ⅰ

内田百閒

『東京焼盡』の翌日、昭和二十年八月二十二日から二十一年十二月三十一日までを収録。掘立て小屋の暮しを飄然と綴る。〈巻末エッセイ〉谷中安規（全三巻）

206677-9

う-9-13

百鬼園戦後日記Ⅱ

内田百閒

念願の新居完成。焼き出されて以来、三年にわたる小屋暮しは終わる。昭和二十二年一月一日から二十三年五月三十一日までを収録。〈巻末エッセイ〉高原四郎

206691-5

う-9-14

百鬼園戦後日記Ⅲ

内田百閒

自宅へ客を招き九晩かけて還暦を祝う。昭和二十三年六月一日から二十四年十二月三十一日まで。索引付。〈巻末エッセイ〉平山三郎・中村武志〈解説〉佐伯泰英

206704-2